경계인 허무씨

이오제

경계인 허무씨

이오제

도서출판 디자인21

머리말

한일관계의 역사소설을 쓰려고 시작한 것은 아니었다. 지금은 대부분 작고하셨거나 살아계신다면 백세에 육박하신 분들의 얽히고 설킨 그들의 삶의 이야기이다. 대강의 줄거리는 다음과 같다. "주인공 홍명부는 1917년 의주에서 출생한다. 1939년에 아버지 홍병서의 강요로 신의주 금융조합 사원으로 일하던 중에 일본 도쿄의 메이지 대학에 유학하러 간다. 그곳에서 아키코를 만나 결혼을 하고, 신주쿠에서 사이토 미노루의 도움을 받아 안정적인 직장을 얻는다. 아키코와는 아들 신지(新地)와 요시로(義郎)를 두었다. 두 아들의 이름을 붙이면 '신의주'의 파자가 완성된다. 평화로운 시간도 잠시였다, 홍명부는 1943년 7월에 관동군 징집 영장을 받고, 아키코의 오빠 이치로는 그를 따라 자원입대를 결심한다. 홍명부는 후쿠오카에서 만난 가토 사나에에게 아키코와 두 아들을 부탁한다. 사나에는 기꺼이 그의 부탁을 들어준다. 이후 관동군에 입대한 홍명부는 봉천 일본군 사단에서 그의 고향 친구이자 일본 사관학교 출신인 김광엽을 상관으로 만난다. 그러던 어느 날, 길림시 길거리에서 중국인 마적단에게 습격당한 이치로는 그들에게 살해당한다. 그는 죽기 직전 홍명부가 '조광무역 상회'에서 해고되고 전쟁터에 끌려오게 된 것이 사이토의 계략이었다는 것을 알게 된다. 이를 전해 들은 홍명부는 관동군을 탈영한다. 신의주에 들러 어머니 박씨를 뵌 후 일본에 있는 가족에게 가고자 했으나, 해방과 함께 일본으로 가는 길이 막혀 오도 가도 못 한다. 이후 서울에서 잠시 '서북청년회'에서 일하다가 6.25전쟁이 터지자 부산의 조선소로 일자리를 바꾸고, 함께 일하던 정호근과 함께 밀항선을 타고 가족들과 재회한다. 이후 다시 한국으로 귀국하기 전, 이치로와 자신을 파멸시키고자 했던 사이토를 살해하려 했으나 미수로 그친다. 6.25 전쟁 이후 홍명부는 동대문 시장에서 장사를 시작한다. 의주와 정주 출신 군인들이 많이 출세한 상황이었기 때문에 김광엽의 도움을 받아 군납 업무를 시작해 사업을 번창시킨다. 그러나 홍명부는 여전히 일본에 있는 가족들을 그리워한다. 그러던 중 1965년, 한일 국교 정상화 이후 홍명부는 도쿄로 가 아키코와 큰아들 신지, 그리고 그때까지 함께 있던 사나에를 만난다. 홍명부는 자신이 일본에 불법체류자로 남는다면 두 아이의 앞길을 막는 다는 생각에 한국으로 귀국한다. 홍명부는 우수 기업인으로서 훈장과 상장을 받는 박명근(사이토 미노루)을 TV에서 본다. 그가 죽지 않고 한국에 들어와 사업가로 성공했다는 사실을 알게 된 홍명부는 다시 복수의 칼날을 갈게 된다. 1986년, 홍명부는 박명근(사이토)의 별장에 잠입해 목덜미를 칼로 찌른 뒤 정원 나무 밑에 묻었다가 며칠 후에 자수한다. 홍명부는 관선 변호사 임신환에게 자신의 일생과 범행 동기를 밝힌다. 그러나 재판정에서의 변론은 당시 언론에 보도되지 못했다. 사형 집행 이후, 임 변호사는 그의 일대기를 정리한다. 역사학 교수가 된 자신의 대학 후배인 엄기백교수에게 전해준다. 임 변호사로부터 자서전을 전해 받은 엄기백은 홍명부의 일본인 가족을 찾기로 마음먹는다. 엄기백교수는 한국에 남아있는 일본인 잔류고아 인들을 찾기 위한 시도를 하다가 뜻밖에도 자기 집안 내력과 과거사에 맞부딪힌다."

이상이 대강의 줄거리이다. 본문에 나오는 지명과 고유명사(학교, 철도 역사 등)는 허구가 아니며 그 당시에 실존했던 명칭들이다. 또한 중국 동북부의 봉천과 평안북도의 순천에 이르는 철도 역시 당시에 달렸던 기차였으며 당시 일본과 한반도에서 달렸던 기차 이름과 시간, 요금 등도 사실에 근거한 것이다. 또한, 일제강점기에 한반도에 건너와서 정착한 일본인들이 약 96만 명에 이르렀다는 것도 역사적 사실이며 이들이 모두 귀국했는지 그렇지 않으면 얼마나 남았는지 그러한 통계가 없는 것 역시 사실이다. 당연히 1950년 6.25 전쟁이 어쩌면 모든 것을 잃게 만들고 단절시켰는지도 모르겠다. 그러나 본문에서 등장하는 인물들과 대화 내용 등은 허구이지만 충분히 그랬을 것이라는 주변 상황은 추측가능하다. 이는 한국이나 일본 모두 과거의 기록을 보전하고 여러 역사적 문헌을 남기는 민족들이었기 때문에 이러한 글쓰기가 가능했다고 본다.

왜 이런 글을 쓰게 되었냐는 질문을 받아도 봤지만 스스로 자문도 많이 했다. 물론 몇 가지의 계기는 있었다. 본문에서 나오는 소설 '태백산맥'의 고장인 순천과 벌교 얘기는 사실이고 일본인 잔류인이 남아서 일식집에 갔던 것도 실화에 바탕을 둔 것이다. 본문에서 나오는 몇몇 에피소드들 역시 실화에 바탕을 두고 있다.

일제강점기에 나라를 반역한 이들을 비난하기 위해 시작한 글도 아니고 그렇다고 1945년 해방 이후에도 이 땅에 남았던 '잔류 일본인'들과 그 후손들의 활동에 관해서 쓰려고 했던 것도 아니었다. 오히려 국가주의적이고 그것에 저항하지 못한 운명 속에 던져져 버린 사람들에 대해서 쓰고자 했다. 두 세대를 넘는 긴 이야기이지만 지금도 가까이서 발견할 수 있는 또는 여전히 한일관계에 영향력을 발휘하고 있는 지금의 이야기를 쓰고자 했다.

2024년 7월

필명 이오제(李五齋) 씀

차례

1

2

1

1910년 8월 7일, 한덕배 피살

한덕배는 1876년, 황해도의 개성에서 출생했다. 무과 과거 출신에 그는 신식의 군대, 별기군에 소속되어 조선의 군인이 된다. 1895년, 그는 주한일본공사관의 미우라 공사의 지휘 아래, 일본 낭인들과 함께 조선의 군인 우범선 등과 함께 명성황후 시해 사건에 합류한 자이다. 이 사건은 미우라 공사가 대원군이 주도한 반란사건으로 조작하려고 했으나, 우연히 10월 8일 밤 경복궁의 건천궁 옆에 숨어있있던 러시아 건축기사인 세레딘 사바틴에 의해 그 모든 음모가 폭로되어 우범선을 비롯하여 함께 가담한 조선 군인들은 조선 군대에 추격받게 되었다. 그때, 한덕배 역시 다른 반역자들과 함께 미우라 공사의 도움을 받아 부산항에서 시모노세키로 도망갔다. 함께 달아났던 조선 반역군의 우두머리였던 우범선이 1903년 히로시마의 구레에서 고영근에게 살해당한 뒤, 한덕배는 위협을 느껴 만삭에 동거하고 있던 일본 여인을 데리고 히로시마의 구레시를 빠져나와 도쿄로 피신을 한다. 도쿄에 자리를 잡도록 한덕배를 도와준 이는 명성황후 시해 사건의 배후 세력인 일본의 우익 집단 '흑룡회'였다. '흑룡회'는 후쿠오카에 본부를 세우고, 도쿄에도 지부를 둔 조직이었다. 그리고 한덕배는 동거하고 있던 일본 여자와 결혼하여 처가로 호적을 올리며, 사코다라는 일본식 이름으로 이름을 바꾸었다. 그 해, 1903년 12월 말에 만삭이었던 아내가 아들을 낳자, 그는 '미노루'라는 이름을 지어준다.

한편 전주 감영의 무관이었으나 1905년 을사늑약 이후 의병이 된 최길수는 조선의 운명이 바람 앞의 촛불 신세가 되어버린 게 명성황후 시해 사건 때부터라고 생각해 조선 군인 출신들과 의병 출신들이 함께 만든

‘일지매’라는 조직에 가입한다. 최길수는 무관 말직 출신이었지만 타고난 손재주의 재능이 있는 사람이어서 신식무기도 잘 다뤘다. 그는 ‘일지매’의 지령으로 얼마간의 자금과 명성황후 시해 사건의 주범이었던 일본의 낭인 오카모토 류노스케와 한덕배 등을 암살하기 위해 1907년 봄에 일본 도쿄로 간다. 도쿄 요쯔야에 자리를 잡은 최길수의 거처는 도쿄에 있는 조선인 노동자 합숙소 2층의 대청마루 같은 것을 십여 명 정도가 함께 쓰는 곳이었다. 최길수는 이곳 조선인 노동자 합숙소에서 선임인 관계로 가장 안쪽 자리인 다다미 여섯 장 정도의 구역을 혼자서 사용하고 있었다. 최길수는 자신의 구역에 고다쯔 라고 하는 이불보로 감싸진 네모진 식탁에서 먹기도 하고 잘 때는 발을 집어넣고 자기도 했다. 그리고 자신의 사물함은 항상 열쇠를 걸어두었고 그 안에는 칼 두자루와 도쿄의 구역 지도를 넣어 두었다. 지도에는 붉은색으로 선명하게 동그라미가 그려진 지역이 있는데 도쿄 시부야 지역의 바로 한덕배의 집이었다.

한덕배는 시부야역 앞에 있는 ‘기쿠’라는 잡화점을 운영하고 있었다. 그의 가게는 시부야역 근처에 많은 사람이 오고 가는 번화가에 자리하고 있었다. 한덕배는 자신이 조선인임을 드러내지 않기 위해 언제나 일본식 복장을 착용하고, 바지는 허벅지가 살짝 드러나는 비교적 짧은 기모노 스타일로 입고 다녔다. 조선인들과의 교류는 거의 없는 편인 것 같았다. 최길수가 도쿄에 처음 도착했을 때, 한덕배의 행방을 알아내기 위해 조선인들에게 수소문했으나, 누구도 그를 알지 못했다. 그러던 어느 날, 최길수는 일지매 회원의 친척을 만나 그의 도움으로 한덕배의 행적을 추적하게 된다. 최길수는 한덕배를 직접 본 적은 없지만, 당시 그와 함께 근무했던 별기군 동기들의 이야기를 통해 그의 용모에 대해 자세히 알게 된다. 동기들의 증언에 따르면 한덕배는 키가 160㎝ 전후로, 작지만 예리하게 빛나는 눈을 가졌으며, 일본어를 유창하게 구사할 수 있는 능력을 지녔다고 한다. 그의 왼쪽 귓불에는 검은 반점이 있으며, 칼을 잘다루는 왼손잡이라고 했다.

최길수는 며칠째 도쿄 남부에 자리 잡은 시부야역 교차로를 살피고 있다. 육거리의 사방팔방 넓게 뻗은 그곳에서 이케부쿠로(池袋) 방면으로 뚫린 큰길을 따라 100여 미터를 올라가다 오른편에 '기쿠'라는 가타카나 표지판을 보고 건너편 길로 건너가면, 그곳이 한덕배가 숨어 지내면서 잡화점을 하는 장소였다. 한덕배의 가게 '기쿠'가 잘 보이는 길 건너편 전봇대 뒤에 몸을 숨긴 최길수는 여름용 일본식 기모노를 입고 헌팅 캡을 깊이 눌러쓴 한덕배의 모습을 며칠째 지켜보고 있었다. 손님이 계산할 때 들어 올린 날카로운 눈매와 왼손으로 돈을 받고 주는 모습으로 확실히 한덕배이다. 조국을 배신한 자가 충성했던 그의 새로운 조국인 일본에서 미관말직을 받은 것도 아니고 고작 조그만 잡화점을 운영하면서 늙어가는 그의 모습에 통쾌하기도 하고 씁쓸하기도 했다. 그러나 지금은 개인적인 감정에 일을 그르칠 때가 아니다. 최길수는 한덕배가 조선인임을 알아챌 수 있는 위험이 있어서 잡화점 안으로 들어가지 않고 있었다. 한덕배는 이따금씩 바로 옆의 일본식 메밀국숫집인 소바가게를 들르곤 한다. 한덕배가 여전히 암살을 의식하는 것인지 귀가 동선이 규칙적이지 않았다. 더욱이, 그는 경찰관들이 상주하는 시부야역의 주재소에서 바라보이는 집에서 살고 있었다. 최길수는 최근 몇일 동안 여러 장소와 시간을 나눠 그를 지켜보았지만, 분명히 한덕배는 자신의 목숨을 노리는 자들이 여전히 있다는 점을 의식하고 있는 듯 하다.

한덕배가 항상 발목까지 올라오는 공사용 안전화를 신고 있는 이유는 아마도 그 안에 단검을 숨기기 위함일 것이다. 최길수는 자신의 목적을 달성하기 위해 왼손잡이인 한덕배의 왼손을 먼저 장악하고 한 번에 목덜미의 정맥을 끊어야 한다는 것을 뇌리에 박히도록 몇 번이나 중얼거린다.

오늘 조간 신문에 태풍은 도쿄에도 곧 많은 비를 내릴 것으로 예보되었다. 지난주에는 오사카에서 태풍이 상륙하여 많은 사람이 희생되었다는 소식이 퍼지고 있었다. 어제 저녁에 뿌려진 호외 전단들은 비 오는 길거리에 흩어져 있어 이곳저곳에서 그 사실을 알리고 있었다. 최길수는 조선인 노동자 사무소인 요쓰야(四谷)에 기거하고 있는데 조선인 노동자들은 일감이 없어 걱정인 무리와 일부 사람들은 비가 그친 뒤에는 복구 사업이 시작될 것이라 기대하는 무리의 말이 뒤섞이며 어제저녁 늦게까지 술판과 화투판이 벌어졌다.

오늘은 최길수가 기다리던 날이다. 이른 아침부터 태풍과 함께 세차게 쏟아지는 비로 인해 경찰의 검문이 약해질 것이다. 그를 죽인 뒤에는 시부야역까지 도보로 2분 정도 걸어가고, 시부야에서 요코하마로 가는 기차를 타면 약 40분 후에는 요코하마에 도착할 수 있다. 그리고 요코하마에서 시모노세키로 가는 동해도 기차를 이용하고, 시모노세키에서는 조선의 부산으로 향하는 배를 타면 된다. 최길수는 여름옷에 어울리지 않는 짙은 푸른색 작업복을 선택한다. 이 옷은 한덕배의 목덜미를 찔렀을 때 피가 흩뿌려질 것을 상상하며 골랐다. 비가 내리는 날이기에 공사용 안전화를 신고 오른쪽 발목과 종아리 안쪽에는 칼을 잘 감추고, 최길수는 한덕배가 가게로 향하는 길목에서 기다리기 시작한다. 한덕배의 동선이 예측하기 어려운 만큼 최길수는 그가 언제 어느 길을 선택할지 알 수 없으므로, 한덕배의 집이 잘보이는 길목을 지키고 있었다.

멀리서 걸어오는 한덕배가 최길수의 눈에 들어온다. 비 오는 날임에도 불구하고 그는 장화 대신 공사용 안전화를 신고 걸어오고 있다. 한덕배와 함께 여덟 살 정도의 사내아이도 함께 우산을 쓰고 가게로 향하고 있었다. 아마도 그는 한덕배의 아들일 것이다. 여름 방학이기 때문에 그 아이를 학교에 데려다주는 것 같지는 않다.

최길수는 잠시 망설였다. 아이에게 이런 잔인한 기억을 남긴다면…. 그러나 그 아이가 직접 보든 보지 않든 결과는 마찬가지일 것이다. 민족과 조국을 배신한 인간들의 말로서 그것을 보여주는 것도 나쁘지 않을 것이라고 최길수는 생각했다.

이것 또한 저 아이의 운명이다. 최길수는 재빠르게 몸을 숨기고 골목을 뒤로 돌아 한덕배의 뒤를 따른다. 거리가 점점 좁혀진다. 한덕배의 오른손에는 우산이 들려 있고 아이는 오른쪽으로 걷고 있다. 움직이는 동체의 목표 지점을 정확하게 찌르는 것은 힘들다. 최길수는 자기 발목에 있는 칼을 재차 확인하고 칼자루에 걸린 노끈을 오른 손목에 감았다.

마침내 한덕배는 자신의 잡화점 '기쿠'에 도착했다. 그와 함께 걸어온 사내아이는 한덕배가 우산을 내려놓자, 가게 정문 왼쪽 끝 처마로 뛰어든다. 비를 구경하려는 듯했다. 한덕배는 잡화점 문을 열기 위해 고개를 숙이고 열쇠를 꺼내고 문을 여는 순간이었다. 그 순간 태풍으로 인한 강한 비바람 소리에 가려져서 한덕배는 최길수의 발걸음 소리를 알아차리지 못했던 듯했다. 조용히 한덕배 뒤로 다가간 최길수는 허리를 굽힌 채로 한덕배가 열쇠를 꺼내는 동안, 흐릿하게 드러난 목덜미 부분을 칼로 깊숙히 찌른다. 피가 분출되며 한덕배의 고함이 터져 나왔다. 최길수는 오른발로 한덕배의 왼쪽 발목을 걷어차고, 그를 가게 안으로 밀어 넣으며 심장을 한 번 더 찌르는 것을 멈추지 않았다. 한덕배는 비명을 지르며 발버둥을 쳐 목의 핏줄기를 막으려 했다. 그리고 최길수는 손목에서 풀어낸 칼을 한덕배의 배 위로 던지고, 비바람이 거세게 몰아치는 가게

밖으로 달려 나왔다. 그 순간 가게로 들어오던 사내아이와 부딪쳤지만, 최길수는 그 아이를 밀쳐내고 달리기 시작했다. 여기까지가 최길수의 운명이었을까.

1910년 5월 15일, 지난봄의 어느 날. 일본 사회주의자들과 무정부주의자들은 '대역사건'을 일으켜 일본사회에 큰 혼란을 일으켰다. 그리고 8월이 되어도 검문과 검색은 약해지지 않고 경찰들 검문은 오히려 강화되어 있었다. 시부야역 앞 경찰서 주재소에도, 평소보다 많은 경찰이 근무하면서 눈에 띄는 잡화점에서 빠르게 도망치는 낯선 사내를 경찰들이 놓칠리 없었다. 그러나 최길수에게는 죽는 것보다 억울한 것이 있었다. 그의 죄목은 조선을 배신하고 국모를 시해한 지명수배 중에 일본으로 도주한 한덕배를 죽인 죄목이 아니었다. 최길수는 단순히 돈을 탐내고 잡화점 주인을 살해한 단순 강도살인죄로 처벌받아 사형 선고를 받았고, 곧장 사형에 처해 졌다. 한편, 최길수에 의해 자신의 아버지의 죽음을 본 사내아이는 흑룡회 간부인 사이토 가문의 양자로 들어가게 되었고, 그 후로는 '사이토 미노루'라는 이름을 얻게 된다.

홍명부의 일본 유학

어느덧 홍명부도 스물둘이라는 청년이 되었다. 모두가 결혼할 나이가 되었을 즈음에 공부에 관심도 없던 그가 갑작스레 고향 신의주에서 일본 도쿄의 메이지 대학으로 유학하러 가게 된 건 순전히 그의 아버지 홍병서의 강요 때문이었다. 홍병서는 일제가 일본식 이름을 쓰도록 강요하기 전부터 '고야마 사장'이라 불렸다. 만주 관동군에게 식자재를 납품하는 군납 사업을 통해 신의주 일대에서는 누구나 알 만큼 갑부가 된다. 1937년 중일전쟁 이후에는 일본군들은 모두 홍병서의 근거지인 신의주역을 통과해 만주로 가야만 했기 때문에 홍병서는 재산을 축적하는 데 매우 유리했다. 그의 사업 수완이라는 것은 신의주에 주둔하고 있는 일본군 사령관, 경찰서장, 우체국장, 철도역장, 만주의 봉천역장, 일본 은행 신의주 지점장 등과 매일 밤 술자리를 벌이고 그들에게 돈을 쥐여 주는 것이었다.

신의주역 앞 신작로를 지나 언덕길로 올라가면 압록강이 잘 보이는 곳에 요리 집이 몇 군데 있었으나 일본인 기생이 있는 곳은 두 군데 밖에 없었다. '봉천'과 '하나꼬'인데 홍병서는 이들 요정 집의 최대 고객이었다. 그러나 홍병서의 둘째 아들인 홍명부와 그의 본처인 박씨는 홍병서에게 큰 애정을 받지 못했다. 홍명부의 어릴 적 기억에도 아버지와 어머니가 같이 밥상에서 밥을 먹는 광경은 없었다. 홍명부가 소학교 다닐 때 이미 아버지는 사업이 바쁘다는 핑계로 의주 본가에서 신의주로 이사 나가 작은어머니라 불리는 젊은여자와 함께 살기 시작했다. 홍병서는 큰아들 홍명한은 집안을 이을 대들보라고 하면서 경성의 중학교에 보내둔 상태였다. 그러나 둘째 아들 홍명부에게는 하다못해 평양에 있는 기숙학교에라도 넣어줄 재력이 충분했으나 신의주 상업학교나 졸업해서 일본인 회사에서 경리나 하라고 했을 정도로 무심했다. 그나마 중학교가 없는 의주 대신 신의주로 진학시켜 준 것이 홍명부에 대한 아주 약간의 관심 표현이었다고 할 정도였다.

홍명부는 신의주상업학교 시절에도 아버지인 홍병서의 집에서 살지 않았다. 대신 의주, 평북 순천, 용천, 만주 등지에서 온 학생들과 함께 학교 기숙사 생활을 했다. 아버지가 사는 신의주 집은 의주의 본가보다도 넓고 화려했지만, 홍명부는 용돈과 학비를 받으러 방문할 뿐이었다. 그것도 머슴 권 씨를 통해 받았고, 아버지에게 직접 받은 적은 없었다. 물론 홍명부가 아버지와 작은어머니와 함께 식사한 적도 없었으며, 이복 여동생인 복희도 동생으로 생각해 본 적은 없었다.

홍명부는 어머니 이외의 누구에게도 애정을 느끼지 않았다. 상업학교에서는 또래친구들과 어울리기보다는 술집을 전전하면서 하루를 보내는 것을 즐겼다. 그렇게 그는 무기력한 일상에 흥미를 잃고, 자신이 인생의 목표가 없다는 생각에 좌절감을 느끼고 있었던 차였다. 그러던 중 형이 경성의 중학교를 졸업하고 일본으로 유학하게 되자, 홍명부는 차별하는 아버지를 원망하기도 했지만 딱히 큰 불만도 없었다.

홍병서가 둘째 아들 홍명부를 일본으로 보내는 결정을 내린 것은 그만한 이유가 있었다. 홍명부가 일본인 회사인 '신의주 금융조합'에서 일을 그럭저럭 할 것으로 생각했지만, 그의 반항적인 성격에 대한 걱정은 항상 있었다. 결국 홍병서는 홍명부의 회사 소식을 듣게 된다. 홍명부의 결근 소식을 전한 것은 머슴 권 씨였는데, 권 씨에 따르면 홍명부는 며칠 전에 상사와 싸워 욕을 얻어먹고 밤새 술을 마시고 다음 날 결근을 했다는 것이다. 그 이유는 홍명부가 조선인에게 높은 이자를 받고 일본인에게는 낮은 이자를 받는 것에 불만을 품고 상사인 일본인 계장에게 대들었다는 것이다. 또한 홍병서는 자신에겐 인사조차 제대로 하지 않는데 둘째 놈이 의주 본부인 박씨에게만 정을 주는 것도 마음에 들지 않았다. 이 모든 것을 고려하여 홍병서는 홍명부를 아주 멀리 보내야겠다고 결심한다.

더욱이 홍병서는 홍명부가 대든 사건의 내용이 영 마뜩잖다. 신의주에는 독립군과 의병이 많다. 어떤 놈이 독립군인지 혹은 일본 경찰의 밀정인지도 알 수 없다. 홍명부가 독립군과 밀통이라도 한다면 홍병서뿐만 아니라 일본 교토대학에 유학하고 있는 첫째 아들 홍명한에게까지 불똥이 튈지 모른다. 가족 전체가 불령선인으로 찍혀 첫째 아들은 퇴학 조치를 당해 귀국하게 되고 자신의 사업은 망하게 될 것이다.

1939년 겨울, 신의주는 유난히도 추웠다. 홍병서는 신의주에 독립군과 내통하는 사람들이 있다는 최근의 소문도 불안했다. 이러한 고민이 더해지면서 홍병서는 결국 더 지체할 수 없어 홍명부를 일본으로 유학을 보낸다.

홍명부는 홍병서의 말에 이상하다고 할 정도로 저항하지 않고 고향을 떠난다. 홍명부는 주변 사람들에게 인사를 하면서 의주의 어머니에게도 하직 인사를 남기고, 새벽에 출발하는 경의선을 타고 경성을 거쳐 부산으로 향한다. 그리고 그곳에서 일본의 야마구찌현 시모노세키로 가는 배에 올라타게 된다. 홍명부는 어차피 신의주에서도 마음을 둘 곳이 없었고 낯선 일본 생활도 신의주보다는 나을 것이라는 기대도 있었다.

고향인 의주에서 같이 자란 홍명부가 자신의 형과 친하지 않았지만 오랜만에 만난 홍명환도 마찬가지였을 것이다. 시모노세키에서 내려 도쿄에 가는 길에 신의주에서 아버지에게 건네받은 용돈을 주기 위해 형과 교토역에서 만나 저녁 식사를 한 게 전부였지 둘이서 진지한 대화를 나눈 것은 아니었다. 조선은 일본의 천황 폐하를 받들어야 한다며 조선인을 무시하는 홍명환을 오래 보고 싶지는 않았던 탓도 있었지만, 홍명환이 먼저 약속이 있다면서 자리를 뜬게 그나마 다행이라고 홍명부는 생각한다. 참 재수 없는 인간이다. 몇 년 만에 만난 하나 밖에 없는 친동생에게 어머니 소식도 묻지도 않았을 뿐만 아니라 일본제국이 얼마나 잘 나가고 있는지 장광설을 늘어놓지를 않나 자신은 일본 최고의 명문대학에서 공부하고 있다고 자랑질이나 하는 친형인 홍명환을 보면서 저녁 식사 내내 역겨웠다.

홍명부는 고향 의주를 떠나 나흘만에 도쿄에 도착했다. 신의주는 물론이고 조선에서 가장 번화한 경성과는 비교가 안 될 정도로 문명의 이기들로 가득 차 있는 도쿄지만, 이곳도 어수선하기는 마찬가지이다. 젊은 육군 장교들이 쿠데타를 일으켜 당시 수상이었던 이누카이를 살해했던 게 불과 3년 전의 일이다. 더군다나 유럽에서 독일이 일으킨 전쟁이 이곳 아시아에서도 곧 일어날 것이라는 뉴스 탓인지 도쿄의 사람들은 모두가 종종걸음으로 다니는듯 하다. 불안한 눈빛은 신의주사람들 보다도 많아 보인다고 홍명부는 느낀다. 아버지 홍병서는 홍명부가 신의주에서 떠나기 전에 일본에 도착하면 동향 사람인 송준현을 만나 하숙집을 구하라고 당부를 한 바 있다. 송준현을 만나 하숙집을 소개받기는 했으나 홍명부는 의주의 어머니가 챙겨 준 돈으로 도쿄 우에노 옆에 있는 커다란 절인 아사쿠사 뒤에 있는 일본식 2층식 가옥을 얻는다. 홍명부가 다니게 된 메이지대학은 간다(神田)와 진보초(神保町)역 사이에 있어 통학하기에 아사쿠사는 접근성이 좋았다.

아사쿠사의 집은 신의주나 경성에서 가끔 본 적이 있는 전형적인 일본식 목조 2층 가옥이다. 마당이라고 할 수는 없으나 담장 안쪽으로 2평 남짓의 땅이 있었다. 1층에는 부엌과 화장실, 방이 한 개 있고, 2층에는 다다미 여섯 장 정도의 넓은 방과 빨래를 널 수 있는 테라스가 있었다. 홍명부는 이곳에 와서 알게 되었지만, 일본은 이미 국민 총징용령이 내려져 일본인들은 언제든 징용될 수 있는 시국이었다. 이런 시국에 이곳으로 자신을 보낸 아버지를 잠시 원망도 했지만, 처음으로 고맙다고 생각하기도 했다. 메이지대학 법과 전공 수업은 상업학교의 대차대조표 부기와 회계 시간보다는 비교가 안 될 정도로 재미가 있었다. 대학교 건물도 맘에 들었고 학교 주변의 음식점들도 마음에 들었다. 신의주의 일상생활과는 비교도 안 됐고 뭔가 자신이 출세를 한 기분까지 들었다.

1939년도의 도쿄는 벌써 멋진 건축물들과 현대적인 거리 모습으로 가득 차 있었다. 1936년 베를린 하계 올림픽에서 금메달을 따낸 손기정이 출신 지역인 조선의 신의주 출신인 것은 일본인들 사이에서도 널리 알려진 사실이었다. 홍명부는 조선 신의주 출신이라는 것을 밝힌 이후로 일본인 학생들도 그를 주목하며 지켜보는 듯한 눈치를 보였다. 더구나 홍명부의 아버지는 용돈을 풍족하게 주었기 때문에 홍명부는 메이지 대학의 법학부를 다니며 일본의 상류층에 속한 기분을 느꼈다. 명부가 사는 아사쿠사 근처의 요시하라(吉原)라는 곳에 유곽들이 모여 있는 곳과도 매우 가까운 곳이다. 아사쿠사의 가미나리(雷門)를 통과해 들어가면 홍등이 끝이 보이지 않을 정도로 걸려 있는 나카미세(仲店)라는 길과 마주치는데 기생집은 아니다. 이곳은 기념품과 먹을거리를 파는 가게들이 즐비하게 펼쳐져 있었다. 볼일이 있든 없든 홍명부는 나카미세 길을 매일같이 출퇴근하다시피 통과한다.

홍명부는 자신의 외모에 대해 자신감이 있었다. 검은 교복을 입은 다른 대학생들과는 달리, 홍명부는 짙은 청색의 신사복 바지와 흰색이나 푸른색 와이셔츠를 깔끔하게 맞춰 입고 다녔다. 그리고 약간 곱슬기가 있는 머리카락은 자연스럽게 뒷머리카락이 말려 올라가 있었고, 이목구비가 뚜렷한 데다 신장도 커서 더욱 눈에 띄었다. 도쿄에 처음 발을 디뎠을 때의 긴장감은 점점 희미해져서 이제는 편안한 기분까지 들 정도였다. 그러나 여전히 낯설어서 그런지 뭔가 위축되는 기분 역시 강했다. 그

래도 최소한 신의주보다는 이곳 도쿄가 자신에게 잘 맞는다는 생각을 점점 확신하게 되었다

고향 신의주에서의 홍명부는 아버지나 금융조합의 직원들이나 모두 돈과 권력이 중요하고 가진 것 없는 조선인들을 무시하고 함부로 대하는 것에 혐오스러웠다. 하지만 이곳 도쿄는 주변 사람들에게 관심이 없는 듯하다. 그렇다고 일본인이 따뜻하게 대해 준것도 아니었다. 지금 다니고 있는 메이지대학의 법학부 학생들은 그보다 세 살 정도가 어려서 함께 어울리기도 힘들다. 홍명부는 법학 공부는 재미가 있으나 일본 법을 공부해서 뭐 하나 싶어서 열심히 할 생각은 없었던 탓에 대학교 생활도 그럭저럭 다니고 있다. 홍명부는 이왕이면 체육대학에 진학했어야 했다고 후회한다.

홍명부는 오전부터 오후까지는 학교에서 수업을 듣고 저녁이 되면 평안북도 출신 유학생들과 가끔씩 어울려 집에 가는 길에 있는 진보초역 앞에 있는 일본식 선술집에서 초밥과 일본 술을 마시곤 했다. 도쿄에 와서 보니 조선인이 의외로 많다. 이곳에 와서도 조선사람들은 자신들의 출신지끼리 모여 다녔다. 자신들은 기생집에서 인생을 배우기 시작했고 매춘부를 통해 여자 수행을 쌓았다며 요시하라 기생집에 가자고 홍명부를 유혹하는 사람들이 있는가 하면 유럽에서 사회주의 혁명이 대성공했고 곧 일본이 망하게 될 것이고 조선은 사회주의 혁명을 통해 문명개화와 진정한 독립을 이뤄야 한다며 자신들의 모임에 오라는 이들도 있었다.

홍명부는 도쿄에 와서 신의주를 그리워하지 않게 되었다. 그가 도쿄에서 먹어본 돈가스나 하이라이스 같은 음식들과 클래식 음악이 나오는 학생 식당 안에서의 분위기와 풍경은 조선의 모든 문명을 압도하는 것 같았다. 이 모든 것들이 그의 마음을 사로잡았기 때문일 것이다. 홍명부는

이곳에서 조선 여자든 일본 여자든 상관없이 결혼하고 경성으로 돌아가든, 아니면 도쿄에 살든, 아버지가 있는 신의주로는 돌아가지 말아야겠다고 다짐을 한다.

오늘 저녁 '간다'라는 식당에서 열리는 회식 자리는 의주와 신의주 등지에서 온 평안북도 사람들의 모임이라고 한다. 홍명부를 비롯한 신입생 환영회 겸 평안북도 의주 출신인 김광엽의 만주 군관학교를 졸업하고 일본 육군사관학교 합격 축하연이 열린다고 한다. 만주 군관학교는 일본군 장교 육성을 위한 사관 학교로 조선의 젊은이들이 출세하기 위해 많이 지원해 경쟁력이 꽤 높은 곳이다. 신의주 출신 김광엽이라고 하는 자는 더군다나 조선인 유학생들의 선망인 일본의 신여성과 결혼까지 치르기 위해 도쿄에 와서 오늘 저녁에 온다는 것이다.

홍명부는 김광엽의 이름을 듣고 깜짝 놀랐다. 김광엽은 의주의 소학교 동창이었다. 홍명부는 오늘 만나게 되면 먼저 아는 척을 할까 말까 고민했지만, 결국은 그의 아버지가 홍병서의 소작농들을 관리하는 마름 출신이어서 자신이 김광엽을 업신여겼던 소학교 시절을 생각하면 먼저 말을 건넨다는 것도 민망하다는 생각이 들었다.

식당 2층에는 홍명부와 13명 정도의 사람들이 모여서 서로 인사를 나누고 있었다. 그때 김광엽이 일본 육군사관학교 복장을 하고 한 명의 젊은 여인을 대동하고 등장한다. 그녀의 이름은 '아키야마 수에코'였다. 그녀는 일본 국문학을 전공하고 있는 오차노미즈대학 졸업반 학생이라고 한다.

김광엽은 자신의 약혼자라며 모두에게 수에코를 소개한다. 그녀는 얼굴이 작고 말할 때마다 입을 가렸지만, 위쪽 어금니 쪽에는 덧니가 보였다. 김광엽은 와세다대학 영문과를 졸업한 뒤 만주국의 군관학교에 갑작스럽게 자원입대하게 된 경위를 설명한다. 만주국의 신경군관학교 2년을 우수한 성적으로 마치면 일본 육군사관학교에 들어갈 수 있으므로 일본 육사에 선발되는 조건으로 결혼을 허락받아 놓은 상태라서 여기까지 왔노라고 장황하게 설명한다. 그러니 앞으로 자신은 조선인 김광엽이 아니라 일본인 오카모토 히카루로서 천황에게 멸사봉공하겠다는 의지를 밝히고 있다.

무더운 늦여름 날씨는 태풍이 지나간 뒤라 습기가 많아 꿉꿉하다. 홍명부는 거만한 김광엽의 말투에 짜증을 느끼며, 여기 모인 다른 이들의 부러운 시선들이 더해져 불쾌했다. 그때 김광엽은 수에코와 함께 홍명부의 옆자리로 왔다.

"자네, 나 알지? 난 금방 알아보겠던데. 춘부장 어른께서는 안녕하시고?", "아, 여기 인사해, 수에코. 고향 친구야. 내가 경성으로 중학교 입학할 때나 이곳 도쿄의 와세다로 유학할 때나 이 친구 아버님이 학비나 생활비 등을 도와주셨어."

홍명부는 내심 놀랐지만, 대답을 안 하고 얼떨결에 고개만 끄덕인다.

"아 참 자네 아버님에게는 비밀이네. 자네 아버지께서 자네에게는 내색하지 말라고 하셨거든."

김광엽의 말에 홍명부는 멋쩍은 표정을 지었다.

"나는 놀았지. 자네는 열심히 공부했잖아. 그러니 자넨 벌써 와세다대학을 졸업하고 군관학교에 입학까지 한 거잖아. 축하하네."

"고맙네, 이제 막 입소 훈련을 마치고 이곳 도쿄 생활도 정리할 겸 수에코를 만나러 온 건데. 그렇지 않아도 자네 아버님이 만주 군관학교까지 사람을 통해 돈이랑 편지를 보내주셔서 자네가 메이지대학으로 온다는 소식은 알고 있었어."

홍명부는 기분 나쁜 소름이 끼친다. 신경에 있는 만주 군관학교까지 아버지가 사람을 통해 이녀석에게 돈이나 편지를 보내주고 있다는 것을 알고 더욱 불편해진다.

만주국의 수도인 신경이라면 신의주에서도 기차로 꼬박 하루정도 걸리는 먼곳이다. 김광엽은 도쿄로 오기 전부터 홍명부의 아버지와 소식을 주고받고 있었던 것이다. 홍명부는, 마치 아버지가 미리 계획해둔 대로 자신이 움직이고 있다는 느낌을 지울 수가 없어 자신도 모르게 질문하고 말았다.

"아버지가 뭐라 하시던가?"

홍명부는 아치 싫었다. 질문하지 말았어야 했다. 이렇게 질문하는 것 자체가 김광엽이 자신의 아버지와 더 가깝고 그가 출세했다는 것을 인정하는 꼴이 돼버린 것이다. 그러나 어쩌겠는가. 이미 주워 담지 못할 질문을 해버렸으니.

"자네도 알잖아? 자넬 여기 보낸 이유 말이야. 열심히 공부해서 조선으로 돌아오거든 일본에서 살든 상관없으니, 그냥 법대에서 공부 잘하고 친구들 잘 사귀게 해 달라고. 그리고 일본인이라도 상관없으니 내게 중매도 넣어 보라고 하셨네. 하하하!"

홍명부는 김광엽이 새삼 낯설게 느껴진다. 예전의 김광엽이 아니었다. 이놈이 혹시 쌍둥이였나 싶을 만큼 달라져 있었다. 의주에서 소학교 시절까지는 이렇게 쾌활하게 함부로 말하는 사람이 아니었다. 일본 유학생활이 이놈을 이렇게 바꿔 놓았나? 아니면 양쪽 가슴팍에 뭔지 모를 표식을 잔뜩 달고 있는 저 군관학교 제복이 바꿔 놓았나? 김광엽이 낯설게 변한 만큼 속이 부글부글 끓기도 했다. 감히 마름의 자식이 아버지의 부탁이랍시고 자신을 가르치려 하는 점이 마음에 들지 않았다. 그러나 더욱 기분 나쁜 건, 자신이 아버지의 계획대로 움직였다는 것이다.

다행히도 저쪽 테이블에서 김광엽을 부르는 자가 있어 혼자 있게 된 홍명부는 더 기분을 망치고 싶지 않아 담배를 피운다는 핑계로 자리에서 일어난다. 그 후에 신입생 환영회와 김광엽의 송별회 자리가 파했다. 아니 정확히는 오카모토 히까루의 환영회와 송별회 자리가 파했다고 할 수 있겠다.

식당을 나와 신바시역을 거쳐 지하철 긴자 선을 타고 가면 홍명부의 집으로 곧장 갈 수 있었다. 그러나 홍명부는 기분이 찜찜해서 자신이 한 잔 사겠다며 좀 전의 저녁 자리에서 아버지가 소개해 준 보증인 송준현과 평안북도 용천 출신 전수 대학교 법학 전문과 3학년에 다니는 이수길을 꼬드긴다. 좁은 골목에 있는 '아키(秋)'라는 일본식 선술집으로 안내한 사람은 송준현이다. 신바시역의 술집들은 기차가 지나가는 다리 밑에도 있고 그 안쪽으로 들어가서 전봇대를 끼고 좁은 골목에 들어가면 또 술집과 식당들이 즐비하게 늘어서 있다.

홍명부와 일행은 작고 아늑한 선술집 '아끼'로 들어섰다. 오늘밤 회식한 '간다'라는 식당은 넓고 음식도 맛있었지만, 김광엽의 등장 이후 분위기가 상당히 어수선해졌기 때문에 홍명부는 기분이 상하고 있는 상태였다. 그러나 행운은 불행 끝에서 시작된다는 말처럼, 이제 홍명부의 기분은 확연히 좋아졌다. 선술집은 작아서 고향 친구들과 이야기를 나누기에도 좋았으며, 젊은 일본 여직원이 술을 내어주며 눈이 마주치는 분위기도 좋았다. 좁은 선술집에 건장한 홍명부, 송준현, 이수길들이 자리를 잡자 이후에 오는 손님들은 문을 열어보고 그냥 돌아가는 것도 같아 마음에 들었다. 오늘은 술에 취해야 한다고 다짐한 홍명부는 일본 술을 맥주처럼 목구멍 속으로 힘차게 부어 넣었다.

아키코와의 동거

어젯밤 환영식과 송별회 축하연에서는 기린 맥주를 마셨는데, 전쟁과 관련된 술 배급 제한에 관한 이야기가 나와 이제는 마음대로 술을 마실 수 없다는 사실에 홍명부 등은 아쉬움을 느끼며 한잔 했다. 사실 이미 맥주가 귀해서 일본 술을 많이 마시고 있었다. 어젯밤 송준현이 안내해 준 철길 옆 주점인 '아끼'에서도 맥주보다는 일본 술을 많이 마셨던 것 같다. 중일전쟁이 시작된 1937년 이후, 군 대규모 보급을 위해 쌀로 술을 만드는 것이 어려워진 상황에서, 일본의 3등급 청주는 쌀 대신 알코올을 넣고, 그 알코올 냄새와 강한 맛을 줄이기 위해 설탕을 첨가한 것으로 알려져 있다. 이러한 이유로 일본 술이라 불리는 3등급 청주는 조선의 막걸리와는 달리 맑고 한 잔의 양이 적어 한 모금으로 마시기 쉬웠으나, 술에 취하기도 쉽고 다음 날의 숙취도 오래 지속되었다. 어젯밤 홍명부는 우리 조선인도 잘 만드는 것이 있다고 생각하면서 피식 웃었던 기억이 난다.

아침에 눈을 뜬 명부는 어떻게 잠든 지 모르는 상태로 낯선 장소에서 깨어났다. 이 방은 그의 아사쿠사 다다미방과는 달랐다. 방 안에서는 은은하게 여자의 분 냄새와 살 내음이 풍긴다. 이곳은 여인의 방이었다. 어젯밤의 술자리 기억은 희미하게 생각나지만, 불행 중에도 다행으로 옷차림은 그대로이다. 명부는 어젯밤의 일들을 회상한다. 그는 신바시까지 가서 일본식 선술집인 '아끼'에 들어왔다. 그곳에서 젊은 주인 남매인 이치로(一郎)와 아끼고(秋子)를 만났다. 이들의 아버지는 오사카시와 붙어 있는 사카이(界)시에서 선박 수리 회사에서 일하고 있었으며, 어머니는 가

정주부였다고 한다. 아끼코의 어머니는 이혼 후에 가출했으며 혼자 남겨진 아버지는 도쿄로 이치로와 아끼코를 보내게 되었다고 한다. 홍명부는 술에 취한 상태에서 아끼코에게 몇 번이나 그녀의 어머니에 관한 이야기를 물었던 기억이 있다. 하지만 아끼코는 "나중에"라고만 대답했던 것으로 기억된다. 이것이 어젯밤 그녀와의 대화 중 기억에 남는 전부였다. 그러나 명부는 아끼코의 눈빛을 잊을 수 없었다. 그녀의 검은 눈은 조용히 명부를 응시했고, 그 두 눈은 사연이 있는 듯한 유혹적인 눈빛이었다. 명부는 이전까지 그런 종류의 눈동자를 본 적이 없었다. 그 눈은 방황하는 듯한 빛을 갖고 있었지만, 강렬하면서도 결단력이 있고 아름다웠다.

명부는 눈을 돌려 잠자리 옆을 바라보았지만 아무도 없었다. 그는 누운 채로 잠시 방안을 둘러보았다. 가구는 적었지만 깔끔하게 정돈되어 있었다. 방의 윗부분에는 일본식 방 안 난로인 코타츠가 놓여 있었고, 간유리로 된 미닫이문은 건너편 마루와 분리되어 있었다. 혼자 잔 것 같아서 다행이라고 생각하며, 홍명부는 한숨을 내쉬었다. 어젯밤에 송준현과 이수길이 기차 시간 때문에 먼저 가기로 했던 것은 기억에 남았지만, 신바시에서 여기까지 자신이 어떻게 왔는지는 기억에 없었다. 인력거를 부르기엔 이미 늦은 시간이었고, 지하철 긴자선도 끊어져 있어서 택시를 탄 것까지가 기억의 끝이었다. 홍명부는 이부자리 위에 물과 주전자가 놓여 있는 것을 보고는 얼른 마셨다. 조선의 관습이 일본과 비슷한지 혼잣말로 생각하던 홍명부는 잠시 눈을 감았다. 그때 문이 열리는 소리가 들렸다. 명부는 고개를 돌려 쳐다보았다. 아키코가 잠옷보다는 집 안에서 편하게 입는 유카타를 입고 화장을 지우고 물을 들고 들어오고 있었다.

"홍상, 일어났어요? 잘 잤어요?"

들려오는 목소리에 홍명부는 잠에서 깨어나지만 민망해서 그녀를 향해 시선을 돌리지 않았다. 당황스러운 마음도 느껴졌으며 이 상황을 이해하려고 대답이 즉각적으로 나오지 않았기도 했다. 아키코는 명부가 아직 잠을 자고 있다고 생각한 모양이었는지 아무 말도 하지 않고 물을 채우고 나갔다. 잠시 후, 명부는 물 한 잔을 마신 후 다시 누웠다. 그런데 문이 열리는 소리에 눈을 떴다. 어느새 잠들었나 보다. 해는 이미 중천에 떠 있는 듯하다. 이번에는 약간 화장을 하고 앞치마를 매고 온 아키코가 밥상을 차려 들어온다. 홍명부가 말을 건넨다.

"제가 너무 취해서 신세를 많이 졌습니다," 홍명부가 말했다.

"어젯밤에 택시를 타고 곧장 우리 집으로 모셔 와서 죄송했습니다. 아키오상의 집을 모르는 데다가 술에 취하셔서 주무시길래 택시 운전사의 도움을 받아 여기까지 모셨습니다. 정말 죄송합니다."

홍명부는 잠시 어리둥절해하며 말없이 있었다. 상황을 이해하고 미안한 마음을 가지고 있는 건 자신인데 계속해서 사과하는 것이 어색하다. 이제야 홍명부의 머릿속에 어렴풋한 기억이 떠오른다. 누군가에게 의지하여 잠든 기억이다.

홍명부는 술값과 택시비 등 자신이 지불한 기억이 없어 아키코에게 물었다.

"근데, 어젯밤 술값과 택시비를 낸 기억이 없는데…."

"네, 걱정하지 마세요. 송 선생님이 택시비까지 넉넉하게 미리 내셨어요."

홍명부는 다시 한번 남의 도움을 받은 기분이었다. 대충 계산해도 50엔은 넘을 것이다. 한 달의 집세를 합친 생활비 수준에 맞먹는다. 아버지가 송준현에게 시킨 일인 걸까? 홍명부는 전체적인 상황을 파악하지 못하겠지만 일단 이 자리를 벗어나야 한다고 마음먹었다. 그리고 자리에서 일어나면서 말했다.

“감사합니다. 하룻밤 도움을 잘 받고 떠나겠습니다. 나중에 꼭 보답하겠습니다.”

“잠시만요. 아침을 이미 준비했으니 드시고 가세요.”

홍명부가 자리에서 일어나 나갈 준비를 하자, 아키코는 일본식 된장국, 흰밥, 고등어자반 반쪽, 채소 절임이 정돈된 상을 들이밀었다. 홍명부는 자신이 더 이상 있으면 안되지 하는 자책감에 스스로를 탓하면서 아키코가 준비한 아침을 먹는다. 그 사건이후로 홍명부는 아끼꼬를 보러 가는지 술을 마시러 가는지 자주 들렸다. 홍명부는 일본에 도착한 지 처음으로 경험하는 추석날 밤에도 아키코와 함께 시간을 보냈다. 고향을 그리워하며 평안북도 출신 사람들이 모인 모임이 끝난 후였다. 홍명부는 과음한 상태로 전철을 타고 버릇처럼 그날도 ‘아키’라는 신바시의 가게에 들렀다. 막차를 타고 왔기 때문에 이제 택시밖에 탈 수 없다. 홍명부는 가게가 마무리되면 아키코와 함께 택시를 타고 돌아갈 생각으로 주머니 속 십 원짜리 지폐를 몇 번이고 세어보았다. 그날따라 홍명부는 고향의 향기가 그리워졌다. 어머니도 그리웠다. 홍명부는 이곳이 신의주였다면 벌써 의주에 있는 어머니를 찾았을 것이고, 친척 집에도 들러 친구들과 함께 술집을 돌아다닐 것이라고 상상했다. 하지만 이곳은 도쿄였다. 반도의 조선인들은 일본 경찰에게는 항상 차별받았다. 비록 조선과 일본이 한 몸이라고 말해도 반도인 취급을 받았다. 그렇지만 이곳 선술집 ‘아키’는 다른 곳과는 달랐다. 가끔 고향의 친척 집인 것처럼 이치로와 아키코가 따뜻하게 대해주었다. 홍명부는 아키코에 대한 사랑이 서서히 생겨나는 것을 느끼기 시작했다.

홍명부는 사랑을 주고받은 적이 없이, 그동안의 삶은 매번 던져지는 운명 같았다. 스스로 선택하여 살아본 적이 없는 인생이었다. 홍명부는 신의주에서도 아버지에게 받았던 그 느낌인, 어딘가에서 항상 감시받는 기분을 지울 수 없었다. 집주인인 기노시타는 친절해 보이지만 홍명부의 움직임을 파출소에 있는 아사쿠사의 경찰서에 계속해서 보고하는 것 같았다. 어느 날 홍명부가 집주인의 자전거를 빌려서 가던 중에도 경찰이 지나가는 행인들 속에서 그를 멈추고 누구의 자전거를 타고 있는지 물어왔다. 그 순간 홍명부는 깨달았다. 그들은 나를 계속해서 감시하고 있었다. 주변에 감시의 눈이 어딘가에 놓여 있었다는 것을 몸소 체감하게 되었다. 이것은 단순히 머리로 알고 있는 것과는 다른 경험이었다.

고향의 그리움과 사랑의 감정이 얽힌 복잡한 상태에서 홍명부는 아키코와 첫날 밤을 그녀의 방에서 함께 보냈다. 홍명부는 태어나서 처음으로 그녀에게 진한 사랑의 감정을 느끼게 되었고, 어머니 다음으로 여성으로서 자기 몸과 마음을 헌신해야겠다고 내심 다짐했다. 그러나 이 사랑은 단순히 육체적인 결합으로 생긴 것이 아니었다. 우발적인 행동이나 일시적인 감정도 아니었다. 그녀의 차분하면서도 침착한 모습과 배려심 깊은 태도를 지켜보며 홍명부의 사랑은 점점 커졌다. 아키코와 첫날 밤을 보낸 이후로도 홍명부는 '아키'에 더 자주 들렀다. 대개는 송준현과 함께 가는 경우가 많았지만 혼자 갈 때도 많았다. 그런 동안 주방장이자 아끼꼬의 오빠인 이치로와도 친해졌다. 이치로는 인성이 좋은 사람이었다. 홍명부와 나이가 비슷한데도 불구하고 항상 존댓말을 사용하는 모습이 인상적이었다. 홍명부는 이치로가 자신을 바라보는 눈빛이 처음과는 달리 서서히 호의적으로 변하는 것을 느낄 수 있었다. 홍명부는 이치로에게 자신과 아키코가 사귀고 있다고 얘기했을 때, 이치로는 놀라워하지 않았다. 이미 아키코가 그들의 관계에 관해 이야기한 듯한 표정을 지어

보였다. 홍명부와 아끼꼬는 1939년 12월 크리스마스 전날부터 동거를 시작한다.

1940년 1월, 신주쿠에서의 삶

때때로 인간의 삶은 두 가지로 구분할 수 있는 듯하다. 목적인 있는 삶과 그때그때 상황에 맞게 살아가는 삶으로 말이다. 지금까지 홍명부는 후자의 방식으로 살아왔다. 홍명부는 자신이 신의주를 떠나 도쿄의 아사쿠사로 그리고 신주쿠까지 올 줄은 꿈에도 생각하지 못했거니와 더군다나 아키코와 동거하게 될 것이라고는 상상도 하지 못했다. 홍명부는 일본에 와서 처음에는 내심 야쿠자와 연결고리가 있다면 자신의 신변을 보호받을 수 있다고 생각했지만 아끼꼬의 오빠인 이치로가 야쿠자일 줄은 또 몰랐다.

신의주에도 일본 야쿠자는 있었다. 그러나 그들은 신의주에 있는 오지(王子) 제지 공장과 그 밖의 일본계 군납 회사들을 조선인과 현지 중국인들로부터의 불의의 습격에 대비하기 위해 고용하고 있다는 정도만 짐작했을 뿐 홍명부가 일본 야쿠자와 접촉이 있었던 적은 없었다. 그저 홍명부는 가끔 들르던 신의주 조선은행 지점 인근의 일본식 술집에서 이따금 야쿠자들을 봤을 뿐이었다. 이치로와 대화를 하면서 홍명부는 그제야 자신의 아버지인 홍병서가 야쿠자를 이용해 돈을 벌고 있다는 것을 알아챘다. 신의주와 만주국 신경에 있는 일본 군대에 식량, 옷 등을 군납하고 있는 최씨 아저씨와 함께 아버지는 수없이 만주를 들락날락할 때 야쿠자들이 신변을 보호해 준 것이다. 김광엽에게 손을 써 둔 것 역시 후일 군인이 될 그에게 미리 줄을 댄 것이라 봐도 무방하다. 만주 신경에 있는 일본 주재군에 군납하기 위해 아버지는 신의주 야쿠자들에게 지속해서 돈을 쥐여줬으며 그들이 아버지의 사업을 보호해 준 것이다.

그 사이 아끼꼬가 일하는 '아키'는 신바시역에서 이제 막 사람들이 몰려들고 있는 도쿄의 동쪽에 있는 신주쿠로 이전한다. 전시 중이었지만 신바시 때보다 장사는 더 잘 됐다. 에도 시대 때부터 유곽으로 유명했던 신주쿠는 얼마 전 크게 생긴 버스 종합터미널 때문에 인구 유입이 늘고 있었다. 백화점이며 영화관이며 편의 시설도 많이 들어서서 신주쿠의 도로는 종일 북적인다. '아키'는 신주쿠 번화가의 미쓰코시 백화점 뒷골목 카페거리 한 모퉁이로 이사했다. 따라서 홍명부와 아키코도 이사했다. 두 사람이 함께 살게 된 집은 신주쿠 2정 목과 3정 목 사이의 2층 서양식 건물의 방 두 칸의 집이다. 겨울치고는 비교적 따뜻했던 1940년 1월 어느 날, 홍명부와 이치로, 아키코 셋이서 '아키'의 문을 닫은 뒤 이런저런 이야기를 하고 있었다. 그러던 중 주방에 들어가 따뜻하게 데운 일본 청주를 들고나온 아키코는 두 사람의 잔을 채웠다. 그리고는 누구에게 말을 건넨다는 의도도 없이 느닷없이 입을 열었다.

"제가 어디에 쓸모가 있죠?"

잠시 침묵이 흘렀다. 홍명부와 이치로는 아키코의 말을 단번에 이해하지 못한 눈치로 서로를 쳐다보았다. 이치로가 새로 나온 잔을 비우자 아키코는 그를 유심히 쳐다보면서 말했다.

"어제저녁 두 분이 나눈 얘기를 우연히 듣게 되었어요. 아키오상(명부의 일본식이름)이 어디론가 가야 한다면서요."

잠시 홍명부와 이치로는 침묵한 뒤 다시 서로 마주 보았다. 그 뒤, 이치로가 말문을 열었다.

"들었다면 하는 수 없지. 말할게. 간단하지만 중요한 일이야, 아키코. 부탁이 있어. 아키코가 아키오를 다음 주 일요일 오전 일찍 도쿄역에 데리고 가서 시모노세키행 기차를 태워 줘. 짐은 꼭 아키코가 들어야 하고. 부부 행색을 하고 말이지."

이치로의 말투는 조금 긴장한 듯했지만 태연했다.

"시모노세키에 가시면 언제 돌아오시나요?"

"음, 아마 길어도 일주일은 넘기지 않을 거야. 조선 반도에서 오는 물건을 받는 일이거든. 겨울철이라서 태풍도 없으니 부산에서 배가 제대로 도착할 거야."

정작 시모노세키로 떠나는 사람은 홍명보지만 이치로의 말을 듣고 나서야 홍명부는 자신의 어떤 일을 하는 줄을 알게 된다. 홍명부가 뭐라 대답할 사이도 없이 이치로가 모두 답해 버렸다.

"반도의 물건이요, 오빠?"

이번에는 정확히 이치로를 향한 질문이었지만, 이치로는 대답도 안 한 채로 홍명부에게 말했다.

"아키오상, 내일부터 준비를 시작해야지요. 오늘은 일찍 자도록 합시다."

그리고는 아끼꼬에게 말했다.

"아키코, 요즘 부쩍 이곳 신주쿠의 경찰들도 검문을 강화하고 있으니 두 사람이 꼭 같이 붙어 다니도록 해. 경찰이 뭐라도 물으면 항상 아키코 네가 먼저 대답하고. 여기 신주쿠는 다 좋은데 유랑민이랑 술집 여자가 많아서 검문이 심해. 조심해라."

"알겠어요."

아키코는 근심 어린 어투로 대답하며 홍명보에게 들어가자는 눈짓을 했다.

"자, 그럼 내일 아침에 보죠."

홍명부는 먼저 가게를 나서는 이치로에게 작별 인사를 했다. 요즘 홍명부는 메이지대학 2학년이 되었지만, 학교에 다니는 둥 마는 둥 했다. 수업은 대부분 황국 신민을 강조하는 내용이었고, 우리 대일본 제국이 얼마나 위대한지 강조하기만 해서 지겹기까지 했다. 홍명부는 아무리 아끼꼬와 함께 하는 지금의 일본 생활이 좋아도 고향을 계속 떠올린다. 처음 도쿄에 발을 도착했을 때만 해도 홍명부는 화려한 도쿄의 거리풍경과 세련되고 예의 바른 일본인들에게 매료되었다. 덩달아서 세련된 옷으로 치장하고, 맛있는 일본 음식과 술에 빠져 살고 자신의 조국과 조선인들을 멸시했던 조선인 유학생이 많은 이유를 이해할 수 있을 정도였다.

그러나 홍명부는 점차 이러한 일본의 화려함 뒤에는 자신의 조국인 조선을 합병하고 조선인들을 노비처럼 끌고 와서 징용공으로 월급도 제대로 주진 않으면서 약탈과 착취를 통한 일본 제국주의를 확산시키려 하는 의도가 있다는 것을 점차 알게 되었다. 그뿐만 아니라 이에 편승해 일본을 찬양하는 유학생들이 상당수 있다는 것을 알고부터는 재일 조선인 유학생회에도 이제는 나가지 않고 있었다. 홍명부 자신도 신의주에서 친일 사업가로서 성공한 아버지 덕에 도쿄까지 유학을 왔지만, 그들과 같이 조국을 멸시하고 같은 민족을 무시하는 인생을 살고 싶지는 않았다.

이처럼 홍명부가 생각하게 된 동기는 도쿄에서 홍명부가 도쿄 닛포리(日暮理)의 미카와시마(三河島)역에 사는 조선인 박두섭을 만나고부터인지도 모른다. 그를 만나고 나서는 홍명부는 자신이 친일 사업가의 자식이란 사실에 자괴감까지 들 정도였다. 박두섭은 전라남도 무안 출신으로 대대로 농사일하는 가난한 집에 막내로 태어났다고 한다. 박두섭은 홍명부와 이치로가 함께 운영하는 '사카이 잡화점'에 생필품을 사러 일주일에 한두 번 정도 와서 이따금 점심 식사 때 합석을 하는 정도였다. 둘이서 낮술을 할 때 박두섭은 자신의 처지에 관해 이야기하곤 했다. 낮에도 잡화점에서 일을 하는 홍명보를 보고 자신과 비슷한 처지였다고 생각한 것이었으리라.

박두섭은 일본 미쓰비시 회사에 취업하면 돈도 많이 벌고 학교도 다닐 수 있다는 무안 읍사무소에 붙어 있었던 벽보를 보고 일본행을 결심했다고 한다. 그러나 일본에 와서 공부는커녕 쥐꼬리만 한 월급도 일부만 받고 일부는 나중에 주겠다는 증서만 받았다. 박두섭이 처음 일한 곳은 도쿄에서 요코하마 항구로 가는 길목에 있는 가와사키라는 공장 지대 안에 있는 미쓰비시 공장이었다. 굴뚝이 빽빽하게 차 있는 곳이었고 공장 안에 들어가면 사방에서 선반을 두드리는 소리에 옆 사람의 목소리조차 들리지 않는 곳이었다. 그는 자동차와 무기에 들어가는 철판을 자르는 선반 일을 하다가 지금은 용접하고 있다고 한다. 박두섭은 그나마 자신은 운이 좋은 편이라고 했다. 같은 공장의 노동자들 대부분이 조선인 징용자였는데, 그들의 말에 따르면 다른 조선인 징용자들은 홋카이도 광산이나 니가타의 사도 광산 군함도와 같은 외딴 섬이나 심지어는 남태평양의 알 수 없는 섬에 끌려가 감옥 같은 곳에서 노예처럼 일만 한다는 것이다. 광산으로 간 조선 징용자들은 개돼지 취급을 받아 어쩌다 쉬는 날도 외출도 할 수 없다고 한다. 최근 소문에 의하면 일손이 부족한 규슈의 미쓰비시 광산에서 이곳 가와사키 공장 노동자들을 끌고 갈 수도 있다는 것이다. 그나마 운이 좋은 것은 박두섭이 다니는 미쓰비시 가와사키 공장은 일요일에는 쉴 수 있다. 그 덕분에 닛포리에 있는 미카와시마역의 조선인 숙소에 묵으면서 조선인 동포들이 세운 미카와시마역 교회에도 다닐 수 있었다.

박두섭은 홍명부에게도 교회에 나올 것을 권했다. 미카와시마역 교회의 조선인 목사 현익남은 제주도 출신 유학생 출신으로 1925년에 도쿄의 일본신학교에 왔었다고 한다. 그러나 1926년 9월 1일에 발생한 관동대지진 때 불량한 조선인들이 우물에 독을 풀었다는 둥 헛소문을 퍼뜨리고, 일본인들을 선동해 무고한 조선인들을 학살하는 일본의 편을 드는 일본 기독교 단체의 국수주의적인 태도에 실망해 신학교를 그만두고 동포들을 위해 미카와시마역에 교회를 세웠다는 것이다.

홍명부는 어느 늦은 봄 일요일 오후에 현익남을 처음 만났다. 가게 문을 닫을 시간이 되었을 즈음 박두섭과 중년 남자가 가게 안으로 들어온다. 홍명부는 중년 남자가 현 목사라는 것을 곧바로 알아채고 말을 걸었다.

"박 형! 이분이 현 목사님이신가?"

홍명부가 반갑게 그들을 맞이한다.

"금방 알아보는군. 맞아. 인사드리게. 현익남 목사님이야. 우리에게는 예수님 다음으로 중요하신 분이지."

"안녕하십니까, 목사님? 말씀 많이 들었습니다."

홍명부가 현 목사에게 인사한다. 그리고는 미처 답을 듣기도 전에 박두섭에게 말했다.

"아직 저녁 안 했지? 마침 가게 문도 닫아야 하니 자네는 목사님을 모시고 가게 뒤편에 있는 '고향'에 가 있게. 내 금방 정리하고 갈게."

박두섭이 현 목사와 함께 가게를 나서는 것을 보며 홍명부는 가게를 재빨리 정리한다. 그리고는 안쪽 사무실에 있는 이치로에게 말한다.

"이치로, 미안. 오늘은 집에서 식사를 못 할 것 같아. 아는 손님들이 오셔서. 아키코에게도 말을 전해주겠어?"

이치로는 조선어를 완벽하게 알아듣지는 못하지만 대략 눈치로 그렇게 될 줄 알았다는 듯 고개를 끄덕이며 자리에서 일어난다. 홍명부는 박두섭과 현 목사가 기다리는 '고향'으로 걸음을 옮긴다. '고향'에는 아직은 이른 저녁이지만 조선인 유학생들 몇몇이 있다. 가게 안쪽 자리에 앉아 있는 박두섭과 현 목사를 발견한 홍명부는 그들에게 다가가 자리에 앉는다. 그리고는 식사로 일본인들은 먹지 않는 돼지 뼈와 감자, 고춧가루가 잔뜩 들어간 감자탕과 홍명부와 박두섭을 위해 도수가 높은 일본 소주를 시킨다. 셋이서 한참 전쟁 중인 중일전쟁과 유럽의 히틀러, 조선인 징용공의 생활, 고향 의주에 관한 이야기를 나누며 한참 동안 저녁 식사를 이어 간다. 소주를 두 병 넘게 마셨을 즈음, 홍명부는 현 목사에게 자신의 생활에 대해 다소 자조적인 어투로 토로한다.

"목사님, 저는 아직도 제가 누구인지 모르겠습니다. 어떻게 살아야 할지도 모르겠습니다. 돌이켜 보면 모든 게 처음 생각과는 다릅니다. 아까 제 고향 의주에 대해 말씀드렸죠. 스스로 말하면서 깨달았습니다. 지금 같이 사는 아키코도 사랑도 일본 유학도 모든 게 내 선택인 줄 알았는데 그렇지 않았다는 걸 말이죠. 그렇다고 제가 변한 것 같지는 않은데, 대체 제 조국은 어디고 제가 살 곳은 어디죠? 도대체 제 운명은 누가 이렇게 만든 거죠? 목사님이 믿으시는 예수라는 분입니까? 하나님입니까?"

잠시 세 사람 사이에 침묵이 흐른다. 잠시 후, 현 목사가 말한다.

"모든 사람이 목표한 대로 살아가기는 힘들죠. 현실이 되지 못하고 사라져 버린 모든 가능성…. 특히 우리 식민지 조선인들은 더더욱이요. 저 역시 일본에 처음 왔을 때는 일본인처럼 되려고 누구보다도 노력했죠. 부끄러운 얘기입니다만 일본인 미곡상 밑에서 일하는 아버지를 봐 와서 그런지 일본의 근대화된 교육을 받아야만 미개한 조선을 깨우치고 일본인이 될 수 있다고 생각했거든요. 그러나 아버지처럼 일본인 밑에서 일하기는 싫어서 목사가 되어 조선인들을 깨우치려고 했죠. 근데 일본에 와서 바뀌었습니다. 저 역시 돌이켜 보면 처음의 제 생각과는 인생이 다르게 전개되고 있어요. 그렇다고 이 모든 것이 하나님의 뜻이라고 말하고 싶지는 않습니다. 꼭 교육만이 아닌, 우리 눈으로 보는 시각과 경험을 통해서 자성하게 되고, 일본과 조선이 근본적으로 다르다는 것을 깨닫게 되었기 때문이 아닌가 합니다. 단지, 근본적으로 다른 것이 합방되어 버린 상황에서 어떻게 해야 벗어날 수 있을지를 우리, 아니, 조선 민중 모두가 찾지 못해서 헤매고 있는 게 아닌가 싶습니다."

현 목사의 말이 끝나자 박두섭이 끼어든다.

"근데, 목사님. 왜 공부했다는 사람들은 한결같이 일본을 찬양하죠? 신문이나 강연을 통해 자원입대를 종용하고 어린애들까지 공장의 노동자들로 그리고 어린 여자애들도 전쟁터에 내몰고 있잖습니까. 그들이 우리와 같은 생각을 하는 민족은 맞나요. 그들이 언제 잡혀 끌려갈지 몰라 불안하고 어렵기만 한 우리의 신세를 정말 모르는 건가요?"

"글쎄요, 그들은 애써 외면하고 있다고 봅니다. 정말로 많은 조선인이 유학했으니 일본 땅을 한 번도 밟아 보지 않았다고 해도 전해 들은 것으로 미루어 보아 조선인들의 상황을 모를 리는 없겠죠. 일본은 내선일체라고 같은 동포라는 점을 강조하고 있지만, 더욱 무섭고 나쁜 것은 일본인들의 시선이지 않습니까? 결코, 모를 리가 없죠. 애써 모른 체 할 뿐이죠. 왜냐면 그들은 기회주의자들이니까요. 기회주의자들은 힘이 강한 쪽에 항상 서죠. 그것도 누구보다 앞자리에 설 수 있도록 민첩하고, 과격한 방식으로 말입니다."

현 목사의 말에 홍명부와 박두섭은 동의하며 고개를 끄덕인다.

"그러나 너무 실망하지 마세요. 우리 조선이 강해지면 그들은 언제 그랬냐는 듯이 가장 애국적인 태도를 보일 겁니다. 지금 다들 자신들의 성을 버리고 일본식으로 일본식 이름으로 바꾸느라 야단법석인데 우리 조선이 해방되면 그들이 가장 먼저 조선인 이름을 취득할 겁니다."

현 목사는 말을 끝맺으며 공허하게 웃었다.

홍명부는 그날 밤, 인생의 목표가 이전보다는 뚜렷해진 느낌을 받는다. 이제는 돈만을 버는 것이 아닌 다른 무엇 때문이라도 자기 가족을 지켜야겠다는 목적이 세워진 셈이라고 스스로 다짐한다.

홍명부와 이치로가 함께 운영하는 '사카이 잡화점'에는 일본인 야쿠자나 조선인들이 자주 들락거렸다. 야쿠자에 흥미가 생긴 홍명부는 학교 식당에서 점심을 몇 번이나 사주면서 친하게 된 법과 모범생인 3학년 다나카에게도 물어봤지만 뚜렷한 대답은 듣지 못한다.

그나마 대강 들은 말에 의하면 우익 정치 단체로서 결성된 야쿠자들은 지금에 이르러서는 밀수, 여자 장사, 술장사, 지하 시장 등 상당히 영역을 넓히고 있다고 한다. 이들 가운데 가장 유명한 야쿠자 정치 조직은 1901년 우치다 료헤이가 후쿠오카에 설립한 '흑룡회'이다. 그 원조는 1881년에 도야마(두산)가 설립한 1881년의 현양사였는데 이들은 국가주의적 색채가 깊어 일본과 천황을 위해를 가하는 세력 또는 개인에게는 테러하는 것을 애국이라 생각했으며 1910년 한일합방이 되는 해에는 이들은 이미 조선에 들어가서 조선 지부를 만들었다고 했다. 다나카는 도쿄에도 흑룡회가 암약하고 있다고 덧붙였다. 이 정도면 충분하다. 홍명부는 아키코의 아버지나 이치로의 생활 모두가 자신과도 긴밀하게 엮여 있다고 생각한다. 그렇게 생각에 잠긴 채 집에 도착해서 아끼꼬와 이른 저녁을 같이한다.

"아키오상! 저는 당신이 우리의 도움이 될 수도 있었기 때문에 동거를 결심했던 게 아니에요."

식사가 거의 마칠 즈음에 아키코가 뜬금없이 홍명부에게 말했다. 그리고는 가게 문을 닫고 방안에 들어와서 차를 한잔 마시면서 재차 말한다.

"당신은 왜 내가 당신과 함께 살기로 했는지 아세요? 왜 한 번도 묻지 않죠?"

사실 아키코는 홍명부를 좋아하기는 했지만, 동거를 시작한다는 것은 생각하지도 않았다. 왜 이치로가 그리 쉽게 홍명부와의 동거를 허락했는지, 홍명부가 어떤 의도를 가지고 접근한 그것으로 의심하고 있는 게 아닌지 생각해야 했기 때문이다.

홍명부가 아무 대답도 하지 않자, 아키코가 다시 말을 걸었다.

"저희 오랜만에 술 한잔할까요?"

"아니, 아키코. 오늘은 뭔가 내게 말하고 싶은 것이 있는데 대신 얘기 좀 할까?"

홍명부의 대답에 아키코는 윗목의 코타츠를 끌어다가 불을 지폈다. 그리고는 약간 떨리는 목소리로 물었다.

"따뜻한 차 한잔 더 가져올게요"

"그럴까?"

그렇게 대답한 홍명부는 이 여인의 불안에 대해서 잠시 생각한다. 다음 주에 일주일 정도 시모노세키에 다녀올 자신의 위험을 염려하는 것인지 아니면 동거의 목적을 따져 묻고 싶은 것인지. 홍명부는 아키코가 자신을 걱정하고 있다는 걸 어렴풋이 짐작하고 있었다. 홍명부의 입장에서는 뭐든 상관없다. 아키코를 향한 사랑이 커지긴 했지만 순수한 마음으로 깊이 사랑만을 하기 때문만은 아니다. 조선인으로서 언제 전쟁터에 끌려갈지도 모르니 일본인과 함께 산다면 괜찮지 않을까 해서 동거를 결심한 지도 모른다. 그렇다고 좋아하지도 않았는데 억지로 사는 것도 아니었다. 모든 건 스스로 결정한 일이었다.

이치로나 아키코나 자신이나, 지금의 상황은 전쟁 포로나 다름없다. 발버둥 쳐 봐야 수용소 안이다. 전쟁 중이라는 사실은 조선인이든 일본인이든 홍명부 자신과 같은 20대 청년들은 피할 수 없는 상황이다. 메이지대학에도 징집 영장을 받은 일본인 학생들이 많다. 날이면 날마다 승전을 기원하는 송별회가 열린다고 한다. 지금의 불안한 상황을 따지려면 신을 원망해야 할 일이지, 함께 사는 아키코나 자신을 야쿠자 조직에 넣으려는 이치로를 원망하고 싶지는 않다. 자신을 여기까지 보낸 아버지를 원망할 생각도 없다. 신의주에서 금융조합에 다닐 때도 조선인 차별은 심했다. 신의주보다는 도쿄가 재미있는 일도 많았고 분위기도 좋다. 조센징이라며 멸시하는 이들이 많은 점이나 천황 폐하를 끝도 없이 떠받드는 분위기는 다소 거북했지만 상대하지 않으면 그만이다. 홍명부는 아키코가 찻잔에 따라 준 따뜻한 차를 한 모금 마신 뒤 말했다.

"아키코, 난 신바시에서 당신을 처음 봤을 때부터 당신에게 반했어. 당신을 점점 사랑하게 되고, 함께 있고 싶어서 내가 먼저 동거를 제안한 거야. 우리, 세상이 조금 안정되면 정식으로 혼인 신고도 하고 내 고향의 부모님에게도 인사하러 가자."

홍명부는 자신도 모르게 진심인지 거짓인지 알 수 없는 말을 입 밖으로 내보냈다. 아키코의 불안을 잠재우기 위해 자연스레 나온 말일지도 몰랐지만 어쩌면 그게 홍명부의 진심일지도 모른다. 아키코는 그의 말을 듣자마자 자기 입술로 홍명부의 입을 덮어 버렸다. 이것으로 그날 밤 그들의 대화는 끝난다.

"일어나셨어요?"

홍명부가 시모노세키로 떠나는 날 아침, 아키코는 아침상을 차려 들고 방으로 들어온다. 어제 홍명부는 아키코의 방에서 함께 잠들었다. 아키코와 동거하고 있긴 했지만, 평상시 둘이서 같이 자는 경우는 드물었다. 전시 중에는 물자도 부족하고 병원 진료도 어렵다. 아이가 생기면 경제적으로도 부담이 될 뿐만 아니라 병원에 가기도 힘들다. 그래서 홍명부와 아키코는 각방을 쓰며 잠자리를 멀리했다. 그러나 어제저녁 홍명부와 아키코는 뜨거운 밤을 보냈다. 지난주에 홍명부의 시모노세키행이 결정된 뒤부터 그들은 거의 매일 같이 함께 잠자리를 가지며 함께 잠들었다.

"고마워, 아키코."

홍명부가 아침상을 받아 들며 말하자 다시금 아키코는 눈물을 글썽였다.

"걱정하지 마세요. 오빠가 잘 준비해 뒀을 거예요."

창 너머로 겨울의 햇빛이 낮지만 강하게 들어온다. 신주쿠 경찰서의 순찰 자동차 사이렌 소리가 아침부터 요란하다. 전쟁이 모든 이의 가치판단을 흐려 버린 시대였기 때문에 홍명부는 오늘은 특히나 완벽한 일본인이 되어야 한다. 메이지대학 학생증도 필요할 것 같아 챙겨 둔다. 홍명부가 아무리 일본어가 능숙하다고 하지만 저들은 금방 자신이 조선인이라는 것을 눈치챌 것이었다. 홍명부는 방학도 아니고 친척도 없는 시모노세키에 뭐 하러 가냐고 물으면 어떻게 대답해야 할지 어제 이치로와 미리 말을 맞춰 뒀다. 홍명부는 경찰의 불심검문을 대비하여 혼잣말로 몇 번이나 되뇌고 되뇐다.

시모노세키와 후쿠오카

1931년 만주사변 이후 만주국이 들어선 이래 일본에서 부산이나 원산으로 건너가려면 시모노세키를 통과하는 사람들은 더욱더 많아졌고 특히 군인들이 많아졌다. 시모노세키에서 부관훼리로 하룻밤을 걸쳐 부산으로 간 뒤 기차로 조선 반도를 종단하고 만주국까지 넘어가는 것이다. 홍명부는 도쿄에서 도카이도 본선의 기차를 타고 시모노세키까지 오는 데 꼬박 1박 2일이 걸렸다. 어제저녁 7시에 도쿄역에서 기차를 탄 홍명부는 2등 칸 침대에서 잠들었는데, 오사카까지 대략 8시간 정도의 시간이었다. 홍명부가 일어났을 때는 차창 밖으로 오사카의 아침 시내 풍경이 지나가고 있었다. 명부는 오사카역에서 내려 시모노세키로 가는 기차로 갈아타고 8시간 지난 오후 7시 정도가 되어서야 시모노세키역에 도착한다. 도쿄역에서 기차를 탄 뒤 메이지대학 제복을 벗은 홍명부는 회사원으로 보이도록 짙은 청색 양복을 입고 구두를 역 구내에서 반질반질하게 닦는다. 홍명부는 아무도 자신이 조선인이라는 것을 모를 것으로 생각하다가 이내 피식 웃어 버렸다. 홍명부 자신도 한눈에 중국인, 일본인 그리고 조선인을 구분할 수 있다. 일본인들은 키가 작고 왜소하며 두개골이 작았다. 그에 비해 조선인들은 얼굴빛이 거무스레하고 골격과 두개골, 그리고 목소리도 큰 편이다. 다른 이들도 홍명부가 조선인이라는 것쯤은 금방 알아차릴 것이었다.

홍명부는 유학을 와서 읽었던 나쓰메 소세키의 '산시로'라는 책을 떠올린다. 주인공인 산시로가 기차를 타고 규슈에서 교토, 오사카 등 대도회지로 이동하는 동안 기차에 탄 사람들의 얼굴색이 바뀌는 것, 그것도 여성들의 얼굴이 검은색에서 점차 희게 바뀌는 장면이 있었는데 홍명보도 똑같이 느낀다. 홍명부가 부산에서 시모노세키에 처음 왔을 때보다 지금은 역전에 사람이 더 많아졌는데 대부분이 군인이다. 홍명부는 이치로가 말했던 사이토 사장을 만나기 위해 시모노세키역에서 기차로 약 30분 정도 이동해야 한다. 시모노세키역보다는 사람들이 적었으며 모지역사 앞에는 유럽식 건물이 좌우로 2~3개씩 보인다. 모지역 앞의 건물만 그런 게 아니다. 부둣가에는 붉은 벽돌로 지어진 창고가 즐비하게 늘어서 있고 선술집과 유곽과 지은 지 얼마 안 된 듯한 식당으로 붐비고 있다. 행인과 군인 선원들이 많아서 그런지 거리는 넓지는 않았지만 활기차게 보인다. 홍명부가 사이토를 만나기로 한 일식집 '만선(滿船)'으로 가는 동안 부두에는 조선인 하역 노동자들인지 여기저기서 심심찮게 조선어도 들린다.

'만선'은 생선회와 초밥을 먹을 수 있는 곳이다. 홍명부는 일본식 생선회보다는 면 종류를 좋아하기 때문에 주변 식당에서 늦은 저녁으로 간단하게 가락국수를 먹는다. 간단히 요기한 다음에 홍명부가 '만선'에 들어가 계산대 테이블에 앉자 중년 남자 한 명이 주방의 커튼을 걷어 올리며 나온다. 그리고는 기다렸다는 듯이 그가 홍명부의 일본식 이름인 고야마라고 부르며 말을 건넨다.

"자네가 가와구치 이치로가 보낸 고야마인가?"

"네, 제가 고야마 아키오입니다. 사이토상 이십니까?"

"아니, 난 가토야. 사이또 사장님은 아직 안 오셨어. 오늘 밤에 시모노세키에 도착하시거든. 아마 내일 이곳에 오실 거야. 자네는 여기서 자고 내일 아침에 뵙도록 해."

고압적인 말투는 아니었지만, 뱃사람들이 쓰는 투박한 말투에 규슈 사투리까지 섞여 알아듣기가 힘들다. 홍명부는 다시 물어볼까 하다가 가토가 그만큼 친절한 얼굴이 아니라고 생각하며 포기한다….

"네, 그럼 내일 아침에 다시 오도록 하겠습니다."

홍명부의 대답에 가토는 짜증이 난 듯 큰소리를 쳤다.

"말귀를 못 알아듣나? 여기서 자고 내일 아침에 사장님을 만나란 말이야."

그제야 홍명부가 가게 안을 자세히 들여다보니, 2층으로 올라가는 계단이 보이고 그 위에 방들이 있는 듯하다. 홍명부는 눈을 똑바로 뜬 채 가토를 마주 보며 대답한다.

"도쿄의 일본어는 알아듣겠는데, 당신의 일본어는 잘 못 알아듣겠습니다."

사내놈들끼리의 기 싸움은 첫 대면이 중요하다. 주먹질하거나 칼을 들지 않는 싸움이라면 기 싸움에서 제압을 해야 한다. 홍명부는 가토가 사장의 이름조차 제대로 말하지 못했던 것을 떠올린다. 이런 인간들은 대부분 강자에 약하고 약자에 강했다. 둘 사이에 잠시 적막이 흐른 뒤 가토가 약간 타협적인 말투로 말한다.

"미안 내가 규슈 사투리가 심해. 식사는 했나?"

"네, 간단히 요 앞에서 가락국수를 했습니다."

"그럼, 내가 초밥을 만들 동안 2층으로 올라가서 첫 번째 방에 짐을 풀고 오게. 절대로 맞은편 끝방에 가면 안 돼. 사장님이 묵으실 곳이니까."

좀전과는 사뭇 다른 말투였다. 다음 날 오전, 홍명부는 문 두드리는 소리를 듣고 눈을 뜬다. 어젯밤에 '만선'의 주방장인 가토와 일본 청주를 마시기도 했지만 긴장감과 피로가 쌓여 깊이 잠든 모양이다. 어젯밤 가토에게 듣기로는 35살인 그는 아내와 사내아이 2명을 뒀다고 했다. 시모노세키 출신으로 고등학교를 졸업하자마자 배를 탔지만, 물고기를 잡는 어부는 아니었다고 했다. 배 안에서 주방일을 봤고 그 인연으로 '만선'에서 지배인 겸 주방장 일을 한 지 10년 정도 되었다고 했다. 문을 두드린 사람은 가토였다.

"아끼오, 어서 일어나. 사이또 사장님이 곧 오실 거야."

가토가 홍명부에게 어서 나오라는 눈짓을 한다. 옷매무새를 가다듬은 홍명부는 이치로에게 받은 서류 봉투를 양복 안주머니에 잘 챙겨 넣었는지 다시 확인하고 아래층으로 내려간다. 삼십 대 중반 정도의 남자가 1층 테이블 가운데에 앉아 있다. 그의 앞으로 길게 나란히 정돈된 테이블에 7명가량의 건장한 남자들이 앉아서 식사를 막 하려는 모양새다. 테이블 정중앙에 앉아 있는 이가 사이토일 것이다. 홍명부는 사이토를 본 순간 조선인일 것이라고 확신한다. 만약 그가 일본인이라면 최소한 부모 어느 한쪽이 조선인일 그것으로 생각한다. 사이토의 눈은 가느다랗게 찢어져 날카롭게 위로 올라가 있고 비교적 넓은 이마에 양옆으로 기른 짧은 콧수염이 특징적이다. 광대뼈는 튀어나왔지만 거북할 정도로는 아니다. 사이토는 몸집은 그다지 크지 않았지만, 일반적인 일본인보다는 체격이 좋다. 홍명부는 이치로가 왜 자신을 이곳에 오게 했는지 이유는 모르지만 그렇다고 상대방이 먼저 말하기 전에 질문할 수도 없다.

"처음 뵙겠습니다. 저는 고야마 아키오입니다. 홍명부는 조선의 이름입니다. 반도의 신의주 출신입니다. 지금은 메이지대학 법학부 2학년에 다니고 있습니다."

사이토를 포함해 식탁에 둘러앉았던 모두가 일제히 홍명부를 바라본다. 가토는 눈짓으로 홍명부에게 말석에 차려진 밥상 앞을 가리킨다. 식탁의 사람들은 홍명부에게 눈길 한 번 주지 않고 밥만 먹는다. 홍명부는 조용하면서도 긴장된 분위기에 눌려 밥을 먹는 둥 마는 둥 하고 사이토가 수저를 놓는 순간에 자신도 수저를 놓는다.

식사를 마치자 함께 있던 사람들이 모두 일어나서 홍명부도 얼떨결에 함께 일어난다. 다른 이들은 사이토에게 눈과 허리를 숙이며 인사를 하고 가게를 나간다. 이윽고 모두 나갔을 때 사이토가 홍명부에게 다가오라며 손짓한다. 홍명부가 사이또 앞에 서자 사이토가 앉은 채로 일본어로 묻는다.

"그래, 의주가 고향이라고?"

홍명부는 속으로 적잖이 놀란다. 분명 신의주 출신이라고 했는데 의주가 고향이냐고 묻는다는 건 이자가 자신에 대해 많이 안다는 뜻이다.

"네, 정확히는 의주 옆 동네인 용천에서 태어나 의주에서 자랐습니다."

역시 일본어로 답한 홍명부는 이치로에게 받은 노란색 서류 봉투를 사이토에게 공손히 전한다. 봉투 안에 든 서류가 어떤 것인지는 이치로가 정확히 말해 주지 않았으나 어음일 것이라는 정도는 홍명부도 대강 알고 있었다. 봉투를 받아 든 사이토가 옆에 서 있던 일본인 부하에게 건네자, 부하는 봉투를 찢고 어음을 확인한다. 그리고는 사이토의 귀에다 대고 무언가를 보고한다. 틀림없다는 내용인 듯하다. 사이토는 사무적인 말투로 홍명부에게 말했다. 이번에는 조선어다.

"이곳까지 오느라 수고했어. 듣던 대로 침착한 친구군. 며칠 푹 쉬고 가도록 해. 조금 시간이 걸릴 거야."

날카로운 외모와는 달리 조선어로 해서 그런지 홍명부에게는 의외로 친절한 말투로 들린다. 어리둥절해서 하는 명부에게 사이또는 이젠 일본어로 다시 말을 한다.

"여기 모지항에서 후쿠오카까지는 멀지 않으니 그곳도 다녀오고. 가또가 잘 안내해 줄 거야".

사이토가 말을 마치자 가게의 문이 열리며 운전기사인 듯한 사람이 들어온다.

"오야붕(親分), 대기하고 있습니다."

가토가 눈짓하자 홍명부가 따라 나갔다. 조금 전까지 식사하던 사람들이 미제 제너럴모터스에서 나온 신형의 검은색 마스터딜럭스 차 옆으로 이미 늘어서 있다. 도쿄에서도 자주 볼 수 없는 신형 미제 최고급 자동차다. 자동차 안에 라디오와 선풍기까지 달려 있고 자동차 길이는 과장해서 버스만큼 크고 넓다. 승용차 안에는 자세히 보이지는 않지만 20대 후반이나 30대 초반의 여인이 운전자 뒷자리에 앉아 있다.

가토를 비롯해 도열 해 있던 모두가 허리를 굽혀 사이토를 배웅한다. 사이토의 자동차는 이들의 인사를 받으면서 미끄러지듯이 '만선'을 지나 유럽식 건물들 사이로 빠져나간다. 마치 영화의 한 장면 같다고 생각하던 홍명부에게 가토가 말한다.

"들어가세. 가게 문 닫고 우리 집에 같이 가. 아까 사장님이 말한 대로 오늘 자네는 후쿠오카에 가서 사람들을 만나야 하니. 서둘러 가자고."

그렇게 말한 가토는 홍명부를 자기 집으로 안내한다. 가토의 집은 '만선'에서 멀지 않은 곳에 있었다. 대문을 열고 들어가자마자 조그만 마당이 있다. 홍명부가 아사쿠사에서 처음 살았던 일본식 2층 목조 주택과 매우 유사한 외관이고 대문으로 들어가면 조그만 마당이 있는 구조다. 마당의 빨랫줄에는 아기들의 옷가지들이 널려 있다. 가토가 현관의 벨을 누르자 잠시 후 집 안에서 젊은 여자가 나온다. 화장기 없는 얼굴이지만 얼굴은 흰 편이고 웃는 얼굴에 몸집이 조그마하다. 그녀는 허리를 굽히며 홍명부에게 인사한다.

"어서 오세요, 사나에라고 합니다. 사이토 사장님으로부터 말씀 들었습니다. 잠시 들어오세요. 누추하지만."

"처음 뵙겠습니다. 고야마 아키오입니다. 초면에 실례가 많습니다. 이른 아침에, 더군다나 첫 방문인데도 빈손으로 찾아봬서 죄송합니다."

홍명부는 가토의 안내를 받으며 집 안으로 들어간다. 자리를 잡고 앉자 사나가 홍명부에게 말한다.

"사이또 사장님은 우리 가족에겐 은인입니다. 그분의 부탁이니까 고야마상은 저희에겐 특별한 분이시죠."

말을 마친 사나에는 차를 내기 위해 부엌으로 들어갔다.

"아이들이 보이지 않네요. 사내아이가 둘이라고 들었는데…."

홍명부는 사나에가 내 온 차를 마시며 묻자 가토가 대답한다.

"아이들은 이 시간이면 학교에 갔지. 큰애하고 작은애 둘 다 요 앞의 모지 보통학교 다녀. 3학년하고 1학년이야." 가토는 찻잔을 잠시 내려놓고 사나에에게 말을 건넨다.

"사나에짱. 후쿠오카에 조심히 잘 다녀와. 요즘 검문이 심하다고 하니까. 얼마 전에 도쿄에서 독립운동하던 조선인이 나가사키에서 상해로 가려다가 잡혔다니까 검문이 더욱 심할 거야. 어제 말한 대로 네가 오늘 아끼오 군과 부부 행색을 하고 다녀와야 해."

"네, 걱정하지 마세요. 고야마씨가 키가 크셔서 눈에 잘 띌까 봐 걱정입니다만."

사나에는 그렇게 말하고는 살짝 웃는다. 홍명부는 웃는 얼굴에 보조개가 들어가고 덧니가 보이는 모습이 왠지 아키코와 닮은 것 같다고 생각한다.

“하하, 그래. 오랜만에 도쿄의 대학생과 후쿠오카 나들이를 하고 와.”

호탕하게 웃은 가토는 이내 걱정스러운 듯 한마디 덧붙인다.

“너무 즐거워하다가 톈진에 가서 이모님을 뵙고 오는 걸 잊지는 말고.”

홍명부와 사나에는 가토의 집에서 나와 모지역에서 기차를 타고 오후에 후쿠오카 하카다역에서 내린다. 다행히 검문다운 검문은 없었다. 사나에가 전형적인 일본식 기모노를 차려입은 젊은 부인의 행색이었기 때문이라고 홍명부는 생각한다.

겨울이지만 확실히 규슈는 따뜻하다. 도쿄와 달리 사람들은 겨울철 두꺼운 옷보다는 조금은 가벼운 옷차림을 하고 있었고 군인들도 눈에 띄지 않는다. 홍명부와 사나에는 남들이 보면 영락없는 젊은 부부처럼 보이도록 나란히 걷는다. 그러나 일반적인 일본인 부부와 같이 남편이 앞서가고 부인이 뒤따르는 부부와는 달리 보일 것이다. 홍명부는 가슴 한구석에 아키코와 도쿄 나들이도 제대로 못 한 것 같아 미안한 마음이 들었지만 처음 보는 후쿠오카 거리의 광경을 유쾌한 마음으로 보면서 걷는다.

후쿠오카 시내의 가장 큰 번화가인 톈진(天津) 거리를 지나 나까스(中州) 쪽으로 걸어가자 도심을 가로지르는 개울보다 몇 배가 크고 자기 고향 압록강의 폭보다는 좁은 큰 천이 흐른다. 후쿠오카의 나까스는 후쿠오카만(灣)으로 나가는 강 하구와 마주치는 곳에 삼각주처럼 생긴 조그마한 섬으로 나까스를 중심으로 양쪽에 다리로 연결되어 있어 상점가로 건너갈 수 있다. 나까스 8정 목에 있는 서양식 건물 3층에 커다란 검은색 간판에 ‘흑룡회(黑龍會)’라는 금색으로 도장 된 날아갈 듯한 글씨체로 새겨져 있다. 사나에가 앞장서서 계단을 오르고 홍명부가 사나에의 뒤를 따른다.

사나에는 좀 전에 걸으면서 홍명부에게 이곳에서 나카무라를 만나 인사를 해 둬야 한다고 말한 바 있다. 나중에 함께 할 일이 많다는 사이토의 전언과 함께였다. 홍명부는 '흑룡회'의 검은색 간판이며 사무실의 분위기도 뭔가 흉흉하고 낯설었지만, 사이토가 만나보라고 한 나카무라라는 30대 초반의 남자를 소개받는다. 첫눈에도 전형적인 야쿠자의 모습을 한 자다. 나이는 30대 중반 정도인 것 같고 눈이 매섭고 다른 이들과 나누는 말투는 매우 거칠다. 사나에의 소개를 받아 홍명부가 눈인사와 허리인사를 하자 그자는 인사를 받는 둥 마는 둥 하면서 그를 살펴보기만 했을 뿐이다. 그리고는 사나에와 한 곁에 가서 그자와 얘기 나누는 것을 지켜본게 전부였다. '흑룡회' 사무실에서 나온 홍명부와 사나에는 다시금 후쿠오카의 중심가인 텐진 쪽으로 걸어간다. 그러던 도중 사나에가 자신이 잘 아는 식당이 있다며 안내했다. '텐진'이라는 일본식 식당이다. 사나에가 들어서자 주인과 종업원들이 반갑게 인사한다. 아마도 사나에가 이곳의 단골인 모양이다. 홍명부와 사나에는 그들과 인사를 나누고는 텐동과 메밀국수, 그리고 기린 맥주 한 병을 시킨다. 홍명부와 사나에가 식사를 거의 끝낼 때 즈음 사나에가 맥주 한 병을 추가로 주문한다. 그리고는 홍명부의 맥주잔을 채우고 자신의 맥주잔에도 따른 뒤 한 번에 들이킨다.

"그런데 당신은 어떤 분이세요? 아까 사무실에서 당신의 눈빛과 행동을 보고 이 바닥 사람이 아니라는 걸 느꼈어요."

갑작스러운 질문에 홍명부가 당황하자, 사나에가 다시 물었다.

"당신은 이 사람들처럼 헛된 꿈을 좇는 사람 같아 보이지는 않는데…. 요즘 같은 상황에서는 아주 위험한 생각이죠. 그렇다고 꿈이 싫지는 않지만."

홍명부는 아무 대꾸도 안 하고 잠시 사나에의 입과 눈을 쳐다본다. 사나에는 이런 일을 하는 자신의 오빠와 사이토 사장 등의 행동이 마음에 들지 않는 모양이라고 홍명부는 생각한다. 굳이 자신에게 하는 말 같지는 않고, 자신의 오빠인 가토, 아니면 좀 전에 들렀던 흑룡회 사무실의 남자들에게 하는 말인 것 같기도 하다. 다시 사나에가 말을 한다.

"고야마상은 이 모든 상황에서 이득이 되는 편에 서는 게 사는 길이에요. 그리고 이런 세상에선 마음에 내키지 않아도 그게 살길이라고 생각하세요."

사나에는 애교 있게 웃으며 홍명부의 코앞에 얼굴을 들이민다. 그리고는 그가 대꾸할 틈도 없이 자리에서 일어나 말한다.

"가죠, 우리 갈 곳이 있어요."

후쿠오카에서의 첫날

사나에가 홍명부를 데리고 간 곳은 가토 남매의 이모네 가게 겸 집이다. 사나에의 이모는 후쿠오카 니시중학교 앞에서 '스즈키잡화점'이라는 간판이 붙은 가게를 운영하고 있었는데, 안쪽으로 살림집이 붙어 있다. 1층 목조 가옥의 뒷문으로 나가면 넓은 마당을 지나 본채인 집 안으로 들어갈 수 있는 구조다. 사나에는 늦은 시간이지만 아직도 불이 켜진 가게 안으로 뛰어 들어갔다. 홍명부는 사나에와 가게에 함께 들어가지는 않고 '스즈키잡화점'의 나무 간판을 보며 바깥에서 기다린다. 가게의 문밖으로도 사나에의 밝은 목소리가 들려온다.

"이모, 저 왔어요!"

잰 발걸음 소리가 들려오는 듯하더니 중년 여자의 목소리가 들려온다.

"아니 어쩐 일이야? 사나에. 갑자기?" 반가운 목소리가 울려 퍼진다. 그리고는 계속 그 중년 여성이 말을 하는 듯하다.

"모지항구에 있는 오빠 집에 일주일 정도 있겠다고 그제 간 아이가 왜 벌써 왔어?"

"그건 나중에 설명해 드릴게요. 오빠 손님 모시고 왔어요. 마코토 오빠, 아니, 사실은 사이토상의 손님이에요, 이모."

사나에가 아직 문밖에 서 있는 홍명부에게 눈짓한다. 홍명부의 한 손에는 사나에가 이모가 좋아한다는 일본 과자가 든 선물 가방이 들려 있다. 사나에는 괜찮다고 했지만, 홍명부가 첫 방문에는 뭐라도 선물을 챙겨야 한다고 우겨서 후쿠오카 번화가에 있는 텐진에 새로 생긴 '다이마루(大丸)'백화점에서 산 일본 과자였다. 붉은색과 연분홍색으로 화사하게 꾸며진 포장지에 싼 과자 상자를 사나에의 이모에게 건네며 홍명부가 말한다.

"처음 뵙겠습니다. 조선의 신의주 출신 고야마 아끼오라고 합니다. 지금은 메이지대학 법학부 2학년에 재학 중입니다."

"아~ 잘 오셨어요. 저는 사나에의 이모 스즈키라고 합니다. 이렇게 비싼 것까지 사 와 주시고."

사나에의 이모는 50대 정도로, 사나에의 모습이 언뜻 보이는 외모다. 홍명부는 손을 저으며 꾸벅 인사를 다시 한다.

"아닙니다. 약소한 것입니다. 가또 남매분들에게 받은 친절에 비하면 별거 아닙니다."

"어머나, 다이마루 백화점에서 사셨네요. 몇 번을 지나쳤지만 비쌀 것 같아 감히 들어가 보지도 못했는데. 아무튼, 감사합니다. 이제 가게 문을 닫을 시간이니까 어서들 들어가세요. 곧 저녁을 해 드리죠."

사나에의 이모가 친절하게 답하자 사나에가 손을 젓는다.

"이모, 아니에요. 우리는 먹었어요. 고야마상은 오늘 여기에서 자고 갈 거예요. 내일 아침을 해 주세요."

홍명부는 사나에의 말을 듣고 놀랐다. 어디서 자야 할지도 조금 전에 저녁을 먹을 때도 들은 적이 없었다. 홍명부가 잠시 당황한 사이에 사나에가 말을 잇는다.

"고야마상, 오빠가 말을 안 했나 보네요. 참~ 마코토 오빠는 중요한 말은 항상 빼먹는다니까. 걱정하지 마세요. 이 집에는 돌아가신 아빠의 옷도, 오빠의 옷가지도 조금 있으니 그걸 입으시면 돼요."

사나에는 예상했다는 듯 거침없이 홍명부에게 말한다.

"아니요, 그건 곤란합니다. 초면에 여성 두 분이 계시는 곳에서 신세를 지다니요."

홍명부는 어정쩡하게 답한다. 홍명부는 사나에에게 고마웠지만, 생각과는 다른 답변을 한다.

"호호, 걱정하지 마세요. 우리 무서운 사람 아니에요. 사이토상의 손님이라면 저희 식구나 다름없으니까요."

사나에의 이모가 괜찮다고 말해도 홍명부가 우물쭈물하자 사나에는 홍명부의 옷자락을 끌고 가게의 뒷문으로 나간다. 뒷문으로 나가니 넓은 마당이 펼쳐진다. 마당을 지나쳐 미닫이문을 열고 마루 위로 올라가자 나이 지긋한 남성과 그다지 늙어 보이지 않는 여성의 사진이 함께 불단 위에 정면으로 놓여 있다. 사나에는 불단 앞에서 종을 치고 두 손을 모아 두 번 손뼉을 치고 난 후에 꾸벅 인사를 한다. 홍명부는 얼떨결에 그녀의 뒤에 서서 그 모습을 지켜본다.

"돌아가신 제 아버지와 어머니예요."

담담하게 말한 사나에는 마루 왼쪽 계단을 올라간 뒤 홍명부를 왼쪽 방으로 안내한다. 넓은 다다미방으로 가토가 이곳 후쿠오카에 오면 묵었던 방이라 남자 옷들과 옷장이 보인다. 따라서 들어온 사나에가 홍명부에게 말한다.

"사실은 오빠와 저는 어머니가 돌아가시고 나서는 이모하고 이 집에서 내내 살았어요. 사이토상이 이 집과 가게의 실제적인 주인이죠. 아버지가 사이토상의 회사에서 근무하셨을 때 돌아가셨지만 그 이후로도 사이또상의 배려로 집과 가게를 빌려줘서 살고 있으니까요."

"이 방이 오빠의 방이에요."

"그래서 사이토상이 은인이라고 하셨군요"

"그뿐만 아니죠. 오빠도 지금 사이토상이 챙겨 주고 있잖아요. 지금 일본은 전시 중이라 물자도 부족하고 일자리도 없는데 말이에요."

"참 좋은 분이시네요."

홍명부는 다소 형식적으로 답했다. 홍명부는 사이토의 첫인상을 잊을 수가 없었다. 그자의 눈빛은 예사롭지 않았다. 이렇게 잘해 준다는 것은 뭔가 목적이 있을 수 있다. 이들에게 자신에게 뭔가 얻을 것이 없었다면 그가 결코 이렇게 잘해 주었을 리 없다고 홍명부는 생각한다.

홍명부가 보기에 사이토에게서는 인간미를 발견할 수 없었다. 사이토를 만나고 오늘 이 시간까지 거의 완벽하게 움직였던 것도 묘하다. 모지항에서 후쿠오카까지 올 때 위험한 일도 검문도 없었다. 애당초 홍명부는 굳이 후쿠오카에 왜 오게 됐는지도 알 수 없었지만 모든 게 일사천리였다. 홍명부는 신의주 금융조합 시절 완벽하게 꾸미는 사람들일수록 사기꾼이거나 사람을 해치는 데 무감각한 사람들이 많다는 것을 알고 있었다. 사이토와 아침에 봤던 사람들은 행색을 미루어 보아 야쿠자임이 분명하다. 조금 전 '덴진'에서 저녁 식사를 했을 때 사나에가 말하지 않았던가. 이들은 사람들의 약점을 이용하면서 강자의 편에 서서 쉬운 쪽으로 사는 사람들이다. 생각에 잠긴 홍명부를 깨운 건 사나에의 명랑한 말소리였다.

"목욕하시려면 마루를 지나쳐 끝에 있는 방으로 들어가시면 돼요. 화장실은 좀 불편하시겠지만, 마당으로 나가셔서 오른쪽 가게 뒤편에 있어요. 그럼 씻고 옷 갈아입으시고 쉬고 계세요. 저는 이모님 가게 문 닫는 것 좀 도와 드리고 차를 가져올게요."

그렇게 말한 사나에는 홍명부가 대답하기도 전에 문을 닫고 나간다.

여기가 신의주라면 아니 조선이라면 이렇게까지 조심하지는 않았을 것이라고 홍명부는 생각한다. 사이토와 흑룡회 사람들, 가토 남매, 도쿄의 이치로와 아키코까지 모두 정체를 알 수 없는 사람들이다. 사이토 그자도 겉으로는 야쿠자 행색을 하고 있지만 지금 한창 단속 중인 일본 공산당일 수도 아니면 조선 독립을 몰래 후원하는 일당의 위장일 수도 있다고 홍명부는 생각한다. 어떻게 행동해야 할지 생각에 잠긴 홍명부는 이내 확신할 수 없다면 아예 시도조차 하지 말자고 다짐했다. 여기는 일본 땅이고, 자신은 언제 전쟁터에 끌려갈지 모르는 스물네 살 청년이다. 사고를 저지르는 순간 전쟁터로 끌려가 어느 곳에선가 그것도 일본 군복을 입고 시체가 되어 버릴 수도 있다.

후쿠오카에서의 둘째 날

홍명부는 어젯밤, 이 생각 저 생각에 잠을 설치다가 늦게서야 잠이 들어 버렸다. 홍명부가 눈을 떠 보니 잠든 사이 사나에가 내 온 것으로 보이는 찻잔이 놓여 있다. 세수하고 다시 방에 돌아와 보니 이부자리는 이미 벽장 안에 정리되어 벽에 걸려 있는 달력을 보니 1940년 2월 8일이다. 조선의 설날 아침이다. 홍명부는 의주의 고향 집과 어머니를 잠시 떠올리면서도 설날이나 추석 정도에만 고향 의주 집에 오셨던 아버지를 생각한다. 그마저도 요즘 몇 년 동안은 설날 때 아버지를 본 기억은 거의 없다. 설날이지만 쓸쓸히 고향 집에서 혼자서 보낼 어머니가 그립다. 홍명부가 아버지와 물론 대화를 전혀 하지 않았던 것은 아니지만 아버지에 대한 그의 안 좋은 기억은 명절날에 더한 것 같다. 멀리서 사나에 이모네 가게의 전화기가 울리는 소리와 전화를 받는 사나에의 명랑한 목소리가 들린다. 그리고 잠시 후에 마당을 가로질러 안채로 오는 발소리가 들리자 홍명부는 자신의 옷매무시를 가다듬는다.

"일어나셨나요? 고야마상."

마루 문을 여는 소리와 동시에 낭랑한 사나에의 목소리가 들려왔다.

"네, 일어났습니다. 어젯밤은 덕분에 편하게 아주 잘 잤어요."

홍명부가 문을 열고 나오며 말한다.

"사이토상으로부터 전화가 왔어요. 오늘이 음력으로 조선의 설이라면서요. 이따가 저하고 함께 사이토상의 집으로 오라고 하네요. 점심이나 하자고 하시면서. 사실 저도 사이토 사장님 댁은 들어가 본 적은 없어요. 벌써 흥분돼요. 곧 아침 식사를 차려서 방으로 갖다 드릴게요." 홍명부가 뭐라 대꾸하기도 전에 사나에는 후다닥 나가 버린다.

사나에는 꽤 매력적인 여인이다. 늘 자유롭고 활기찼다. 전쟁 중인데도 누군가는 위축되어 있고 누군가는 자유로운 영혼으로 산다는 것이 신비롭게 느껴진다. 전쟁이라는 괴물은 개인적인 운명을 휘젓고 집단적 운명의 역사를 만드는 것이 아닐까 하고 홍명부는 생각한다. 홍명부가 보기에 사람들은 자신을 둘러싼 환경이 그들 스스로 난관을 극복하는 데 벅차다고 생각할 뿐이다. 신의주 시절부터 민간인보다 군인과 상인들을 훨씬 많이 보고 자란 홍명부는 사람들이 돈의 노예가 되어 있다는 것도 일찍이 깨달았다. 전쟁이 일어났음에도 불구하고 목숨보다 돈을 좇는 인간들이다.

그에 비해 점심 무렵에 찾아 간 사이토의 집은, 설명하자면 별세계를 보는 듯 평화로웠다. 사이토의 집은 후쿠오카에서 시모노세키 방향으로 버스를 타고 약 30분 정도 떨어진 거리에 있었고, 담장이 높아 안채가 보이지 않는 구조다. 집의 입구 너머로는 넓은 마당, 안채와 식당과 손님들을 맞이하는 별채가 있다. 남자 하인이 두 사람을 안내하면서 안채 현관문을 열자 마루가 보인다. 마루 저편에서 기모노를 입은 사이토가 걸어 나오면서 홍명부와 사나에를 맞이한다.

"왔나? 어서들 들어오게."

홍명부와 사나에는 긴장을 한 탓인지 한마디 대꾸도 없이 허리를 굽혀 사이토에게 인사를 할 뿐이다. 앞장선 사이토가 안채의 구석진 곳에 있는 응접실에 들어가 의자에 앉는다. 그러자 잠시 후, 모지항에서 자동차 안에 앉아 있던 여인이 들어온다.

"안녕하세요, 사이토의 부인 하나코입니다. 남편으로부터 두 분에 관한 이야기는 많이 들었습니다. 여러 가지로 신세를 많이 지고 있다더군요.

고야마상, 오늘이 조선의 설날이라고요? 고야마상을 위해 식사를 준비했는데 어떨지 모르겠네요. 마침 조선인 하녀가 있어 그녀가 잘해 두었으리라 봅니다만. 편히 쉬시다 가세요."

하나코는 두 사람의 눈을 똑바로 바라보며 또박또박 말했다. 하나코는 미인상이기는 하지만 미간이 살짝 좁고 눈이 깊다. 체구는 그다지 작지 않았고, 기모노를 입고 있고 기품이 있어 보인다. 그래서 그런지 여느 평범한 주부처럼 보이지 않는다.

"사나에, 여기는 처음이지? 오빠는 자주 왔었는데."

"네, 처음이에요. 오빠가 조선에서 모지항으로 쌀이 들어올 때마다 이곳에 온다는 소리를 하긴 했지만. 오빠가 자랑을 많이 해서 와 보고 싶었어요."

사나에가 약간 흥분된 목소리로 말한다.

"그래, 요즘은 조선의 쌀값도 비싸져서 뜸하긴 하지만. 작년에 조선에는 큰 흉년이 들었거든. 이제 식사할까?"

사이토의 말에 하나코가 답한다.

"네, 식탁이 있는 방으로 가요. 떡국을 차려 놨어요."

사이토는 홍명부와 사나에를 보며 일어나 가자는 자세를 취한다.

이들이 함께 들어간 방은 일본식 다다미방의 좌식이 아닌 의자에 둘러앉는 서양식 식탁이 있는 곳이었다. 식사는 각자의 앞에 독상으로 네 개의 세트가 놓여 있다. 조용한 분위기에서 이들이 점심 식사를 마친 뒤, 사나에는 잠시 들를 곳이 있다며 나가고 하나코는 부엌으로 향한다. 잠시 후 사이토와 홍명부만 거실로 자리를 옮긴다. 거실문이 열리며 그새 옷까지 갈아입은 하나코가 찻잔을 들고 들어온다. 좀 전까지는 기모노를 입고 있었으나 지금은 옅은 분홍빛의 서양식 원피스 차림이다. 옅게 화장한 그녀에게서 은은하게 향수 냄새도 풍긴다. 다시 보니 전형적인 일본인이라기보다는 이마를 훤하게 드러내고 파마머리가 자연스럽게 어깨를 감싸는 것이 신식 여성처럼 잘 어울린다.

"점심 식사는 입에 맞으셨나요? 저도 오늘 난생처음 조선의 떡국을 먹어봤는데 나쁘지 않더군요."

하나코의 말에 사이토가 답한다.

"응, 하나코. 정말 맛있었어. 그리고 내가 어제 말했지만, 앞으로 아끼오군이 내 일을 도와줄 거야. 조선에서 금융조합에 다녔고 지금은 메이지대학 법학부에 다닌다고 하니 명석하겠지. 금전 출납 일을 시킬 거야."

잠시 후 사이토와 몇 마디 주고받은 하나코는 거실에서 나간다. 그러자 홍명부와 사이토의 사이에 침묵이 흐른다. 홍명부는 어리둥절해진다. 이치로는 자신이 후쿠오카에 오게 된 목적을 말하지 않았다. 더군다나 금융조합 시절에는 주판만 튕기던 게 넌더리가 날 정도였는데 이곳 일본까지 와서 또 같은 일을 하게 된 것이다. 그런 마음을 알아챘는지 사이토는 홍명부에게 약간 힘을 준 목소리로 말한다.

"도쿄의 이치로가 자네에겐 말을 안 해서 놀랐겠지. 자네 얼굴을 본 다음에 내가 결정한다고 했거든. 난 말이지, 돈은 믿지만, 사람은 못 믿거든. 내 안목만을 믿지. 그런데 자네는 나와도 약간은 사업 관계가 있는 고야마 사장의 차남 아닌가. 금융조합에서 일한 덕에 조선의 사정도 알고, 조선어도 할 줄 알고, 말이지. 자네가 내 밑에서 일하게 되었다는 소식을 들으면 자네 아버지도 좋아하실 거야."

홍명부가 당황하자 사이토가 덧붙인다.

"아냐, 당황하지 않아도 돼. 오히려 자네에게는 기회가 온 거야. 신의주에서는 급여가 60원 정도였을 거야. 여기선 120엔을 주지. 더군다나

재작년부터 국가 총동원법이 시행되었으니 자네 같은 젊은이들은 언제 중국으로 끌려갈지 몰라. 그러나 군납 회사에서 일하고 있으면 징집 대상에 포함되지 않으니까, 자네에게는 일거양득인 셈이지. 이치로의 편지를 보니 아키코와 동거도 시작했다더군. 이젠 가족도 생겼으니 열심히 해야겠지. 할 일은 간단해. 우리 상회의 군납품 잔액을 파악하고, 금전 출납을 보는 거야. 특히 쌀 같은 건 외상을 하려는 자들이 많은데, 전시 중이니까 외상은 절대 안 되고."

쌀값의 시세는 그해 농사의 작황, 날씨, 거래량 등등 복잡한 것들에 의해 결정된다. 특히 일본은 쌀 소비량이 가장 많은 오사카의 '오사카 도지마 쌀 취급소(大阪都島米取扱所)'의 가격 변동에 가장 민감하게 반응한다. 전화기가 보급되어 있지 않아 전보로 정보를 교환하는 조선과 달리, 일본에서는 전화기로 거래소마다 쌀값 시세 정보를 빠르게 교환했다. 그 덕에 홍명부는 신의주에 있을 때도 일본 관계자들이 돈을 많이 벌었다는 이야기를 수없이 들어 왔다.

그런데 바로 사이토가 조선의 쌀을 일본 시장에 내다 파는 일을 하고 있었다니. 홍명부는 자신도 돈을 벌어 출세할 수 있다고 생각하는 동시에 쌀 때문에 패가망신했다는 이야기를 떠올린다. 당시 조선에서는 부자가 되려면 쌀과 광산을 해야 한다는 소문이 파다했고, 이로 인해 패가망신한 사람이 부지기수였다.

홍명부가 대답을 명확히 하지 않는 사이, 이런 생각을 눈치채기라도 했는지 사이토가 말을 잇는다.

"쌀장사하는 자들이 많긴 했지만, 지금은 쌀이 재미가 없어졌어. 돈이 된다고 하니 너도나도 뛰어들고 있고. 작년에는 조선의 작황이 흉년 때문에 나빠져 오히려 일본 쌀을 조선에 팔아야 하는 형편이었으니, 우리 같은 군납업자는 재미가 없었지. 대신에 이번에 들여온 조선의 목면은 도쿄와 히로시마, 오사카 방적 공장에 꼭 필요한 것들이니까 어제 들어온 1차분과 이틀 후에 부산항에서 들어오는 목면까지 재고 파악하고 출납장을 기록해 둬. 도쿄에 가서 물건이 잘 도착했는지 확인하고, 재고품 정리도 잘해 두고. 나카무라가 자네가 할 일을 자세히 말해 줄 거야. 일주일 정도 일을 익히면 도쿄로 돌아가도록 해. 그곳에서도 비슷한 일을 해야 하니."

홍명부가 대답할 겨를도 없이 말을 끝낸 사이토는 자리에서 일어선다. 잠시 후 사나에가 웃는 얼굴로 거실에 들어왔다. 홍명부는 사나에와 함께 마당으로 내려오는 현관문을 열고 신발을 신는다. 올 때는 몰랐는데 홍명부는 사나에의 연둣빛 기모노와 분홍빛 게다가 참 잘 어울린다고 생각한다. 둘은 10분 정도 걸어 '조광무역 회사'라는 간판이 걸린 공장에 들어간다. 그리고는 입구의 수위에게 나카무라를 만나러 왔다고 전하자 수위가 그들을 안내한다. 본관으로 쓰고 있는 듯한 건물의 문을 열고 들어가면 긴 복도의 양옆으로 방이 빼곡하다. 정중앙에 '경리부'라는 팻말이 붙은 문을 열고 들어가자 가장 안쪽 자리에 앉아 있던 나카무라가 기다리고 있었다는 듯이 일어난다. 후쿠오카 흑룡회 사무실에서 잠시 만난 사이토와 비슷한 나이대인 듯한 나카무라를 다시금 이곳 공장에서 만나니 자세히 관찰하게 되었다. 그는 다부진 체격에 눈빛이 매우 날카로웠기도 하지만 왼손등에 칼로 다친 흔적이 보인다. 사나에의 말에 의하면 나카무라는 후쿠오카의 야꾸자 조직에 어릴 때부터 몸을 담고 있다가 다다미를 만드는 평범한 집의 차녀와 결혼했지만, 폭력을 일삼는 남편이었다고 한다. 그의 부인 치카코가 나카무라의 폭력에 못 견디고 자신의 친정집으로 도망가자 뒤따라가서 장인, 장모, 어린 처남에게까지 칼을 휘둘

렀다고 한다. 다행히 그들은 죽지 않았고, 나카무라는 살인 미수 현행범으로 체포되어 징역 15년을 구형받고 복역하던 중 모범수로 가석방되어 지금은 사이토 밑에 있다고 한다. 나카무라는 어릴 적 소학교를 졸업하자마자 도쿄의 잡화점 '기쿠'에서도 근무했다고 한다. '기쿠'는 사이토의 아버지인 한덕배가 소유했던 곳으로, 그가 살해당한 이후부터는 사이토가 잡화점을 소유하고 관리하게 되었다. 그 이후 이치로가 사이토와 함께 일하기 시작했던 곳이기도 하다.

아끼꼬의 오빠인 이치로는 18살이 되던 해에 요코스카 해군 기지에 자원입대해 기관병으로 근무했다. 6년 뒤 제대하고 나서 동생을 데리고 '기쿠'라는 잡화점의 점원으로 취업을 했는데 이때 나카무라도 같은 점원이었다. 이때는 이미 사이토가 잡화점을 관리하고 있었다는 것이다. 사이토는 나카무라를 후쿠오카 회사에 취직시켜 주고, '흑룡회'에서 일할 수 있도록 지원해 주었고 이치로는 도쿄의 잡화점에 남겨두었다는 것이다. 이후 나카무라는 어느 정도 안정을 찾은 뒤 결혼에도 성공했으나 처가를 박살 내다시피 해서 그 사달이 났다. 임시 석방 이후 나카무라를 다시금 받아 준 이가 사이토였다. 몇 번이고 도움을 받은 덕에 나카무라는 사이토의 말이라면 뭐든지 할 태세가 되어 있었다. 사나에가 자신의 오빠인 가토의 말을 홍명부에게 전해준 내용이다. 홍명부는 사나에의 설명을 듣고서야 이치로, 나카무라, 그리고 사이또사장의 관계를 이해하게 된다.

"어제 우리 사무실에 왔던 고야마라는 친구군. 오야붕에게는 말씀을 전해 들었다. 앞으로 잘해 보자. 자, 이리 들어와."

고압적이면서 날카로운 눈빛으로 말한 나카무라가 '총무과' 팻말이 붙어 있는 방으로 들어간다. 나카무라가 안쪽 자리로 둘을 데리고 들어가자, 홍명부가 차분하게 인사한다.

"앞으로 잘 부탁드립니다. 조선에서 온 고야마 아키오입니다."

홍명부의 인사가 끝나자 자리에 앉으라는 눈짓을 한 사나에가 선 채로 말한다.

"안녕하세요. 저는 시모노세키 모지항에 있는 '만선'의 가토 사나에 입니다. 사이토상의 부탁으로 고야마상을 모시고 왔습니다."

사나에는 긴장한 듯했지만, 주눅 들지 않고 명랑하게 인사한다. 아마도 이 모든 권력의 정점에는 사이토가 있으니 은연중에라도 자신들을 함부로 대하지 못할 것이라 확신한 것이다.

"상업학교 출신에 금융조합에서 일했다고 하니까 금방 업무에 익숙해질 거야. 무슨 일을 하는지는 사이토 사장님에게 들었겠지? 간단해. 재고와 출납 관리, 자금 관리만 잘하면 돼. 업무 보고는 총무부장인 나와 경리 부장인 요시다에게 꼭 해야 해. 그래야 급여와 물품 대금을 제대로 지불 할 수 있으니. 오늘은 들어가 보고, 내일부터 3일간 여기로 출근하도록 해. 이치로 대신 처리해야 할 급한 일이 생겼으니 내일 일찍 나오고. 당분간 자네 자리는 여기 옆 칸의 앞자리야."

나카무라는 이번에는 그리 사납지 않은 업무용 말투로 홍명부에게 지시한다. 칸막이로 구분된 옆 칸에는 두세 명이 앉아 있고, 그 안쪽에 빈 책상이 놓여 있다. 그곳이 홍명부의 자리이다. 나카무라는 소리쳐 인사를 시키고, 내일부터 출근할 홍명부를 모두에게 소개한 다음 홍명부와 사나에를 배웅한다.

한덕배의 아들 사이또 미노루

사이토 미노루는 어렸을 적에 지금은 죽은 일본인 어머니가 종종 자신에게 말한 것을 기억해낸다. 사람을 안다고 함부로 믿지 말고 사람의 속은 자주 변하니까 앞으로 네가 결혼을 해서 가정을 꾸리게 된다 해도 네 처와 처가도 함부로 믿지도 말라는 것이다. 그 말을 들을 때마다 사이토는 어머니가 아버지가 살해당한 날을 상기하며 아들에게 당부하는 말일 것이리라 짐작한다. 같은 동포인 조선인에게 아버지는 살해당한 것이다. 사이또 미노루의 아버지인 한덕배가 조선의 군인으로서 명성황후를 시해한 그것에 가담하고 일본으로 도망을 해서 신분을 속이고 살았지만, 그의 정체를 알려준 것도 자신과 함께 도주한 조선인이었을 것이라는 것이다. 비가 세차게 오던 어느 날 아침에 우산을 든 40대 정도의 노동자 행색을 한 남자가 자기 남편인 한덕배를 죽였다는 사실을 사이또 미노루의 어머니는 잊을 수 없었다. 사이또가 어머니에게 듣기로는 그 시절 아버지는 완전하게 일본인처럼 행색을 하면서도 항상 쫓기듯 살았다고 했다. 그나마 사이또 미노루가 태어난 뒤로는 안정을 찾는 듯해 도쿄의 신주쿠에 잡화점을 열고 함께 도망해 온 백수전이라는 경상도 밀양 출신의 남자와만 가깝게 지냈다고 한다. 후에는 시마무라라는 일본인 이름으로 바꿨다고 한다. 아버지의 갑작스러운 암살 이후 어머니와 9살이 된 사이또 미노루는 '흑룡회' 간부인 사이토 집안의 양자로 들어가게 되어 원래의 이름인 사코다라는 성에서 사이또라는 성으로 바뀌었다는 것이다. 형식적으로만 양자였을 뿐 어머니와 같이 살며 사이토 집안에서 일정 금액을 받아 여유롭게 살았다. 흑룡회 사이토 도쿄지부장의 도움으로 그와 그의 어머니는 후쿠오카로 이사를 왔다. 후쿠오카로 온 그는 사이토 미노루라는 이름으로 니시진 소학교, 후쿠오카니시 중학교, 후쿠오카 고등학교에 다녔다. 이후 교토대학에 진학했으며 1927년에 대학을 졸업했다.

일본에서 도쿄대학 다음으로 명문인 교토제국대학의 졸업생들은 대기업이나 백화점, 은행 등이 취직해 외국으로 나갔으며 많은 이가 공무원으로 취직했다. 그러나 사이토는 '흑룡회'와 연을 끊을 수도 없을 뿐만 아니라 어머니가 있는 후쿠오카에 돌아가고 싶었다. 무엇보다 졸업 직후 발령받은 군납 회사 '조광 무역 상회'의 파격적인 대우를 마다할 이유도 없었다. 회사에서 근무한 지 반년도 되지 않았을 무렵 그는 조선의 부산 영도 지사에 발령을 받았다. 조선에서 사들인 쌀, 인삼, 목면 등을 시모노세키로 보내고, 필요한 물품을 조선 각지의 '조광 무역 상회' 거래처에 주문하는 것이 그의 일이었다.

그는 부산진역 앞쪽의 비교적 높은 언덕에 있는 일본식 가옥에서 살았다. 부산역과 부산진역 사이로 펼쳐진 넓은 길을 쭉 따라 올라가면 집이 나왔지만, 그는 일부러 돌아서 부산진역 앞의 홍등가를 지나곤 했다. 그리고 사이토는 어느 늦가을 저녁 이곳 홍등가에서 후일 자신의 조선인 첩이 되는 김보희를 만나게 된다.

홍등가의 술집에서 일하고 있지만, 보희는 술을 따라주는 작부나 기생은 아니었다. 보희는 사이토가 가끔 가는 일본식 술집 '초량'의 주방에서 일하고 있었다. 추운 바닷가 바람을 막기 위해 검은색 외투의 깃을 올리며 '초량'에 들어온 사이토미노루는 늘 그랬듯이 일본인 주인인 요시나가와 눈인사를 나눈다. 요시나가가 먼저 아쉽다는 듯 그에게 말한다.

"어~ 사이토상. 어서 오게. 오늘은 미안하지만, 가네코가 없어. 이미 출장을 나갔어. 초저녁에 선원 조합의 회식 자리가 있는데, 접대원이 모자란다고 해서 말이야.” 가네코는 사이토가 ‘초량’에 오면 찾는 키가 작고 이쁜 얼굴은 아니지만 애교가 많은 일본인 게이샤였다.

“아, 그래요? 하는 수 없죠. 괜찮습니다. 그럼 오늘은 한잔만 하고 가겠습니다. 날씨도 추워지니 간단한 안주와 따뜻한 일본 청주를 부탁해요”

사이토가 음식을 주문한 지 얼마 지나지 않아 주방에서 일하는 듯한 몽뻬바지에 앞치마를 두른 젊은 여성이 정어리 무침과 채소 절임, 따뜻한 일본 청주를 쟁반에 들고나온다. 사이토는 이 가게에 몇 차례 왔지만, 오늘 처음으로 그 여인을 제대로 봤다. 까무잡잡한 얼굴에 화장기가 전혀 없다. 그녀의 콧날은 오뚝하고 입은 작고 아랫입술보다 윗입술이 두꺼워 한층 성숙미가 풍기는 외모다. 눈은 쌍꺼풀이 없지만 큰 편이다. 사이또가 그 여인에게 말을 건넨다.

“여기 앉아서 한 잔 따라 줘. 화대는 충분히 줄 테니.”

“저는 그런 사람 아닙니다. 저는 주방에서 일하는 사람입니다. 지금 음식을 내올 사람이 없어서 제가 내드린 겁니다.” 그녀가 쌀쌀하면서 불쾌한 목소리로 조선어로 사이또에게 대답을 한다.

사이토는 그녀의 목소리가 싸늘하지만, 청량감이 있어 듣기 좋다고 생각했다. 일본어가 아니라 당당하게 조선어로 말하는 것도 신선하다.

“아, 실례. 그럼 게이샤를 불러 줄 수는 없을까? 술을 따라 줄 사람이 필요한데.”사이토 역시 그녀를 따라서 조선어로 치근거리는 듯한 태도로 다시 말한다.

“저는 모르겠습니다. 주인장인 요시나가씨에게 물어보시죠.”

그녀는 싸늘하게 답하고는 뒤도 돌아보지 않고 주방으로 들어가 버린다. 사이토가 다른 게이샤를 불러 달라고 했던 것은 본심이 아니었다. 어떻게든 그녀에게 한마디라도 더 붙여 볼 요량이었다. 그 사실을 그녀도 알아차린 듯하다. 사이토가 혼자 멋쩍은 듯이 술을 마시고 있을 때 '초량'의 주인장이면서 주방장인 요시나가가 그의 맞은편에 앉는다. 요시나가에게 술잔을 건네며 사이토가 묻는다.

"요사나가 사장님, 저 주방 아가씨는 어떤 사람입니까?"

"역시 자네도 보희에게 관심이 가나? 우리 집 단골들도 관심을 보이지만 저 아이는 아무에게도 눈길을 주고 있지 않아."

"보희라고요. 이곳 부산 아이가 아니죠? 여기까지 온 어떤 사연이 있나 보죠?"

"글쎄, 내가 아는 건 평안북도 정주 출신인데 남동생과 단둘이 부산에 왔다는 것밖에. 부모님은 안 계시는 듯하고. 남동생은 이 옆 조선소와 부둣가에서 그날그날 막노동하고 있다지, 아마."

요시나가는 잠시 침묵하고 있는 사이토에게 덧붙인다.

"안 될 걸세. 저 아이는 심지가 굳어. 근처 식당에서 5개월정도 일 했다더군. 여름이 시작할 때쯤 우리 가게에는 3일전에 왔구. 여러 사람이 추근대도 누구와도 술자리에 앉아서 술잔을 따른 적이 없었어."

요시나가의 말을 들은 사이또는 한편으로는 안심하면서 그녀에게 더욱 더 흥미를 느끼게 된다. 지루하기만 했던 부산에서 재미를 찾을 수도 있겠다는 기대감으로 가슴이 뛰는 것을 느낄 정도다.

"아, 그렇군요. 오늘은 가네코도 없으니, 아쉽지만 이만 들어가도록 하겠습니다." 보희가 있는 '초량'에서 나온 사이또는 오늘따라 기분 좋은 발걸음으로 평상시와는 달리 언덕길을 지치지도 않고 올라가 곧장 자기 집으로 들어간다.

사이또 미노루 조선인 호적을 사다

만주사변이 일어나기 일 년 전인 1930년은 사이토 미노루가 부산에 온 지도 2년이 되던 해이다. 작년 말 미국에서 시작된 대공황은 미국 주식 시장의 폭락은 일본 주식 시장에도 영향을 미쳐 경제가 침체하고 있었다. 그러나 본국인 일본과 달리 이곳 조선은 농업 중심의 경제였기 때문에 큰 타격은 없었고 오히려 조선의 일본군 주둔지가 많아지며 사이또 미노루가 근무하는 '조광 무역 상회'는 번창하기까지 했다. 덕분에 사이토 미노루도 덩달아 바빠졌다. 2년 전보다 직원이 많아져 '조광 무역 상회'의 부산지사장이 된 사이토의 밑으로는 일본인 25명과 조선인 15명으로 40명에 달하는 사원들이 근무하고 있다. 사이토는 일본과 부산을 자주 왕복하면서 회사 생활을 하고 있었다.

오늘 밤 사이토는 일본식 고급 요정 '길조(吉兆)'에서 조선인 군납 중개업자 김학수를 만나기로 했다. 일본 은행의 부산지점 근처에 있는 요정'길조(吉兆)'는 각방에 들어가는 입구가 따로따로 되어 있어서 다른 방의 사람들과 마주칠 걱정을 하지 않아도 되는 곳이다. 더군다나 마당 정원에 자갈이 깔려 있어 발소리가 나기 때문에 누군가가 엿들을 수도 없는 구조여서 비밀스러운 모임을 하기에는 안성맞춤이다.

사이토는 약속 시각인 저녁 6시보다 조금 일찍 도착한다. 10월 하순이었지만 서서히 어두워져 가는 마당의 석등에는 호롱불이 이미 켜져 있었다. 사이또는 '사쿠라'라고 조그만 팻말이 붙여진 방으로 안내를 받아 들어가 미리 와 있던 김학수를 만난다. 김학수는 사이토보다 5살 정도 많은 사람이다. 그는 대부분 조선인과는 달리 항상 양복을 단정하게 입고 콧수염도 기르고 있으며 체구도 작아서 내지의 일본인과 비슷해 보인다. 김학수는 후쿠오카에 있는 규슈대학 법과대학을 중퇴하고 부산에 돌아와서는 조선에 주둔하고 있는 일본군에 군납하는 여러 회사의 중개인으로 변신하여 꽤 돈을 모았다고 소문이 난 자이다. 김학수는 이곳저곳을 살피듯 눈을 굴리는 버릇이 있고 목소리는 크지 않은 편으로 귓속말을 즐겨 하는 자이다. 지금까지 이뤄 온 거래를 살펴보면 업무 수완은 확실히 있는 자이다. 작년에 김학수와 첫 거래를 하기 전에 사이토의 '조광무역 회사'의 부산사무소가 아닌 이곳 '길조'라는 요정에서 사전에 만난 적이 있었다. 그때 김학수는 거액의 뒷돈을 사이또에게 미리 챙겨 줄 정도로 주도면밀한 자이다. 지난주 사이토는 요정에서 만나자는 김학수의 전화 목소리를 듣고서는 어떤 사업인지 궁금해 한다.

"어서 오게나, 사이토소장."

김학수가 사이토를 반갑게 맞이한다.

"아, 네. 반갑습니다. 이렇게 좋은 장소에 다 불러 주시고."

"아냐, 아냐. 내일은 토요일이기도 하니 허리띠 풀고 천천히 한잔하세나. 가을밤은 길어."

사이토가 인사에 답하며 자리에 앉자, 김학수는 종업원에게 눈짓으로 주문을 했다. 오늘따라 기분이 좋은 듯 종업원에게 팁까지 얹어 주고 있다.

"그런데 오늘은 무슨 일로?"

사이토가 김학수의 얼굴을 보며 말하자 김학수는 자신들의 빈 잔에 일본산 기린 맥주를 채워 한 잔을 사이또에게 건넨다.

"나눠야 할 이야깃거리가 많아. 자, 건배하지. 건배사는 천황 폐하 만세로 할까? 아니면 대일본군 만세로 할까? 오늘은 대일본군 만세로 하지. 군납하는 나나 자네 회사나, 대일본군이 없으면 어떻게 이런 돈을 벌었겠나? 하하하!" 일본인 기생이 김학수에 이어 사이토의 잔까지 채우자 김학수는 술잔을 치켜든다.

"대동아 공영과 대일본 제국의 군대를 위하여, 건배!"

둘이 잔을 맞부딪히자 기모노를 잘 차려입은 젊은 일본인 기생을 지칭하는 게이샤 두 명이 문을 열고 들어온다. 매화꽃을 수놓은 기모노를 입은 하루카와 검은색 기모노에 노란색 새를 수놓은 야스에라는 이름의 게이샤들이다. 그녀들이 들어오자 일본의 전통식 가이세키 코스 요리가 시작된다. 흰쌀 밥과 된장국, 채소 절임 이 세 종류 정도가 나오고 그리고는 참치와 붉은 색깔의 커다란 도미 생선구이가 나온다. 음식이 다 나올 때까지도 김학수는 중요한 용건을 아직도 말하지 않고 있다. 사이토와 김학수가 술을 주거니 받거니 했고 게이샤의 몸을 더듬기도 하면서 둘은 잡담을 나누기만 한다. 2홉들이 몇 병의 일본 청주를 마시고 난 다음 김학수는 게이샤들에게 나가 있으라는 눈짓을 한다. 그들이 나가자 김학수는 드디어 제대로 된 용건을 말하기 시작한다.

"자네나 나나 조심해야 하니 이곳으로 불렀네만, 지금부터는 조선어로 하지. 일하는 사람들이 모두 일본인이라 새어 나갈 수가 있으니. 벽에도 귀가 있다고 하지 않았는가. 물론 조선어를 알아듣는 일본인도 많으니 조심해야겠지만."

김학수가 사이토의 귀에 대고 조용히 말했다. 그리고는 방석을 끌고 사이토의 곁으로 자리를 옮긴다.

"여자를 자신의 것으로 만들려면 우선 그녀가 무엇을 좋아하는지, 누구를 좋아하는지, 아니면 누구 때문에 마음 아파하는지를 파악하는 것이 우선이야." 사이토가 어떻게 하면 '초량'이라는 술집에서 일하는 보희라는 여자를 어떻게 가질 수 있을지 김학수에게 물었던 것에 대한 답이었다.

"물론, 하룻밤 상대에게는 그럴 필요도 없지만, 첩이라도 삼으려면 그 정도는 신경을 써야 할 거네. 자네의 부탁이니까 그 아이에 대해 조사를 해 봤어."

사이토가 경청하는 태도를 보이자 김학수는 더욱 낮은 목소리로 설명을 이어간다.

"내가 알아본 바로는 보희와 남동생 바우는 평북 정주 출신인데, 평양 출신 관기였던 어머니의 자식들이라더군. 어머니는 1906년 조선에 일본인 통감부가 설치되고 관기가 폐지된 뒤에는 정주 관아에서 가까운 곳에서 국밥집을 했다고 하더군. 관기들은 대부분 집도 절도 없으니 부잣집 후처로 가거나 돈 많은 상인의 첩으로 가거나 기생이 되는 게 일반적이었는데, 그녀 역시 평안도 순천의 금광 광산에서 덕대를 하는 부잣집 이 씨의 첩으로 들어간 모양이야. 그 아이들의 어머니가 인물이 반반했다더군. 보희와 바우는 이 씨의 자식들이고. 이 씨는 이미 부인과 장성한 자식들도 둔 상태였는데, 이 씨가 죽고 난 뒤에는 본처와 본처 자식들의 구박이 하도 심해 거의 야반도주하다시피 부산으로 왔다는 거야. 그런데 오자마자 그 애들의 어머니는 콜레라에 걸려 죽고 남은 돈은 모두 병원비로 다 썼다지. 그래서 보희와 바우는 졸지에 고아가 된 거야."

"그럼 앞으로 어떻게 해야 보희를 얻을 수 있다는 거죠?"

"그러니까 좀 전에 말했잖아. 보희하고 바우는 아버지라고 하지만 이 씨라는 성을 갖고 싶지도 않았으니 여태까지 자신들의 성도 말하지 않은 거야. 자네는 잘 모르겠지만 1906년부터 시작된 통감부 시절에는 민적법 때문에 누구든 성을 가져야 했는데, 보희하고 바우는 그맘때쯤 태어나서 성씨를 올리지 않았거든. 소학교에 들어간 적도 없었으니 성씨 없이도 지낼 수 있었던 거야. 물론 총독부가 만든 민적법에 따르면 이 씨가 돼야 했었지만, 본처 자식들이 한사코 반대해서 아직도 호적이 없어. 그러니 자네가 호적을 사서 이들 남매뿐만 아니라 돌아가신 그들의 엄마까지 호적에 올려주게. 그러면 자연스레 보희는 자네의 여자가 될 거야. 이참에 자네도 조선 호적을 하나 사 두도록 해. 조선식 이름을 갖게 되면 조선에서 사업장을 가지게 되면 이곳에서도 큰돈을 벌 수 있고."

사이토의 눈빛이 흔들리자 김학수는 버릇처럼 주변을 살피며 말을 잇는다.

"조선인에게 그들 조상의 호적을 사는 것 어렵지 않아. 돈만 있으면 돼. 이곳 부산의 지방법원장이나 지청의 상석 판사에게 신고하기만 하면 돼. 더군다나 자네는 교토대학 출신 아닌가. 여기 부산법원장이나 상석 판사 마침 모두 교토대학 법학과 출신들이야. 내가 이미 손을 써 놨어. 조선인 호적을 살 만한 놈도 알아 둬서 돈만 주면 돼."

김학수는 이미 일이 다 됐다는 듯이 말을 맺는다.

"근데 보희와 그 동생을 위해 호적을 산다는 건 이해가 되지만, 저는 왜 사야 하죠? 조선에서 사업장을 벌릴 필요가 있나요?"

사이또는 김학수의 말뜻을 알아는 들었지만, 확인차 다시 묻는다.

"자네도 들었겠지만, 작년에 미국과 유럽이 대공황을 맞으며 각국의 보호 무역을 강화했잖나. 자네도 알지. 본지인 일본도 경제가 아주 나빠. 자칫하면 지금은 일본제국의 관동군이 장악하고 있는 중국 북부 지역이지만 언제든지 장개석 중국군이 쳐들어올 수 있다는 거야. 하지만 1906년에 일본이 러시아와 포츠머스 조약의 내용 가운데 군대를 주둔하는 기준 항목이 있었어. 즉, 일본군은 1㎞당 군인 15명 이내까지만 배치할 수

사이토가 기무라에게 허리를 굽히며 대답한다.

"그렇군. 후배를 만나니 반갑네. 자세한 얘기는 천천히 하고 자리를 옮기지."

기무라가 일어나 앞장서서 식당으로 향한다. 거실의 반대편에 있는 식당은 큰 창이 나 있어 정원을 바라볼 수 있었고 가운데 벽에는 커다란 벽난로가 설치되어 있었다. 벽난로 옆에는 땔감이 쌓여 있었고 장작불은 이미 지펴져 있었다. 식탁 한가운데에 기무라가 자리를 잡자 여자 하녀는 맞은 편의 왼쪽 의자에는 사이토를 오른쪽 의자에는 김학수를 앉도록 안내한다. 식전의 백포도주를 두 세잔 곁들이면서 잡담을 나누다가 기무라 법원장이 자리에서 일어난다. 그리고는 기무라는 벽난로 옆의 커다란 황동 나팔 축음기가 놓인 테이블 앞으로 간다. 테리어 종의 커다란 개가 앉아서 자신의 귀를 축음기 나팔관 앞으로 기울이고 있는 엠블럼이 박혀 있는 그 유명한 독일의 그라모폰 회사의 축음기다. 기무라 법원장은 몇 장의 레코드판들 가운데 한 장을 뽑아 턴테이블에 올리자 한때 조선이나 일본에서 대유행한 윤심덕의 '사의 찬미'가 들려오기 시작한다. 음반이 다 돌아갈 때까지 한마디 말도 안 하면서 감상하고 있던 기무라는 프랑스산 적포도주를 두 사람의 잔에 가득 채우고 자신의 잔에도 가득 채우면서 건배를 하기 위해 잔을 올린다. 두 사람도 급히 포도주잔을 들어 올린다….

"자네들도 이 노래를 알지? 내가 아주 좋아하는 음악이야. 요즘 흠뻑 빠졌어. 지금부터 이 와인을 두 번에 나눠 마셔야 하네. 첫 번째는 천황 폐하를 위하여, 그리고 두 번째는 이루어지지 못한 사랑을 위해 현해탄에 몸을 던진 조선의 여인 윤심덕을 위하여!"

기무라의 선창에 따라 잔을 부딪친 세 명은 와인 잔을 들어 건배하고 두 번에 나누어 마신다. 이후 기분 좋게 와인을 곁들여 식사를 이어가던 그들에게 기무라가 갑자기 묻는다.

"자네들은 우리 대일본 제국이 조선을 합방한 이유를 아나?"

김학수가 연신 굽신거리며 머리를 조아리고 답했다.

"원래 조선이나 일본이나 모두 일본의 시조신이신 신공 황후로부터 시작된 것이 아니었나요? 하나의 줄기였으나 2,000년 전에 갈라진 것을 다시금 명치천황의 황은을 입어 일본과 조선이 하나가 된 것이지요. 덕분에 조선도 지금같이 번영하지 않았습니까. 물론, 대일본제국에는 한참 못 미치지만요."

기무라는 유창한 일본어로 마치 기다렸다는 듯이 답변을 하고 헤헤 웃는 김학수를 비웃는 듯한 눈빛으로 바라본 뒤 사이토에게 눈을 돌린다. 주저하던 사이토가 조심스럽게 답한다.

"우리 대일본 제국이 조선을 합방한 것은 대동아 공영을 위하여 함께 협력하자는 취지인 것으로 알고 있습니다. 아시아인이 서양 제국으로부터 지켜낸 것은 우리 대일본 제국이니까 천황을 중심으로 함께 뭉치자는 것이었죠."

기무라는 완전히 만족한 기색은 아니었지만, 김학수의 대답을 들을 때와는 달리 온화한 눈빛으로 사이토를 바라본다.

"그래, 사이토 군. 하하하. 역시 교토대학 후배인 자네는 다르네. 그렇지만 이것도 알아 둬야 해. 우리 대일본 제국의 조선 합방은 군인들에 의해서만 이루어진 것이 아니야. 오히려 부산과 경성에 있는 많은 일본 거류민들, 즉 이름 모르는 사람들의 밑바닥 민심부터 이루어진 진정한 합방인 셈이지. 처음에는 정치가와 군인들에 의해 부추겨지긴 했지만, 일본인들이 조선으로 건너오는 건 이곳에 영원히 살고 싶은 마음이 있기 때문인 걸세. 나는 조선의 음악 가락이 좋아. 좀 전의 윤심덕의 '사의 찬미'는 사이토 자네도 알다시피 루마니아 사람 요지피 이바노비치의 '도나우강의 잔물결'을 일부만 빌려서 노래한 것이 아닌가 말이야. 바로 이거야. 지금 우리가 즐기고 있는 스테이크에, 독일제 축음기에, 조선의 노래에, 가지는 다르다고 해도 뿌리가 같으니까 얼마든지 변화해서 사용하면 우리 것이 된단 말이지."

기무라는 짙어지는 가을밤의 옅은 밤비, 그로테스크하고 염세적인 윤심덕의 노래에 스스로 흥분한 듯 말을 한다. 이때 김학수가 끼어든다.

"그럼, 기무라 법원장님. 이제 준비된 서류만 제출하면 됩니까?"

"응, 내일이라도 준비되는 대로 가져오게. 사이토 자네가 조선인 호적을 사겠다고? 필요하지. 뿌리가 같고 가지만 다른 것이니까 일본인, 조선인 모두가 자네의 정체성이지. 그게 바로 대동아 공영이야. 일본과 조선은 함께 가야 해. 긍지를 갖게. 자네 부친은 제국의 군대 일개 사단도 못한 일을 하신 너무나 훌륭한 영웅이었어. 그리고 조선인 현지처를 갖고 싶다고. 그렇지, 자네는 최소한 조선의 양반집 여자와 혼인하고 내지에서도 좋은 가문의 여성과 혼인해야지. 자네도 알겠지만, 이곳 조선은 천황의 칙령을 총독 각하께서 직접 집행하는 곳이야. 일본의 법률에 저촉받지 않아. 그러니 일본 민법에서 금하는 중혼죄는 해당하지 않거든."

기무라는 호쾌하게 말을 이어 간다.

"서구의 많은 나라가 식민 지배를 해 왔지. 그러나 제대로 된 지배가 이루어진 나라는 없어. 본토 사람들을 이주시켜야 하는 거야. 우리 대일본 제국이 류큐와 타이완을 병합한 이후 무엇을 했나? 내지의 일본인들을 이주시켰지. 그러므로 류큐는 오키나와로 거듭났고, 타이완도 조금만 지나면 그렇게 될 거야. 조선도 꼭 그렇게 될 것이고."

이에 김학수가 맞장구를 치며 말한다.

"언제쯤 그런 때가 올까요? 빨리 와야 하는데. 아직도 고리타분하게 독립운동하는 조선인들이 너무 많아요. 제 아들놈들은 꼭 유학을 보내야겠습니다. 지난해 갔던 화려하고 밝은 일본의 모습이 잊혀지지가 않아요. 조선은 뒷간 냄새와 마늘 냄새가 진동하는데 말이죠, 하하. 조선은 일본을 몰라도 너무 몰라요. 독립이다 뭐다 하는 놈들을 당장에라도 일본으로 데리고 가서 구경시켜 주고 싶을 정도였습니다."

김학수의 대답에 기세가 오른 기무라가 답한다.

"내가 부임한 이후 총독부가 민적법을 개정해서 호적 업무가 우리 법원의 사무가 되었거든. 그때 자세히 봤는데 말이지, 일조수호조규 체결 뒤 54명에 불과했던 조선 내 일본인이 1895년 말에는 1만 명 정도로 늘었어. 통감부 시절에는 4만 명 정도였다가 합방이후에는 12만 명을 넘었고 말이야. 그리고 지금에 이르러서는 53만 명에 달하고 있지. 이를테면 후쿠오카보다 이곳에 사는 일본인이 더 많다는 얘기야. 단지 경성과 경상남도에 모여 살고 있다는 게 문제지만 말이야. 좀 더 넓게, 조선 전국토로 퍼져서 살아야 해."

잠시 숨을 돌린 기무라가 말을 이었다.

"벌써 이곳 식민지 조선에서 태어난 일본인만 해도 많아. 그들의 고향은 조선이야. 문제는 그들이 조선에서 태어났지만, 일본인 거리에서 살면서 일본인 소학교를 다니고, 일본풍 생활 양식에 따라 자랐다는 거야. 그러니 조선인 아이들과 친해질 기회가 없었던 거지. 앞으로 하나가 되기 위해서는 우리 일본인들이 자네처럼 조선인 현지처를 두거나 혼인을 해서 내지화를 시켜야 해. 이게 바로 좀 전에 말한 대동아 공영권을 위한 진정한 일보전진인 거야."

"네, 너무나 귀중한 가르침 잘 알겠습니다. 지금까지 몰랐던 점을 이렇게 소상히 알려주시니 감사합니다, 선배님. 앞으로도 많은 가르침을 주십시오."

사이토가 공손하게 응대한다.

"그렇게 하지. 나도 자네가 마음에 드니 앞으로도 친하게 지내자고. 지금은 집사람이 잠시 교토 친정에 갔네만, 돌아오면 자네를 다시 초대하겠네."

그 이후 세 사람은 레드 와인 한 병을 더 비운 후 밤 10시가 넘어서야 자리를 파했다. 기무라와 헤어진 둘은 일본은행 부산지점 앞에서 김학수가 탈 인력거를 잡았다. 김학수는 인력거에 오르기 전, 사이토에게 작별 인사를 고한다.

"하하하, 아주 멋진 저녁이었어. 자네 덕분이야. 고맙네, 사이토소장."

뒤돌아선 김학수가 사이토에게 조선말로 말한다.

"앞으로 자네는 박명근이라는 이름으로 호적을 갖게 될 거야. 경남 지방에는 사방 온 천지가 밀양 박씨거든. 대부분 족보도 없어. 그냥 민적법에 따라 신고한 거지. 그에 비하여 자네는 족보를 샀으니 이제부터는 양반일세. 그리고 보희네를 위해서는 김해 김씨 성을 샀네. 족보까지는 필요가 없어서 민적법에 가족력이 올라간 자에게 샀어. 이제 자네가 보희와 접촉하는 일만 남았어. 누워서 식은 죽 먹기일 게야. 보희의 동생 바우를 먼저 자네 회사에 취직시키면 일이 훨씬 수월할 테지."

김학수는 사이토에게 다짐하듯 말하며 인력거에 올랐다. 사이토는 부산 부두 역 방면으로 떠나는 김학수의 뒷모습을 오랫동안 바라본다.

사이토(박명근), 부산 영도에서 보희와 살림을 차리다

사이또는 조선인 호적을 김학수를 통해 자신은 박명근으로 보희와 바우형제, 그리고 죽은 그들의 어머니의 호적까지 거금 300원을 들여 샀다. 이제 준비는 되었다. 그녀의 마음만 얻으면 된다. 그녀의 평상시 행동으로 봐서 사이또가 자신이 직접 나서서 설득하는 것보다는 그녀가 묵고 있는 주인집 할머니에게 돈을 집어주고 설득하는 것이 낫다는 김학수 사장의 조언을 듣고 그대로 행동에 옮긴다. 일사천리로 진행되었다. 지난달에 말이 나온 지 한 달도 채 걸리지 않고 12월 중순에 모든 서류가 갖춰졌다. 이젠 마지막으로 사이또가 보희를 설득하기만 하면 된다. 부산 부두 역 건너편에 있는 이제 막 생긴 '나타샤'라는 깃샤뗀(커피집)있다. 사이또는 들뜬 마음으로 한편으로는 초조한 마음으로 보희를 기다리고 있었다. 깃샤뗀 '나타샤'의 문이 열릴 때마다 사이또는 눈길을 돌리지만, 보희는 할머니가 알려 준 약속한 시각을 30분이 지나도 나타나지 않고 있다. 점점 초조해지는 그 순간, 문이 열리면서 화사한 보희가 후광을 받으면서 들어오고 있다. 사이또는 너무 기쁜 나머지 마시려고 들고 있던 커피 잔을 떨어뜨릴 뻔했다. 그리고는 이쪽으로 걸어오는 보희를 보고 엉거주춤 일어난다.

"어려운 걸음을 했네. 나는 사이또, 아니 조선인 박명근이야." 사이또는 공손한 말투로 정중하게 보희를 자리로 안내한다. 눈인사만을 하고 아무런 대답 없는 보희는 사이또의 맞은편 의자에 앉는다.

"결심을 해줘 고맙네. 내가 처음 봤을 때부터 내 마음은 보희씨 뿐이었어. 진심이야. 들었겠지만 동생인 바우와 함께 살집도 준비해 뒀고 호적도 사뒀어. 이제부터는 보희가 아닌 김보희와 김바우로 새로 탄생한 거야. 과거의 아픔을 잊고 내가 자네 남매를 호강시켜주지. 아 그리고 동생 바우는 내 회사에 취직시키고 공부도 시킬 거야."

사이또는 이 순간만큼은 진심을 담아 보희에게 설득하는 조로 말을 한다. 그녀에게는 자신의 일본인 처인 하나꼬에게 느끼지 못하는 애틋함과 청순함, 그리고 기품이 함께 느껴진다. 잠자코 있던 보희가 대답한다.

"주인집 할머니를 통해 박 선생님의 얘기는 잘 들었습니다. 아시다시피 저와 동생은 무일푼에 친척도 없고 이곳 부산은 타향입니다. 저도 결심을 했습니다. 앞으로 저희 남매 잘 부탁드립니다."

그녀는 사랑을 느끼는 말투는 아닌 일자리를 부탁하는 듯한 극히 사무적인 태도로 사이또에게 대답을 한다. 그러나 무슨 상관이랴 사이또는 생각한다. 어차피 살을 맞대어 살다 보면 정도 붙고 부부의 정도 나누게 될 것이다. 요즘 유행인 자유연애도 안 하고 결혼식도 안 하고 불쑥 사이또가 혼자 준비한 신혼집에서 동거하자고 한 그것 자체가 무례했을 것이다. 이 정도로 보희가 받아주면 만족이라고 사이또는 생각한다. 그리고 둘은 커피를 한잔 마시고 둘이서 살 집을 구경하러 일어난다.

부산의 일본인들이 가장 많이 모여 사는 동네는 부산역에서 바닷가 편으로 언덕 위에 자리 잡은 동구의 초량동이었다. 초량으로 올라가는 고갯길 언덕 모퉁이에 있는 수정동 451번지가 사이토와 보희가 살 새집이다.

언덕이다 보니 축대를 쌓아 길을 튼 고갯길에서 기역 자로 꺾어 열 개 정도의 계단을 올라가면 사이토의 집 대문이 나온다. 마당에는 담장을 넘는 소나무가 왼쪽에, 그보다 작은 매화나무가 오른쪽에 심겨 있다. 커다란 돌이 놓인 마당 안으로 대여섯 발자국 들어가면 왼쪽 구석으로 붉은색 잉어와 잿빛 잉어 대여섯 마리를 기르고 있는 연못이 있다. 그 안쪽으로 들어가면 안채 현관이 나온다.

커다란 미닫이문 두 개로 되어 있는 현관은 좌우 지붕이 삼각형으로 되어 본채에서 바깥으로 돌출된 형태이다. 집의 좌우로는 나무와 창호 문양 유리문이 좌우로 길게 집을 감싸고 있었고 목재 바닥이 방을 둘러싸듯 연결되어 있었다. 현관을 열고 들어가면 내실이 나왔으며 복도 왼쪽으로 다다미 열 장이 깔린 도코노마라 불리는 대청마루와 같은 큰 다다미방이 있다. 가운데 복도 끝으로는 주방과 화장실, 그리고 오른쪽 복도 끝으로는 욕실과 계단이 있다. 2층에 계단에 올라가면 왼쪽으로 다다미 여섯 장 크기의 작은 방이 있고 다시 오른쪽 계단으로 올라가면 서양식 침실이 있다. 이곳이 사이또와 보희가 지낼 안방인 셈이다. 방안의 창문을 열면 정원이 바로 내려다보였고 멀리 부산항까지 볼 수 있다. 현관 오른쪽으로는 작은 교회의 예배당을 옮겨놓은 듯한 건물이 따로 있다. 안채 부엌을 지나는 복도와 연결된 이 건물에서는 열댓 명이 앉아 식사를 즐길 수 있다. 천장 중앙에는 샹들리에가 걸려 있고, 한쪽 벽에는 벽난로가 갖춰져 있었으며, 그 옆으로 다과를 즐길 수 있는 작은 방 두 개와 탕비실이 있다.

아키코의 임신

홍명부는 도쿄 니혼바시역 근처에 새로 생긴 미쓰코시 백화점으로 들어간다. 후쿠오카에서 돌아온 지도 벌써 이 주일이나 지났다. 그동안 홍명부는 아키코와 잠자리를 가진 적이 없었다. 사이토가 시킨 일이 낯설어서 일주일 내내 익히기에 급급했고, 아키코의 가게도 바빴던 탓이다. 후쿠오카에 있는 동안 '조광 무역 상회'의 일에 적응하는 것보다 중개상인과 소매점을 하는 상인들을 만나는 게 더 바빴다. 더군다나 홍명부는 아직 메이지대학의 학생이었기 때문에 휴학 서류도 제출해야 했다. 오늘 마침 휴학 신청을 하고 한 시간가량 긴자까지 걸어온 셈이다. 홍명부는 아끼꼬와 동거를 시작한 이후 그녀에게 변변한 화장품 하나 사다 준 적이 없었다. 후쿠오카에서 사나에의 이모를 위해서는 고급 일본 과자까지 샀던 것을 생각해 보니 아끼꼬에게 미안한 마음이 들어서 긴자의 백화점에 온 것이다.

백화점 정문에는 크리스마스트리가 커다랗게 장식되어 있다. 유럽에서 독일과 연합군 간의 전쟁이 퍼지며 세계정세가 심각해지고 있는 와중이지만 긴자의 백화점은 사람들로 붐볐다. 홍명부는 크리스마스트리 장식을 지나 '하나츠키도우(華月堂)'에서 아키코가 좋아하는 앙꼬가 많이 들어가 있는 일본 과자를 사서 포장한 뒤 백화점을 나선다. 니혼바시역에서 신주쿠까지 가려면 서둘러야 한다. 금방 비나 눈이 올 것 같은 겨울 날씨여서 홍명부는 우산을 준비하지 못했기 때문에 발걸음을 재촉한다. 홍명부가 가까스로 신주쿠행 노면전차를 타고 터미널에 도착했을 때는 이미 겨울비가 추적추적 내리고 있었다. 이곳에서 집까지 가려면 오슈도로(甲州街道)를 가로지르는 철길 밑 다리를 통과한 뒤 교차로를 건너 십여 분을 걸어야 한다. 홍명부는 아키코를 위해 산 과자가 비에 젖지 않도록 외투를 벗어 감싼 뒤 신주쿠 삼정목 교차로까지 빨리 걷는다.

마침내 교차로 신호등에서 신호가 바뀔 것을 기다리던 홍명부는 건너편에서 아키코가 우산을 든 채 두리번거리고 있는 것을 발견한다. 홍명부는 낮에 메이지대학 구내 공중전화를 빌려 아키코에게 오늘 저녁은 집에서 먹자고 했던 걸 떠올린다. 아마도 아키코가 저녁 시간이 지난 데다 겨울비도 오고 있으니 홍명부를 위해 우산을 들고나온 모양이다. 건너편에 서 있는 아키코는 마치 다른 사람 같아 보인다. 수수한 투피스 위에 우중충한 겨울 외투를 입고 지난가을 뜨개질한 목도리까지 하고 있다. 요즘 유행하는 파마머리를 해서 꼬불꼬불한 머리카락이 어깨까지 내려와 있다. 홍명부는 그제야 아키코가 어제 파마를 하겠다고 말했던 것을 떠올린다. 어젯밤에는 잡화점에서 늦게 돌아온 바람에 그녀의 방에 대고 다녀왔다는 말밖에 하지 않았다.

한 손으로 우산을 받쳐 든 아키코는 또 다른 손으로는 홍명부의 것으로 보이는 기다란 우산을 들고 있다. 두리번거리던 아키코는 이내 홍명부를 알아본 듯 가볍게 눈인사한다. 정말 아름답고 착한 사람이라 생각하던 홍명부는 신호가 바뀌자마자 아키코의 우산 속으로 뛰어 들어간다.

"아키코, 내가 언제 올지 알고 마중을 나왔어?"

홍명부가 아키코에게 반갑게 말을 건넨다.

"얼마 안 됐어요. 낮에 당신이 전화하셨잖아요. 여기요, 우산. 어서 가서 저녁 먹어요. 그런데 외투는 왜 그렇게 들고 있어요? 날씨도 추운데."

"음, 고마워. 근데 우산은 하나만 쓰지. 비 오는 길에서 둘이 이렇게 걷는 것도 처음인 듯한데."

홍명부는 과자를 감싸 두었던 외투를 도로 입은 뒤 한 손에 선물을 들고 다른 손으로 우산을 받친다. 아키코의 작은 손이 얼음장처럼 차다. 집으로 갈 수 있는 길이 여러 갈래라 애매한 위치에서 기다렸다가는 엇갈릴 수도 있다. 그러니 역에서 가장 가까운 건널목까지 마중을 나와 오래 기다린 모양이다.

"아키코, 오래 기다렸나 보네. 미안. 니혼바시에 가서 아키코가 좋아하는 팥과자를 사느라 늦었어."

"정말요? 제게 선물을…. 고마워요. 감격했어요, 아키오상".

아키코는 정말 감격한 듯 그윽한 눈빛으로 홍명부를 올려다본다.

저녁을 마치고 목욕까지 끝낸 홍명부는 오늘 함께 자자며 아키코의 다다미방의 미닫이문을 밀고 들어간다. 마지막으로 들어왔던 게 이 주일 전이라 그런지 원래 알고 있던 아키코의 방이 아닌 듯했다. 옷가지들은 겨울옷으로 두꺼워졌고 방구석 한편에는 뜨개질하던 털실과 반짇고리가 놓여 있다. 이로리(囲炉裏)의 불덩이는 이미 숯이 되어 연기도 내지 않은 채 주전자를 따뜻하게 데우고 있다. 그 옆으로는 따뜻한 물을 받아 일본 청주를 데우고 있는 양푼이 있다. 홍명부를 위해 미리 준비해 둔 모양새다. 아키코는 어묵과 오뎅, 찻잔, 팥과자를 가지고 방으로 들어온다. 둘은 홍명부가 사 온 팥 과자를 하나씩 나눠 먹고 홍명부는 술을 곁들인다. 그렇게 다과를 즐기며 홍명부는 후쿠오카에서의 일 신주쿠 잡화점에서 새로 시작한 일에 관해 이야기한다. 주로 홍명부가 이야기를 했기 때문에 긴 시간이 흐르지는 않았다.

오늘 밤 둘은 잠자리를 함께하려 마음먹었기 때문에 다과는 문 앞에 내놓고 아랫목의 이불 속으로 들어간다. 홍명부는 실오라기 하나 없이 벗긴 아키코의 몸에 자기 몸을 바짝 붙었다. 오늘 밤만큼은 이불 속에 넣는 휴대용 난로가 필요 없다. 둘은 오랜만에 격하게 몸을 섞고 잠시 천정을 보고 눕는다. 그리고는 아끼꼬가 홍명부의 가슴을 만지면서 말을 한다.

"아키오상, 후쿠오카에서 어떤 일이라도 생겼나요? 전 알아요. 당신이 뭔가 고민거리를 안고 집에 돌아온 것 같았어요."

아키코의 말에 홍명부는 내심 깜짝 놀랐지만 이내 정색하고는 아키코에게서 몸을 돌려 말한다.

“맞아, 아키코. 고민거리가 있는데, 언제 어떻게 말해야 할지 생각하고 있었어.”

“괜찮아요. 어떤 고민인지는 모르겠지만, 당신이 먼저 나를 떠나지만 않으면 돼요. 저는 어릴 적 아버지에게 버림받았지만, 이번에는 버림받지 않을 거예요. 아키오상, 사실 배 속에 소중한 생명이 생겼어요. 당신이 후쿠오카로 가던 날, 도쿄역 앞 산부인과에 갔거든요. 두 달째 할 것을 안 하고 거르고 있어요.”

홍명부는 깜짝 놀라 자리에서 일어나 앉으며 윗옷을 걸쳐 입는다. 창밖에는 여전히 비가 내리는 듯 창문 밖으로 요란한 비바람 소리가 난다. 아키코는 자리에 누운 채로 홍명부의 얼굴을 바라보며 말을 잇는다.

“이럴 때 우리 일본 여자들은 대부분 세 가지 가운데 하나를 선택해요. 첫째, 이 남자와 같이 인생을 끝까지 살거나, 둘째, 남자가 함께하기를 거부하면 자살을 하거나 어디론가 사라지는 거죠. 마지막으로 셋째는, 함께 죽는 거랍니다. 저는 이 세 가지 중 어느 것도 선택하지 않을 거예요. 당신이 떠나가도 저는 저와 제 아이를 지킬 거예요.”

홍명부는 아키코가 자신의 아이를 뱄다는 것만으로도 뒤통수를 얻어맞은 것 같았지만 뒤이은 세 가지 선택에 대한 아키코의 말에 더 놀란다.

“아니, 정말, …. 이거 참, 요즘같이 어지러운 세상에 아기까지 생기다니. 아니, 절대 잘못됐다는 건 아니야. 그렇다고 마냥 축하할 일은 아닌 게 같아서. 더군다나 아무리 내선일체라 한들 난 조선인이라 사카에 계시는 부모님이 반대할 텐데.”

홍명부는 윗목에 있는 물을 벌컥벌컥 마셔 대고는 두서없이 말을 잇는다.

“이건 아직 당신에게 얘기하지 않았는데, 말하려고 했던 게 있어. 나 어제 메이지대학에 휴학계를 냈어. 미안해, 상의도 없이. 지금은 사이토상 덕분에 군수업 회사에 근무하고 있어서 당장 징병이 되진 않겠지만, 언제 전쟁터에 끌려갈지 모르는 신분이잖아. 그래서 조선이나 만주국으로 피신하러 갈 생각으로 휴학계를 냈어. 아, 이를 어쩌지."

홍명부가 전전긍긍하며 두서없이 말하는 것을 가만히 듣고 있던 아키코가 차분히 말을 잇는다.

"그러니까 보통의 일본 여자들이 택하는 세 가지 모두가 저에게는 해당이 안 된다는 거예요. 당신은 떠나셔도 돼요. 그러나 완전히 가시지는 마세요. 언젠가는 돌아오세요. 완전히 떠나시려고 해도 한 번은 꼭 오신 다음에 제가 당신을 버리도록 해 주세요. 이치로 오빠와 저는 어릴 때 부모님께 버림받았죠. 어머니가 바람났다는 걸 아버지가 알게 되서 집을 나가셨고, 아버지는 술과 폭력으로 우리를 키웠거든요. 자라면서 점점 엄마의 얼굴을 닮아가는 저에게는 더욱 가혹하셨어요. 술에 취하고 주먹을 휘두르실 때 아버지는 제가 당신 딸이 아니고 바람난 그놈의 딸이라고 욕설을 내뱉곤 하셨죠. 저와 이치로 오빠는 서로 얘기해 본 적은 없지만, 아버지의 술과 폭력 때문에 어머니가 그 남자와 도망쳤다고 생각해요. 아니, 어쩌면 그 남자가 어머니를 구해줬다고 봐요. 더군다나 그런 아버지가 지금은 폐결핵에 걸려서 오사카 주립병원에 입원해 있다네요. 이치로 오빠가 사카이에 살던 어떤 아저씨한테서 들은 거래요. 그러니까 제겐 아끼오상과 저의 관계를 반대할 부모도 없는 거예요."

처음 들어 보는 아끼꼬의 가족사다. 아키코는 여태 단 한 번도 어머니에 관한 이야기를 정확히 한 적이 없다. 홍명부는 이런 순간에 어머니의 이야기를 듣는 게 당황스러운 동시에 아키코에게 연민을 느낀다.

"그렇다고 저를 동정할 생각은 마세요. 당신뿐만 아니라 제 아이이기도 해요. 임신 중절 수술을 할 생각은 없으니까 그런 말도 꺼내지 마세요. 아이의 호적은 오빠 쪽으로 올릴 거예요. 오빠도 이미 승낙했어요. 하늘 아래 유일한 가족은 오빠밖에 없으니 제 부탁을 들어줄 줄 알았어요. 그러니 아키오상, 당신은 여태 그래 왔듯 독신 남자처럼 사세요. 후쿠오카에서든 조선에서든, 새로운 여자를 만나 결혼하셔도 돼요. 저는 애초에 결혼이라는 것과 인연이 없다고 생각해 왔거든요. 저는 당신을 원망하기보다는 고마움을 느끼고 있어요. 처음 신바시의 이자카야에 당신이 들어왔을 때부터 내게 아이를 선물해 줄 자격이 있다고 생각했어요. 당신은 잘생겼고, 키도 크고, 폭력적이지도 않잖아요. 어차피 나 같은 인생은 평범하게 살지는 못하니까, 이게 최선이에요."

홍명부는 아키코를 꼭 껴안는다. 잠시 어안이 벙벙한 채 천장을 바라보던 홍명부는 눈앞이 빙빙 도는 것을 느낀다.

"고마워. 아키코에게 휴학계를 낸 거나, 사이토상 밑에서 일하게 된 걸 어떻게 설명해야 할지 내내 고민했거든. 그런데 당신은 나보다 더 큰 고민을 안고 있었구나. 말해 줘서 고마워."

홍명부의 가슴 위로 올라간 아키코는 그의 귀에 대고 "사랑해요."라고 말한 뒤 이내 쌔액 숨소리를 내며 잠이 든다.

홍명부, 1943년 7월 징병으로 징집되다.

6월 말부터 시작된 장마는 7월이 되어도 끝나지 않고 줄기차게 비를 내린다. 그날 아침은 여느 때보다 세차게 비가 내리고 있었다. 아키코는 문을 두드리는 소리가 들려 밖으로 나가 본다. 우산도 없이 기다란 우비를 입은 헌병 두 명이 문 앞에 서 있다. 아키코는 잔뜩 긴장한 채 기어 들어 가는 듯 낮은 목소리로 두 사내에게 묻는다.

"안녕하세요. 어디서 오셨습니까?"

"이곳이 고야마 아키오상의 집입니까?"

좀 더 나이가 많은 듯한 헌병이 아키코에게 공손하지만, 매우 사무적인 어투로 되묻는다.

"네, 맞습니다만…. 무슨 일이라도 있으신가요? 지금 남편은 집에 없는데요."

"영광스럽게도 고야마상에게 천황 폐하의 황군이 될 수 있는 징집 영장이 나왔습니다. 고야마상에게 꼭 전해 주십시오. 잘 아시겠지만, 지금, 이 순간부터 고야마상은 황군이니 함부로 행동했다가는 대일본 제국군의 군법에 부쳐진다는 사실도 전해 주십시오. 그리고 이틀 내에 메이지대학에 신고해야 하고, 8월 1일 오전 8시 도쿄역 야에스 공터에 꼭 나오라고 하십시오. 징집에 응하지 않으면 고야마상은 탈영병으로 간주해 군사재판에 넘겨질 것입니다."

헌병들은 첫인상과 달리 순응하지 않으면 안 된다는 듯 매우 위협적이고 강압적인 어투로 말한다. 그리고는 노란색 봉투와 안내문을 함께 건넨 뒤 아키코의 대답은 기다리지도 않고 골목길로 사라진다. 아키코는 흙탕물에도 아랑곳하지 않고 현관에 쓰러지듯 주저앉았다. 아키코는 어찌할 줄 모르고 잠시 그렇게 앉아 있었다. 그러다 이내 우산을 찾을 정황도 없이 이치로의 신주쿠 사무실로 달려간다.

"오빠, 아끼오상에게 징집 영장이 나왔어요. 어떻게 된 일이죠? 아끼오상은 군납 회사에서 일하고 있어서 걱정하지 않아도 된다고 했는데."

금방이라도 울 듯한 표정을 지은 아키코는 이치로에게 노란색 봉투를 건넨다. 아까 헌병이 줬던 봉투다.

"뭐라고? 그럴 리가?"

이치로는 엉겁결에 노란색 봉투를 받아 들었다. 이치로는 못 믿겠다는 표정으로 봉투를 가위로 조심스럽게 자른 후, 안내문과 징집 영장을 조심스레 살펴봤다. 그리고는 복잡미묘한 눈빛으로 아키코를 쳐다보았다.

"아키코, 일단 집에 가 있어. 잠깐 좀 다녀와야겠다. 내가 저녁에 너희 집에 갈 때까지는 아끼오에게 징집 영장 얘기는 하지 말고. 알아들었지?"

이치로 역시 우산을 챙기지도 않고 우비만 걸친 채 신주쿠 사무실을 급히 나섰다. 마침 홍명부는 물건 납품 건으로 시부야에 출장을 간 참이었다. 이치로가 홍명부와 아키코의 집에 방문한 시간은 홍명부가 돌아와 저녁 식사까지 마친 후였다. 아침부터 내리던 비는 저녁이 되어서야 멈췄고, 여름철이라 해가 늦게 졌던 까닭에 골목길에 왕래하는 사람이 많다. 곧 있을 신주쿠산초메 마을 여름 축제인 '오봉 마쓰리' 준비를 하느라 왁자지껄하기도 했다.

"어서 와요, 오빠. 저녁은 아직이죠?"

아키코는 그의 행동과 창백한 안색을 보며 긴장한 목소리로 말을 건넨다.

"아냐, 밥은 됐어. 대신 술상을 봐줄 수 있겠어? 간단히 부탁해."

그렇게 말한 이치로는 홍명부에게 큰 소리로 말한다.

"아끼오, 오늘 나하고 술 한잔하자."

아키코는 당황스러워 일이 손에 안 잡히지만 서둘러 홍명부가 좋아하는 어묵을 만들고 일본 청주를 준비한다. 그리고 아껴 두고 있었던 배급 맥주를 차가운 물에 담근다. 그러나 이 모든 일이 잘될 리가 없다. 술잔은 어디에 뒀는지 기억조차 나지 않았고 세 살이 된 첫째와 이제 막 임신을 한 둘째는 어쩌면 좋을지 엉뚱한 생각까지 하고 있다. 여름인데도 땀은 안 나고, 대신 온몸에 서늘한 기운이 감돈다. 이치로가 사무실을 뛰쳐나갔을 때 어디로 간 것인지 아키코는 짐작할 수 없었으나 홍명부와 관련된 일이라는 건 확실하다. 아키코는 이치로의 안색이 좋지 않았던 게 신경 쓰여 점점 불안해진다. 아키코가 정신없이 술상을 차려 거실 탁자에 어묵, 맥주와 일본 청주를 내려놓자 이치로가 애써 쾌활한 목소리로 말한다.

"아끼꼬, 너도 한잔하자. 오랜만에 한자리에 모인 기념으로. 그리고 오전에 받은 봉투 가지고 있지? 그것도 가져오고."

이치로의 말을 묵묵히 듣고 있던 홍명부는 아키코에게 술잔을 내오라는 눈짓을 한다.

"네, 오빠. 그러면 딱 한잔만 할게요."

하고는 아키코는 떨리는 목소리로 잔을 받고 마시는 듯 안 마시는 듯하고 잔을 내려놓고 부엌으로 향했다. 멀지도 않은 부엌으로 가는 내내 다리가 휘청거리고 손이 떨렸지만, 아키코는 찬장에 두었던 징집 영장을 찾아 기모노 소매 안 깊숙한 곳에 잘 갈무리해 넣는다. 거실로 돌아온 아키코가 홍명부에게 봉투를 내미는 순간, 홍명부는 올 것이 왔구나 하는 표정으로 담담하게 봉투를 열어 본다. 이미 지난달 6월 25일에 일본 정부가 학도병을 징집하겠다는 방침을 정한 것을 뉴스에서 들은 후 홍명부도 내심 걱정하던 차였다. 메이지대학에서도 퇴학 처분된 것이 아니라 휴학 처리가 되었던 참이라 내심 걱정되었지만, 아무에게도 말하지 못했던 것도 사실이다.

일본은 1928년 만주 노구교폭파 사건을 시작으로 전쟁의 소용돌이 한가운데로 점차 빠져들어 가고 있었다. 일본 국민은 승전 소식에 도취하여 있었고, 이제는 동아시아가 아니라 아시아 전체를 아우르는 제국 건설이 머지않았다고 흥분한 상태였다. 덩달아 조선의 청년들을 어떻게 해야 더욱 내지화되어 자신들이 출세할 수 있을지 몰두하던 시기였다. 일본이 선택한 것은 청년을 입대시키는 것이었다. 일본은 그동안 조선인을 군대에 받아들였다가는 내란이 생길 것을 염려해 지원병을 허용하지 않았으나 1938년부터는 조선인도 일본군으로 지원할 수 있는 제도를 만들었다. 그리고 1943년 7월부터 본격적으로 조선인을 대상으로 징병제가 시행되었다.

"아끼오, 영장이 나왔어. 그리고 나도 오늘 육군대본영(육군사령부)에 가서 자원입대 원서를 넣었고. 같이 갑시다."

아키코는 이치로의 말을 듣고 입으로 가져가려던 술잔을 떨어뜨렸다. 홍명부도 놀라고 화가 난 듯 큰 목소리로 말한다.

"이치로, 미쳤어? 이미 나는 휴학생이라 마음의 각오를 하고 있었어. 이치로까지 그럴 필요는 없지 않나? 더군다나 내가 전쟁터에 가게 되면 이치로상과 아키코에게 이제 태어날 아이를 부탁하려 했는데…."

홍명부는 다시 목소리를 높여 덧붙인다.

"이치로와 아키코는 단둘이잖아. 결혼도 안 한 이치로 자네가 전쟁터에서 잘 못 되기라나 하면 대가 끊어진단 말이야. 나는 형도 있고, 여기에 아들도 있으니까. 왜 왜 그렇게 급하게 생각했어? 당장 내일이라도 가서 자원입대 취소한다고 말해"

묵묵히 홍명부의 말을 듣고 있던 이치로는 찬찬히 홍명부와 아키코를 보며 침착하게 대답한다.

"그럴 이유가 있었어. 아키오도 언젠가 알게 될 테지만…. 아무튼 오늘은 이 얘기는 그만들 하지. 남은 술은 오늘 다 마시고, 내일부터는 같이 정리할 걸 추려 봅시다. 걱정하지 마. 네 남편 아키오와 나는 불사조들이니까.”

평상시 신중함을 유지하던 이치로는 여느 때와는 다르게 호쾌하게 과장된 목소리로 홍명부와 아키코에게 술을 권한다.

“벌써 일어난 거야, 아니면 안 잔 거야?”

홍명부는 어젯밤 이치로와 술을 거나하게 마시면서 이런저런 얘기를 했던 것 같지만 자신이 어떻게 잠자리에 들었는지 확실히 기억하지 못했다. 아침이 되자 옆에 누워 있는 아키코가 잠자리에서 일어나는 소리를 듣고 말을 건넨 것이다.

“일어나셨어요. 좀 더 주무세요.”

아키코는 옷매무새가 흐트러진 채 홍명부를 향해 돌아눕는다. 홍명부는 와락 아키코의 허리를 감싸 안는다. 아키코는 미소를 지으려 했으나 슬픈 표정이 엇갈려 오히려 고통스러워 보인다. 홍명부는 아키코의 잠옷을 천천히 벗겨 어느 때보다 찬찬히 그녀의 몸을 살펴본다. 평상시의 아키코였다면 부끄러워했을 텐데, 오늘 아침은 그렇지 않다. 여름철 아침, 강렬한 햇살이 눈을 가로막는 날이다.

소련령이었던 시베리아는 1932년 3월에 일본이 중국 동북부에 건국한 ‘만주국’과 인접해 있다. 그러나 국경선이 불명확해 일본과 소련은 항상 대치하며 긴장하고 있었다. 1939년 국경 근처에서 발생한 일본 관동군과 소련 극동군 간 충돌로 인해 관동군은 소련군으로부터 치명적인 타격을 받았다. 그러나 1940년 ‘대동아 공영권’의 수립 구상을 밝힌 일본은 동남아 남쪽으로 무력 침략을 강화하는 대신 1941년 소련과 ‘일소 중립 조약’을 맺는 데 이른다. 그러나 겉치레 평화 조약이었을 뿐, 같은 해 6월에 관동군은 특별 훈련하고 소련 국경으로 군대를 이동시켜 둔 상태였다. 만약 극동에 동란이 발생하거나 소련 정권이 붕괴하면 소련 영토로 쳐들어갈 생각이었다. 일본을 주체로 한 대동아 공영권 제국 건설이 머지않았다고 주장하는 조선인들도 흥분한 상태였으며, 이 시기를 기점으로 많은 조선인이 친일파로 전향하기 시작한다.

홍명부와 이치로는 1943년 8월 13일, 시모노세키에서 배를 타고 부산항에 도착해 경성으로 가는 기차를 탄다. 그들은 관동군 사령부가 있는 만주 봉천의 부대에 배속되었기 때문에 경성까지 올라가야 했다. 홍명부는 특히나 군복 차림이었기에 낯선 감각과 모종의 굴욕감까지 느끼고 있었지만, 홍명부는 5년 만에, 이치로는 생전 처음 조선 땅을 밟았다. 그것만으로도 그들에게는 큰 의미가 있다. 둘은 부산항에 도착한 다음 날 새벽 경성역에 도착했다. 경성역은 새벽에도 분주하다. 정면의 남산 쪽으로 보이는 조선 신궁이 위용 넘치는 모습으로 자리하고 있어 여기가 조선 땅인지 일본 땅인지 혼란스러울 지경이다. 사람들도 대부분 기모노나 쥐색 일본 군복, 아니면 왜바지를 입고 활보하고 있다. 멀리서 호루라기 소리가 들리더니 경성역 광장에 모두 집결한 부대가 천천히 도보로 이동하기 시작한다. 끝이 보이지 않을 만큼 긴 행렬이 이어졌다. 부대는 남대문을 지나 창경궁 쪽으로 방향을 틀어 혜화문으로 향했다. 걸어오는 도중 '경축! 병역법 개정에 의한 징병제 시행'이라는 포스터를 볼 때마다 홍명부는 기분이 묘해진다. 홍명부는 다시 기차를 타고 신의주로 가리라 예상했지만, 그들이 도착한 곳은 혜화문 안에서 경성제국대학과 담장을 맞대고 있는 '대본영 육군 경성훈련소'이다. 지식인들을 비롯한 대다수 조선인이 그토록 조선인의 참전을 바란다는 소문을 듣긴 했지만 실제로 경성 번화가에 걸린 현수막이나 훈련소 간판을 보고 있자니 홍명부는 일본 군복을 입고 있는 자신보다 전쟁에 가겠다고 깃발을 흔드는 조선인들에 더 많은 분개를 느낀다.

1944년 1월 관동군 132여단으로 배속

1943년 8월에 조선에 도착한 홍명부와 이치로는 훈련소에서 기초 훈련을 마친 뒤 1944년 1월, 만주 봉천의 관동군 제 1방면 군 제3군 독립 혼성 132여 단에 배속된다. 홍명부와 이치로가 배속된 여단의 분대장은 고지마(小島)로, 현역 입대 경험이 없는 데다 총도 처음 잡아 보지도 않은 자로서 구마모토 출신 서른두 살의 가정이 있는 남자다. 고지마는 현역병이나 젊은 청년들은 남방 격전지로 배치되고, 만주 관동군에는 자신과 같이 나이가 많은 징집병이나 훈련병들을 배치했다고 알려준다. 홍명부는 대부분 자신을 비롯해 징병으로 끌려 왔거나 서른 살이 넘은 훈련병 출신이라는 점에서 불안과 안도를 동시에 느꼈다.

그러나 소대장 기무라(木村)는 달랐다. 봉천의 신경군관학교 출신인 기무라 소위는 분명 조선인임에는 틀림이 없으나 잔혹하기가 이를 데 없다. 홍명부를 비롯해 보급 식량 확보를 담당하는 서른 명 정도가 동녕(東寧)이라는 지역에 있는 '보국 농장'에서 옥수수를 추수하거나 타작할 때면 잠시도 쉴 틈을 주지 않고 욕설을 퍼부으며 발광을 했다. 홍명부는 자신에게 총을 준다면 저자를 먼저 죽여야겠다는 생각이 불쑥불쑥 들 지경이었다. 아니, 최소한 탈주를 해야겠다는 생각을 이곳 봉천에 와서 늘 하고 있다. 전투 경험이 없는 군인들이란 오합지졸에 가까웠다. 더군다나 소집병, 보충병 및 만주 개척단에 남아있던 일부 수비대원으로 구성된 군대를 보고 있자니 홍명부와 이치로는 일본은 이미 만주국을 포기한 게 아닌가 싶을 정도였다. 대단한 줄 알았던 관동군의 주력 부대는 이미 남방 전선으로 이동했는데 진지는 평지에 있어 언제든지 사방팔방 공격당하기 안성맞춤이었다. 기관총과 박격포, 탱크와 같은 중화기는 거의 눈에 띄지 않았고, 소총과 약간의 장비만 갖춰져 있을 뿐이다. 반면에 소련군은 T34라고 하는 전차에 중무장하고 있는 모습이 국경 너머로도 보인다. 홍명부와 이치로는 이대로 전쟁이 나면 개죽음을 당할 게 분명하다고 생각해 일말의 희망을 품고 둘은 함께 탈출할 것을 결심한다. 홍명부는 신의주 금융조합 시절 봉천에 몇 번이고 와 본 적이 있었기 때문에 이곳 지리에 대해서는 어느 정도 자신이 있다. 그러나 추수가 끝난 겨울의 만주는 산도 없는 평야이어서 눈에 띄기 쉬워 얼마 못 가 잡힐 것이다. 그러니 둘은 신록이 드는 5월이 지나 초여름에 탈출하기로 마음을 먹었다. 물론 탈영병이 되면 자신의 안위뿐만 아니라 도쿄에 있는 아키코와 아이들의 안전도 보장할 수 없다. 하지만 이미 그들은 일본을 떠나기 전 사나에에게 주소를 다른 곳으로 이사해 두라고 부탁하고 사나에의 이모에게 새로운 주소를 알려주라고 했었던 참이다. 홍명부는 도쿄의 집에는 가족들이 없으리라고 생각하며 날짜를 꼽으며 기다린다.

마침내 쇼와 천황의 생일인 1944년 4월 23일, 홍명부는 휴식 시간에 이치로에게 탈출 계획을 말해 주었다. 봄이 되었으니 탈영하기에 제격이다. 관동군 132여 단에 소속된 두 사람은 곧잘 외부 척후병으로 나가서 둘이 있는 경우가 많았다. 홍명부는 이치로에게 하얼빈으로 가면 잡힐 게 분명하니 육로를 통하여 조선 땅으로 탈출하자고 제안한다. 그러나 1944년 5월에 새로 부임한 중대장은 다름 아닌 김광엽이었다. 홍명부는 김광엽의 계략인지 2중대 니시무라 중대장 쪽으로 바뀌어 이치로의 부대와는 헤어지게 되어 그를 거의 만나지 못하게 되었다. 김광엽이 부임한 이후로 둘의 탈출 계획은 수포로 될 지경이다. 그나마 다행인 것은 전쟁 막바지에 이르러서는 김광엽을 비롯한 주력 부대가 남방 전쟁터로 향했기 때문에 홍명부와 이치로는 다시 만날 수 있었다. 그러나 이미 그때는 일본으로 가는 교통편도 끊어졌고 당장 군량미도 없었기 때문에 탈출이고 뭐고 의미가 없었다. 관동군의 부대원들은 오히려 길림시에 나가서 식량을 구해야 하는 실정이었다.

길림시에는 일본인, 중국인, 조선인들로 인산인해였지만 전쟁통이라 민심이 흉흉했다. 16살에서 19살까지 일본 군부에 의해 동원된 만몽개척단 소년 의용군(満蒙開拓団少年義勇軍)은 중국인과 조선인을 깔보고 폭행도 일삼아 원성이 자자할 정도였다. 당시 일본인들은 본국인 북해도(北海道)의 인구에 필적하는 500여만 명이 만주에 정착해 한 가구당 십 정보(十町歩)의 땅을 받았으나 이는 대부분 중국인의 땅을 빼앗은 것과 같다. 당연히 중국인 농민들의 원성이 높아질 수밖에 없었고 땅을 빼앗긴 중국인들과 조선인들은 비적이 되어 일본인과 일본 군인을 습격하는 일이 많았다. 오적 화합이란 일본(大和), 만주(満州), 조선(朝鮮), 몽고(蒙古), 중국(支那) 5개 민족의 공존공영을 주장하며 대동아 공영권(大東亜共栄圏)을 내건 것은 허울뿐 이었다. 일본인의 타민족에 대한 차별과 약탈은 악랄한 수준이다. 1945년 8월 일본이 패전할 때까지 만주 관동군은 75만 명이 주둔해서 치안 유지가 되어 있었지만, 김광엽을 비롯한 주력 부대가 모두 남방 전선으로 이동해 공백이 생긴 상태다. 게다가 만주에 있는 20세부터 45세의 일본인 남성들도 긴급보충병으로서 동원되어 만주국 길림시 민가에는 여성, 어린이, 노인들밖에 남지 않은 상태다.

길림시에는 일본인 소학교로 아사히(朝日)와 요유메이(陽明) 2곳이 있었고, 남자 중학교 1곳, 여자 중학교 1곳으로 모두 4개교가 있다. 그러나 일본이 패전하는 쪽으로 전세가 기울자 길림시에 있던 일본인 학교의 여자 선생님들은 대부분 본국으로 귀국했고, 젊은 남자 선생님들이 군에 징집되면서 교사들이 턱없이 부족해졌다. 그래서 학교장들은 관동군에게 교사 파견을 요구했고, 홍명부는 메이지대학 휴학생인데다 신의주 상업학교를 졸업한 덕에 아사히 소학교에서 주판과 산수, 일본어를 가르치게 된다.

처음에는 관동군 여단장의 허락을 얻기가 쉽지 않았으나 1945년 5월부터는 관동군 주력 부대가 남방으로 이동하면서 병영 규율은 해이해질대로 해이해진 상태였다. 홍명부는 병영에 있기보다는 학교에 머무르면서 수업에 매달리게 되었다. 이치로도 병영 생활이 지겨워 주말이면 홍명부와 함께 아사이 학교 관사에 머무르다가 월요일에 복귀하곤 했다.

1945년 사나에와 아키코의 피난 생활

사나에는 웃을 때 오똑한 콧등과 눈가에 주름이 잡히고 치아가 드러날만큼 환하게 웃는 편이었다. 애교가 많은 성격의 사나에는 다소곳하고 말수가 적은 아키코와는 정반대에 가까웠다. 사나에와 아키코는 후쿠오카와 시모노세키의 중간 지점인 고쿠라시(小倉市)의 죠노(城野)라는 곳으로 피난한 상태였다. 시모노세키에서도 후쿠오카에서도 기차를 타고 약 2시간 거리에 있는 조용한 시골 동네다. 그들이 피난지로 선택한 이 집은 두 여인과 홍명부의 두 아들이 살기에는 조금 비좁았지만, 전쟁 중에 이런 환경에 불편을 느낀다는 것은 사치에 가까웠다.

사나에는 홍명부가 자신들의 가족을 부탁하는 편지가 오기 전부터 피난하러 간다면 외갓집인 죠노로 가려고 마음먹었던 참이었다. 엄마의 추억도 있고, 왠지 후쿠오카는 안전하지 않다는 생각이 들어서이기도 했다. 특히 도쿄나 오사카, 히로시마와 같은 대도시는 미군의 폭격으로 피해가 크다고 했다. 사나에는 이곳을 선택하길 잘했다고 생각했다. 집주인 이마자토는 사나에의 외당숙이었다. 50대 중후반으로 농촌 출신이지만 농사를 지어 본 경험은 없으며 고등학교를 졸업한 후에는 규슈철도회사 기관사로 근무했었다. 규슈 철도에서 노동조합원 활동을 하던 그는 탄압받고 직장을 그만두게 되어 고향에 돌아와 이제 막 농사를 시작한 참이었다. 기관사 시절에는 후쿠오카에서 살았기 때문에 먼 친척 조카뻘인 사나에와도 교류가 있었다. 부인인 기미코 역시 규슈 철도 노동 조합원 출신으로 시골 생활은 처음이었다.

그들의 아들 두 명은 모두 태평양 전쟁에 참전했다. 큰아들 타쿠야는 작년에 영국령 버마(지금의 미얀마) 전선에서 전사했고 작은아들 지로는 규슈대학 학생으로서 작년에 학도병으로 입대해 오키나와 주둔지에서 근무하고 있다고 한다. 안채의 넓은 마루 겸 식탁 앞 불단 위에는 이 집의 장남 타쿠야의 신주가 올라와 있었으며, 끼니때마다 기미코가 따뜻한 밥을 올린 뒤에야 식사를 시작했다. 아키코는 신주에 절하는 부부의 뒷모습을 볼 때마다 전쟁은 개인의 슬픔을 마음껏 드러내지 못하게 하는 것으로 생각한다. 아끼꼬 역시 타쿠야 부모가 신주에 절할 때의 마음과는 다르지만, 홍명부와 이치로의 무사 귀환을 간절히 빌며 불안한 마음을 애써 달래곤 했다. 한적한 시골은 전쟁 중이라는 사실이 잊힐 만큼 고요했다. 젊은 남성들이 눈에 띄지 않고 아낙네들이 많다는 점 말고는 여느 때와 다를 바 없었다. 아끼꼬에게는 좋은 점도 있었다. 아끼꼬는 홍명부가 조선인이라는 사실이 들통날까 봐 사람들의 눈초리가 가득한 도쿄 생활의 불안함보다는 지금의 조노(城野)라는 이 시골이 훨씬 좋다고 느낀다. 다만 자나 깨나 아키코는 홍명부와 이치로의 소식이 뜸하다는 게 마음에 걸릴 뿐이었다. 다행히 두 사람이 있는 곳은 전투 중이지도 않고 홍명부는 길림시 소학교에서 교사 생활을 하고 있다지만 언제 싸움터에 끌려갈지 모르는 신세라서 여전히 걱정이다. 이곳 사람들은 아키코에게 지나치게 관심을 보였다. 마을 사람들이 사나에에게 아키코에 대한 것들을 끊임없이 묻는 모양이다. 아끼꼬의 남편은 누구이며 애들은 조선말을 알아듣는 듯한데 일본인이 맞냐는 게 대부분이었는데 사나에는 그런 질문에는 일일이 대꾸하지도 않는다. 이마자또 부부 역시 아끼꼬에게 어떤 것도 묻지 않고 오히려 아키코의 두 아들을 친손자처럼 돌봐 주고 있다. 매일같이 콩밭과 논에 나가서 익숙하지 않은 일을 하는 것 외에는 큰일이라 할 만한 일도 없는 하루하루 똑같은 날의 연속이다.

1945년 6월, 이치로의 죽음과 사이토의 계략

전쟁이라는 괴물은 모두를 어떻게 살아왔든 상관없이 똑같이 생각하고 행동하는 미치광이 집단으로 만들어 버린다. 히로시마 중학교 교사 출신인 니시무라, 구마모토 시골 농사꾼 출신인 고지마, 신주쿠에서 장사하던 이치로 모두 미치광이들이 되었다. 중국인 머리를 삽으로 박살 냈다거나 마적을 단검으로 가슴을 쑤셔 죽였다거나 하는 이야기는 더는 특이하지 않은 일상이 되어버렸다. 그럴수록 이들의 전우애는 돈독해져 누구의 가족이든 편지를 받고 얘기할 때면 함께 울고 웃고 있었다.

관동군으로 이곳 길림(吉林)시로 끌려 온 이후 홍명부에게 잠을 자기 전에 생긴 새 버릇은 오늘 일어날 일은 없어지고 내일은 어제와 같다는 기적을 꿈꾸는 것이다. 조금 전에 이들의 대화에서 무참히 도륙당한 중국인 가족들이 벌떡 일어나 숲속으로 도망치는 기적을 말이다. 독립군이 있다는 밀정의 신고로 출동했던 어느 날 홍명부는 부대원들이 쏜 총에 맞아 쓰러진 조선인 가족의 시체를 본 적도 있다. 그러나 현실에서는 결코 그런 일은 일어나지 않는다. 그들이 홍명부의 기적에 다음날 살아 일어나지 않았다. 그들이 독립군에 협조했는지 하지 않았는지도 알 수 없다. 길림시 일본 경찰서의 밀정 보고에 따랐을 뿐이다. 고지마 분대장과 이치로는 길림시 시내를 거닐며 중국인 처자를 희롱하거나 좌판대를 걷어차며 활보하곤 했다. 홍명부와 이치로는 일본 땅을 떠난 뒤 한시도 떨어져 있지 않았지만, 홍명부는 그들과 함께 나가지는 않았다. 완전히 성격이 변해 버린 이치로의 잔인함 때문에 어울리기 꺼렸던 것도 있고 홍명부는 학생들을 가르치는 처지에서 이들의 행위는 눈에 거슬릴 수밖에 없었던 탓이다.

무엇보다도 길림에는 조선인들이 매우 많이 살고 있었다. 동포들의 따가운 눈초리를 느꼈기 때문인지 모르겠으나, 홍명부는 폭력적인 일본군 병사들과는 병영 밖에서 어울리는 것을 피했다. 홍명부는 다음 주 수업 준비와 언제까지 이런 생활을 하게 될지에 관한 생각 때문에 간간이 불안감을 느끼며 시간을 보내고 있을 뿐이다. 이치로의 잔인함과 자신이 그에게 느끼는 거부감 때문에 착잡한 심정으로 벤치에 앉아 있던 홍명부는 학교 수위 다나카에게 거의 끌려 오듯 부축을 받는 이치로를 발견한다.

"어떻게 된 거야, 이치로!"

홍명부가 황급히 묻자 다나카가 급하게 당황하면서 대신 말한다.

"아끼오 선생님, 이치로 군좌의 등이 칼에 찔렸습니다. 지금은 지혈이 된 듯하지만 이미 피를 많이 흘려서 병원 치료와 수술이 필요할 것 같습니다."

다나카의 말대로 이치로를 병원에 데리고 가야 했지만, 부대의 의무대는 이름뿐이었고 제구실하지 못한다. 일부는 남방 전쟁터로 이동했고, 일부는 하얼빈의 731부대로 이동한 탓에 군의관이 없다. 중국인 간호사만 있었는데 그마저도 주말에는 없었다. 중국인 병원으로 가기에는 너무 위험하다. 분명히 이치로를 해친 자들은 중국인일 것이었다. 중국인 병원에 간다는 건 죽으러 가는 것과 다름없다.

"다나카 상, 죄송하지만 양호실에 가서 붕대와 소염제 등 치료에 쓰일 만한 건 닥치는 대로 가지고 제 방으로 오세요. 이치로를 더 걷게 하다가는 다시 상처가 터질 것 같습니다."

홍명부는 학교의 양호 선생님을 떠올렸지만, 그녀 역시 중국인이라 이 상황에서는 신뢰할 수가 없다. 우선 상처를 치료하고 부대에 알리는 게 우선이다. 조금 전까지는 가늘게나마 눈을 뜬 채 희미하게 대답을 하던 이치로는 홍명부가 침대에 눕히자마자 기절한 듯하다. 이치로의 말에 의하면, 여느 때처럼 고지마와 함께 길림역 길목을 거닐던 도중 칼을 든 중국인 수 명이 덮쳐 둘을 마구 찔렀다는 것이다. 먼저 칼에 찔린 고지마 분대장은 즉사했고 이치로는 총도 버린 채 홍명부의 숙소로 죽어라 뛰었지만, 도중에 등이 깊이 베였다고 덧붙인다. 다행히 칼날이 탄피 창에 막힌 것인지 심장까지 베지는 않았지만, 출혈이 심했고, 마침 도착한 학교 수위의 도움을 받아 겨우 목숨을 건진 채 홍명부에게 온 것이다.

홍명부는 다나카가 가져온 소염제로 이치로의 상처를 먼저 소독한 뒤 마이신 가루를 상처 부위에 바르고 거즈를 붙여 주었다. 언뜻 보기에도 칼자국은 매우 선명했고, 뼈까지 상한 듯 속살이 훤히 보인다. 홍명부는 제대로 된 의사가 봉합 수술을 해야만 할 것 같다고 생각했지만, 지금은 어쩔 도리가 없다. 시간이 얼마나 흘렀을까. 홍명부가 침대 옆에서 쓰러져 자고 있을 때, 잠꼬대와 같은 목소리가 들리는 듯해 잠에서 깬 홍명부는 힘겹게 자신을 부르고 있는 이치로에게 다가간다.

"아끼오, 할 말이 있어."

"이치로, 이만하길 다행이야. 내일 나와 부대에 들어가 군의관에게 치료받도록 하지. 말은 낫고 나서 해도 되니까."

홍명부는 일어나면서 침대에 엎어져 있는 이치로의 머리를 짚어 보았다. 불덩이가 따로 없다.

"아니, 부대에 가더라도 우리 같은 졸병을 고쳐 줄 군의관도 의약품도 없다는 것은 자네도 잘 알고 있지 않나. 그보다도, 나는 곧 죽을 것 같아. 그전에 할 말이 있어."

숨을 몰아쉰 이치로가 말을 잇는다.

"기억나? 비 오는 작년 봄날에 징집 영장이 나왔던 날. 그리고 내가 그날 자원입대를 신청했던 날."

홍명부는 고개를 끄덕인다. 어떻게 잊겠는가. 올 것이 왔다는 태도로 태연한 척했지만, 가족들과 생이별해야 한다는 사실에 낙담했던 날이었는데.

홍명부가 아무 말 없이 이치로를 바라보고 있자, 이치로는 다시 말을 잇는다.

"이 모든 게 사이토 사장의 계획이었어. 우리가 일했던 '조광 무역 상회'는 군수 물자를 대는 곳이었기 때문에 아끼오는 징집 대상이 아니야. 그런데 영장 나오기 두 달 전에 이미 고야마가 '조광 무역회사'에서 아끼오, 자네를 해고 시킨 상태였지. 사이토 그자가 자네를 전쟁터에 보내려 했던 거야. 알고 보니 사이토는 아키코에게 오래전부터 흑심을 품어 왔고, 의도적으로 자신은 사내아이가 없으니까 자네의 아이들을 노리고 그 애들도 가로채려고도 했더군. 그런데 아끼오 자네가 너무 장사 수완이 좋아 신주쿠에서 영업망을 넓혀 가니까 그게 오히려 불안했던 모양이야. 그래서 자네를 제거하려고 했던 거지."

홍명부에게는 청천벽력이 아닐 수가 없다. 자신이 아는 사이토가 자신을 죽음의 구렁텅이에 빠뜨리려 했다는 얘기를 믿을 수가 없다. 그러나 눈앞의 이치로는 죽어 가고 있었다. 곧 죽을 사람이 거짓말을 할 이유가 없다.

"당연히 믿기 힘들 거야. 내가 자원입대를 했던 것도 사이토 때문이었어. 아키코가 영장을 들고 내 사무실로 왔을 때, 나는 한달음에 사이토의 사무실로 달려갔거든. 그자는 내가 올 줄 알았는지 놀라지 말라는 식으로 얘기를 하면서, 나도 함께 자원입대하면 둘 다 경성훈련소에서 빼 줄 거라고 했어. 전시 상황에 나는 괜찮지만, 아끼오는 조선인이니까 계속 데리고 있다가는 회사도 힘들어질 거라는 이유에서. 그러니 일단 형식상 입대했다가 경성훈련소에서 빼 준다는 얘기였어. 그런데 이 모양이 된 거지. 사이또 그자는, 나나 자네 모두 전쟁터에서 죽기를 바랐던 거야. 나 역시 아끼꼬와 아이들을 차지하는데 방해물이라고 생각한 거지. 잔인한 놈이야."

말을 마친 이치로는 이내 깊이 혼절해 버린다. 홍명부는 그제야 모든 의문에 대한 답을 찾은 기분이다. 자신에게 징집 영장이 나온 것이야 그렇다 치고, 이치로가 왜 자원입대를 하게 됐는지 그것도 어떻게 계속 같은 부대에 있게 되었는지. 이 모든 게 우연이라기에는 너무 절묘했다. 다음 날 아침, 홍명부는 다나카에게 이치로를 부탁한 뒤 부대에 들어간다. 그 뒤 니시무라 소대장에게 고지마의 죽음과 이치로의 증상을 보고했지만, 니시무라는 이미 보고를 받은 듯했다. 니시무라는 이치로를 잘 간호하라는 얘기만 하고는 동공이 풀린 채 내무반을 나선다. 니시무라의 뒷모습을 가만히 보던 홍명부는 이치로의 병가 처리를 하거나 행정반 업무를 하며 시간을 보낸다. 일요일이라 담당자가 많이 없었기 때문에 시간이 오래 걸렸다.

그러나 이 모든 게 무의미한 일이 되어버렸다. 홍명부가 일 처리를 끝내고 관사에 돌아왔을 때 이치로는 이미 싸늘한 주검이 되어 있었다. 다나카는 고열에 시달리다 점심 무렵 숨이 끊어진 모양이라고 말해 주었다. 이치로는 그 누구도 마지막을 지켜 주지 못한 채로 만주 길림에서 쓸쓸하게 생명을 마친 것이다. 홍명부는 이치로의 죽음을 덤덤하게 받아들였다. 길림시에 온 뒤 이치로는 정말 자신이 알던 사람이 맞는지 의구심이 들 만큼 잔인한 성격으로 변하긴 했지만 죽음이 일상에 자리 잡은 이 상황이 그를 그렇게 만들었던 것 같기도 했다. 그보다도 홍명부는 이 사실을 아키코에게 어떻게 알릴지 고민하는 자신을 보고 부질없는 생각이다. 가족들은 사나에에게 부탁해 두었으나 어디에 있는지 알기는 하지만 편지를 보내봤자 도달할지도 모르는 시국이다. 피난지 주소를 모르니 당연히 편지를 부칠 수도 없다. 홍명부는 어떻게든 이 생지옥을 탈출해서 고향인 의주로 가야겠다고 결심을 굳힌다. 일본은 곧 패망할 것이다. 그 강했던 독일군이 얼마 전 항복하고 히틀러마저 자살하지 않았던가. 이젠 일본 차례다. 연합군이 일본 본토로 들어올 그것은 시간문제다. 이치로가 말한 대로라면 홍명부와 그의 가족들에게는 미군보다는 사이토가 훨씬 두려운 인물이다. 하지만 가족들은 왠지 사나에가 잘 지켜 줄 것 같다. 사나에는 매우 신중한 여자였고, 그러니 충분히 믿을 수 있다.

1945년, 이치로의 부음(訃音)

6월 말부터 시작되었던 장마는 얼마 전에 끝났지만, 새벽부터 세찬 비바람이 불어 밭두렁의 물꼬를 터 주어야 한다. 막 아침 식사를 끝낸 아키코와 사나에가 여느 때와 같이 막 집에서 나가던 참이었다.

“가와구치 상, 계십니까?”

우비를 입은 제국군 헌병 세 사람이 문 앞에 있었다. 가운데 서 있던 남자가 묻자 왜바지를 입고 삿갓을 쓴 아키코는 대답도 못 하고 들고 있던 호미를 떨어뜨렸다. 왠지 불길한 예감이 들었던 탓이다.

“네, 맞습니다. 무슨 일이시죠?”

아키코 대신 사나에가 떨리는 목소리로 대답한다.

“죄송합니다. 관동군 소속 가와구치 이치로 군인의 순국을 전합니다. 진정으로 애석합니다.”

가운데 있던 남자가 말을 마치가 옆에 있던 젊은 병사가 유골함을, 또 다른 젊은 병사가 훈장함을 사나에에게 건넨다.

“뭐라고요? 오빠가 죽었다고요?”

단말마의 비명을 내지른 아키코가 흙탕물에 주저앉는다.

"네, 가와구치 이치로씨는 천황 폐하의 명을 받들어 대일본 제국의 용맹한 전사로서 전선에서 훌륭히 싸우다가 동료의 생명을 구하고 순국하셨습니다."

가운데 남자가 이치로의 부음을 침착하게 전한다. 아키코는 눈앞이 새하얘지는 것을 느끼며 이치로를 생각한다. 아버지의 폭력과 술주정에 못 이겨 자신을 데리고 오사카로, 도쿄로 함께 도망쳤던 오빠. 두 아이의 아버지이자 자기 남편인 홍명부와 함께 전쟁터에 갔던 오빠. 아키코는 이치로가 늘 심성과 비교하면 운이 없었던 것 같다는 생각이 든다. 아니, 이런 죽음도 그의 운명인가.

아키코와 사나에는 홍명부의 안부가 궁금했지만, 무서워 감히 물어보지 못하고 있었다. 그때, 어느새 나타난 이마자토가 헌병들에게 대신 묻는다.

"함께 근무하던 고야마 아끼오상에 대한 소식은 없습니까?"

"네, 특별한 소식은 없습니다. 이럴 때는 무소식이 희소식이죠."

맞는 말이었다. 마을에 제국군 헌병이 올 때마다 사람들은 제발 자기 집을 지나치라고 얼마나 기도했던가. 설마설마하던 일이 아키코에게 일어난 것뿐이다. 아키코는 어떻게 해야 할지 분간도 할 수 없다. 그저 입고 있는 바지가 흙탕물에 완전히 젖어 들 때까지 앉아 있을 뿐이다. 일종의 경험이라고나 할까. 이마자토는 유골함을 정토정 계열의 절인 극락사에 안치하도록 하고, 신주를 받아 자신의 아들 신주 옆에 두도록 한다. 아키코는 이마자또 내외에게 큰 은혜를 입었다고 생각하며 다시는 이와 같은 일로 신세를 져서는 안 되겠다고 생각했다. 이제 그녀가 기도할 것은 홍명부의 안위뿐이었다.

홍명부, 관동군에서 탈영하다

이치로가 죽은 뒤 홍명부는 길림을 떠나 신의주로 탈출하는 계획을 서둘러 실천하기로 마음먹는다. 정황이야 어찌 됐든, 관동군의 정규 군인이었던 이치로가 대낮에 살해된 것은 큰 사건이다. 여태까지 잠자코 짓밟히고만 있었던 중국인들이 조직적으로 움직이고 있다는 증거가 생긴 셈이다. 부대원들은 시내 외출을 금지당했고, 식량은 식료품 납품 차량으로만 받고 있었다. 1945년 7월에 들어서는 남태평양 전투에서 일본군이 전멸하고 있다는 심상치 않은 소문도 무성히 들려왔다. 소문을 듣고 탈영 계획을 서둘러야 한다고 생각한 홍명부는 고향 의주를 거쳐 어머니를 잠시 뵙고 경성에서 부산항까지 간 뒤 일본으로 가는 배를 타 가족들을 만날 궁리만 한다. 홍명부가 바라는 건 가족이 무탈하게 살아 있어 주는 것뿐이다. 홍명부는 그 누구도 세상이라는 운명 때문에 헤어지지도 이유도 없이 죽고 죽이지도 않기를 간절히 바랐다. 문제는 돈이다. 의주로 탈주하는 데 성공한다 해도 경성을 거쳐 부관훼리를 타고 시모노세키에 입항하려면 상당한 돈이 필요하다. 부대에 보관된 자신의 돈을 달라고 하면 이상하게 생각할 게 분명하다. 그렇다고 돈이 될 만한 걸 가지고 있지도 않았다. 아사히 중학교에서 받은 약간의 수당만 가지고 있을 뿐이다. 현지 중국인들이나 일본인 행세를 하며 첩자 짓을 하는 '조선인회' 동포들에게 돈을 빌릴 수도 없다. 조선인 거류민이 사는 만주 지역 곳곳에는 '조선인민회'라고도 불리는 '조선인회'라는 조직이 있다. 관동군과 일본영사관이 직접 관리 감독하는 일본 최말단 행정 기구인 셈이다. 만주 거주 조선인들을 반강제적으로 가입시켜 움직이는 '조선인회'는 만주

지역 독립운동을 탄압하는 보조 기관이면서 독립운동가와 일반 조선인들을 떼놓을 목적으로 설립된 것이었다. 이토 히로부미를 암살한 안중근과 함께했던 우덕순마저도 하얼빈의 '조선인회' 회장이 되어 일본에 비굴하게 굽신거렸다는 건 현지인이든 관동군 조선인 병사들이든 모두가 알고 있는 사실이다. 길림시의 '조선인회'는 큰 도시답게 회장, 부회장, 주사와 서기, 대의원들을 두고 조선인을 대상으로 교육 사업이나 위생 관리 같은 통상적인 업무를 수행했다. 그뿐만 아니라 일본 행정 기관의 명령을 조선인 거주민들에게 하달하는 등 활동 범위가 넓었다. 이를 위해 동포들의 동향을 수시로 파악하고 있었는데, 현 회장인 김유의 눈에 모두 감시되고 있다고 봐도 무방하다.

홍명부가 생각하기에 유일하게 돈을 빌릴 수 있는 곳은 고향이 의주이고 자신이 강사로서 수업을 나가고 있는 길림시 아사히 중학교 앞에서 평양식 냉면 가게인 '삼천리'를 운영하는 박씨 아줌마뿐이다. 그녀는 중국인 중학교에 다니는 사내아이 둘을 혼자 키우고 있었다. 키가 크고 마른 체형에 말씨가 강한 북쪽 여인으로 홍명부는 자신의 어머니와 그녀가 닮았다는 생각을 자주 하곤 했다. 동향인 홍명보에게도 처음에는 그다지 친절하지 않았을 정도로 경계심이 높았고 아버지에 관해 이야기했을 때 표정이 순식간에 일그러졌던 걸 봐서 호감을 얻기에 어려울 것이라는 건 짐작할 수 있었다. 그러나 홍명부가 아사히 중학교에서 수업을 시작한 뒤부터는 몇 마디 말 정도는 붙여 주곤 했다.

얼마 전부터는 그녀도 홍명부에게 고향으로 돌아가야겠다는 얘기를 한 적이 있었다. 그도 그럴 것이, 한때 관동군을 상대로 냉면 장사가 꽤 잘 되었으나 작년부터는 단골이었던 관동군 조선인 병사들도 남양주 전쟁터로 대부분 떠나 가게 운영 사정도 나빠졌을 뿐만 아니라 현지 중국인들은 조선인들을 일본군의 앞잡이로 여겨 알게 모르게 해코지하고 있었기 때문이다. 그나마 다행인 것은 그녀가 '조선인민회'와 가깝지 않다는 것이다. 홍명부는 그들이 손님으로 오거나 심지어는 조선인민회 김회장이 가게에 왔을 때도 박씨 아줌마가 말 한마디 섞으려 하지 않고 뒤돌아서서 경멸의 얼굴까지 보인 뒤 가게 앞에 소금을 뿌리는 것을 목격한 적도 있었다.

그날은 7월 20일 금요일이었다. 오늘부터 22일 월요일까지는 부대원 검문이 약해지기도 하고 3연대가 남양주로 차출된다고 해서 분위기가 어수선했다. 마침 홍명부가 출장 근무하는 아사이 중학교도 방학이 시작되었기 때문에 교사들도 주말에는 나오지 않는다. 학교 관사에 홍명부가 있든 없든 관심도 없을 것이다. 당연하지만 탈영병은 사형이니 어떻게 해서든지 국경을 넘어 신의주에 도착해야 한다. 물론 조선 땅에 들어가도 일본군 헌병의 감시가 붙겠지만 조선 땅이라면 말도 통하고 지리도 알고 있어 숨을 곳도 많다. 그러니 오늘 저녁 박씨 아줌마에게 기필코 돈을 빌려야 한다. 고향이 같으니 고향에 가서 준다고 해도 되고, 정 안 된다면 친척을 통해 갚겠다고 하면 될 것이다. 홍명부는 관사에서 짐을 챙기며 이치로의 유품을 챙기는 것도 잊지 않는다. 가능한 최소한의 짐을 챙겨야겠지만 이치로의 유품만큼은 아키코에게 전해줘야 한다. 그날 저녁 홍명부는 예정대로 '삼천리'에 간다.

"이모님, 저 왔어요. 냉면 한 그릇 주세요. 빼갈도 한 잔 주시고요."

냉면값보다 좀 더 많은 2원을 테이블 위에 둔 홍명부는 주변을 둘러본다. 아직 가게 안에는 두세 테이블이 식사하고 있다. 손님들 대부분 길림시에 사는 조선인 동포들이고 이따금 홍명부처럼 일본인 친구를 데리고 오는 게 전부다. 홍명부가 저들을 알고 있듯이 저들도 홍명부의 신분을 알고 있다. 관동군이라는 점, 일본인 처자식이 도쿄에 살고 있다는 점, 최근에는 함께 근무 중이었던 이치로가 중국인 비적단에 살해당했다는 점 등 홍명부에 대한 건 웬만큼 알고 있을 터이다. 그래서인지 홍명부가 들어가자 테이블에 앉아 있던 손님들이 수군대며 하나둘씩 일어나서 자리를 뜨려고 한다.

"웬일이야, 술까지 다 시키고. 요즘 인심이 흉흉하니까 혼자 다니지 말고 빨리 먹고 들어가."

테이블 위에 놓인 2원을 집어 든 박씨 아줌마는 퉁명스레 답하고는 주방으로 들어가려 한다. 그러나 지체할 시간이 없었다. 모든 손님이 가게를 나선 것을 확인한 홍명부가 박씨 아줌마를 불러 세운다.

"이모님, 저 할 말이 있어서 왔어요."

박씨 아줌마는 잔뜩 긴장한 채 홍명부의 앞에 엉거주춤 선다.

"돈이 필요합니다. 고향에 가서 돌려 드릴게요. 아니, 부모님이 계시는 신의주에 전보를 넣어서 이모님의 친척분에게라도 갚으라고 할게요."

절박한 심정이 홍명부의 눈빛에 드러난다. 상황을 짐작한 듯 박씨 아줌마가 묻는다.

"왜, 탈영하려고?"

"여기에 있다가는 죽든가 소련군의 포로가 되어서 다시는 가족을 못 볼 것 같습니다."

홍명부가 거의 울먹이며 말하자 잠시 가만히 있던 박씨 아줌마는 뒷방으로 들어간다. 홍명부가 냉면과 빼갈을 모두 비운 뒤에야 다시 돌아온 박씨 아줌마는 조그마한 짐보따리를 홍명부에게 내민다.

"돈은 많이 못 넣었어. 100엔이야. 그리고 중국인 옷과 조선 옷 각각 한 벌씩 넣었으니까 가면서 갈아입어. 돈은 갚을 수 있을 때 갚아. 앞으로 어떻게 될지 아무도 모르잖아. 그리고 주먹밥도 세 개 넣었어. 민가에 가서 훔쳐 먹지 말고. 그러다가 주민들이 신고하면 들키니까."

홍명부는 할 말을 잃고 잠시 넋이 나간 채로 의아하게 박씨 아줌마를 바라본다.

"네가 처음 여기 들어왔을 때 해숙이 언니 둘째 아들이라는 건 금방 알아봤어. 형과 달리 너는 해숙이 언니를 많이 닮았거든. 넌 기억 못 하겠지만 의주에 있는 너희 집에 찬모로 내가 들락거렸을 때 넌 상업학교로 전학 갔거든. 언니는 돈 있는 체도 안 하고 항상 내게 친동생처럼 잘해 줬어. 너희 아버지는 난봉꾼에 일본 놈들이랑 붙어먹고 조선인을 무시했지만 말이야. 사실 네 어머니는 너를 낳자마자 남편이 신의주에서 딴 살림을 차렸으니 그 마음고생이 오죽이나 했겠어."

홍명부는 뒤통수를 세게 얻어맞은 기분이다. 박씨 아줌마의 표정이 찌푸려졌던 게 자신을 원래 알고 있었기 때문이었다는 게 충격적이다.

"언제 고향을 떠나셨길래 어머니 소식을 들으셨나요?"

"어머니가 중환에 걸렸다는 소식을 고향 사람들에게 들었어. 금년 설날에 잠시 신의주에 다녀온 적이 있지. 그땐 네가 이곳에 있는 줄 몰랐어. 밭농사하러 다녀오다가 소달구지에 치여 허리를 많이 다치셨다는데, 너희 아버지나 네 형이나 아무도 없었다고 하더군. 언니의 친정 오빠가 와서 병간호하고 지금은 그나마 좋아졌다는데 너희 아버지는 첩년 집에만 있다가 코빼기도 안 보이고 돈만 보냈다지, 아마? 참 나쁜 인사지. 천벌을 받을 거야. 아니, 어쩌면 이미 받고 있는지도 모르고."

이곳 길림을 빠져나가 조선 반도로 가는 제일 나은 방법은 남만주 철도의 기차를 이용하는 것이다. 오늘 밤 길림에서 가장 빠른 증기기관차 '아시아호'를 타고 만주국의 수도인 창춘을 지나 내일 점심때까지 봉천역까지 도착한 뒤 내일 밤에 국경을 넘는 것이 홍명부의 계획이다.

길림역의 관동군 수비병들은 홍명부의 얼굴을 알고 있었기 때문에 부대를 이탈해 도망친다면 분명 알아차릴 것이다. 이를 피하려면 봉천역에 내려서 조선의 압록강 철교로 지나는 '만포선' 철도로 갈아타거나, 남만주 철도로 대련항구까지 가서 인천항에 도착한 뒤 배를 타고 부산으로 가야 한다. 그러나 이 방법은 시간이 오래 걸린다. 홍명부는 어떤 방법이 더 안전할지 알 수 없었으나, 지금으로서는 신의주에 들렀다가 어머니를 뵙고 원산이나 부산으로 가서 일본에 가는 배를 타는 게 최선이다.

홍명부는 일부러 길림역에서 기차를 타지 않고 만주국 수도인 창춘까지 자동차로 가기로 한다. 그러나 길림에서 창춘까지 자동차로 이동하는 건 행각을 드러내는 것과 다름이 없었으므로 옆 동네까지 걸어간 뒤 자동차를 타기로 한다. 홍명부는 내일 아침 일찍, 길림성의 남쪽에 있는 안동까지 걸어서 이동한 뒤 자동차를 타고 창춘에 가서 기차를 타야겠다고 계획을 변경한다.

길림과 창춘은 북동쪽으로 약 60㎞ 떨어져 있다. 오전에 안동에서 일찍 출발하면 저녁에는 창춘에 도착할 수 있다. 그곳에서 하루 묵은 뒤 일요일 아침에 첫 기차를 타고 봉천역에 간 다음 조선 반도로 가는 기차를 바꿔 타고, 압록강 철교를 건너 국경을 넘는 것이다.

홍명부는 '삼천리' 식당을 빠져나온 뒤 길림시 신사 뒷산으로 주위를 살피며 빠른 걸음으로 이동했다. 시내에는 몸을 숨길 수 있는 가로수도 없다. 만주 벌판은 큰 나무가 자라기에는 마땅치 않다. 겨울에는 혹한이거나 짧은 여름에는 비도 많이 오지 않는다. 기껏해야 관목들이 있을 뿐이지만 밤에는 칠흑처럼 어두워지니 몸을 숨기기에는 괜찮다. 길림시의 벌판을 지나니 옥수수밭과 콩밭이 끝도 없이 펼쳐져 있다. 지금은 한여름이라 옥수수나무들의 키가 커서 몸을 숨기기에도 딱 맞다. 만약 겨울이었다면 금방 관동군이나 마적단에게 발견되어 목숨을 부지할 수 없었을 것이다. 홍명부는 옥수수밭에 몸을 숨긴 채 밤을 지낸다.

다음 날 아침, 평온하게 활짝 갠 여름 하늘 아래에는 여전히 옥수수밭만 보였다. 홍명부는 자신의 키만큼이나 큰 옥수수가 마치 마네킹이라도 되는 것처럼 곳곳에 서 있는 게 고맙다. 만에 하나 어떤 일이 생길까 봐 권총을 챙겨서 나오기는 했지만, 최후의 수단이다. 관동군이든 중국인이든 사람을 마주치지 않는 게 중요하다. 홍명부는 옥수수밭 사이의 바위에 걸터앉아 박씨 아줌마가 만들어 준 주먹밥 하나를 꺼내 먹는다. 밤새 긴장한 채 걷다가 겨우 먹게 된 식사였기 때문에 소금과 보리밥으로만 뭉쳐진 주먹밥도 맛나게 느껴졌다.

고향 의주에서 어머니 박씨와의 만남과 헤어짐

1945년 7월 22일 일요일 아침 홍명부는 창춘역에서 '아시아호' 삼등칸 표를 끊어서 탄다. 과거 금융조합 시절 탄 적이 있는 기차다. 그때는 창춘에서 종착역인 대련까지 갔을 때 약 700㎞를 8시간 만에 갔으니 중간 지점인 봉천까지는 4시간이면 가리라 싶었다. 화물칸, 식당칸, 삼등칸과 이등칸, 그리고 가장 비싼 일등칸으로 나뉘어 있는 아시아호에는 일요일이면 승객들로 붐벼서 인파에 숨기도 쉽다.

기차 요금은 꽤 비싼 편이다. 장춘에서 대련까지 일등칸이 36엔 50센이었으니, 아사히 중학교 선생님 시절 46엔 30센을 받았던 급여와 큰 차이가 없을 정도로 비싸다. 홍명부는 돈도 충분치 않았거니와 자신의 행색을 보니 삼등칸이 적절한 듯해서 10엔을 주고 3등 칸 기차표를 산다. 점심쯤에 봉천역에 도착한 홍명부는 역사 안에서 중국식 차슈 완탕을 주문한다. 금융조합 시절에도 온 적이 있는 식당이다. 조선 반도와 중국과의 국경인 압록강을 건너 평안도 순천까지 이어지는 '만포선'을 타기 위해서는 역밖으로 나서지 말아야 한다. 홍명부는 완탕 사발을 들고나오는 점원을 보며 이곳까지 무사히 왔다는 사실을 새삼 실감한다. 사방을 둘러보며 경계심을 늦추지 않던 홍명부는 태연한 척하자고 다시금 다짐한다. 오랜만에 따뜻한 완자탕을 맛있게 먹은 홍명부는 평안도 순천행 기차표를 산다. 기차가 국경을 통과하기 직전 즈음 군인들이 기차에 올라와 검문할 것이다. 그러니 종점인 순천으로 표를 끊은 뒤 단둥에서 내려 배를 타고 압록강을 건널 생각이다. 만주와 국경을 맞대고 있는 단둥은 어수선하긴 했지만, 검문이 강화된 곳은 아닌 듯했으므로 안심할 수 있다. 물론, 도중에 신의주에 내려 잠시 어머니를 뵙고, 박씨 아줌마에 관해 이야기한 뒤 그 친척들을 만나 돈을 돌려줄 생각도 하고 있다. 평안도 순천행 삼등칸 기차표를 12원 50전을 내고 산 홍명부는 '아카츠키'에 올라탄다. 조선말로 '새벽'을 뜻하는 단어를 사용한 기차로, 밀폐식의 전망대를 가진 일등 전망 칸과 이등칸, 삼등칸, 그리고 냉방이 들어오는 식당칸, 수화물 우편 칸 등으로 7칸이 연결되어 있다. 더운 여름날에 냉방 시설까지 없어 더 그랬지만, 승객들이 들고 온 각종 채소가 썩어 가는 냄새, 농부들의 땀 냄새가 뒤엉켜 있다. 홍명부는 입석 손님들의 사이를 헤집고 자리를 찾아 앉는다. 나무 좌석은 사람들을 꼿꼿하게 앉히게끔 만들어져 있어 여간 불편한 게 아니다.

옆 좌석과 앞 좌석의 사람들은 조선사람들인 것 같다. 국경을 오가는 기차에는 조선인 밀정이나 일정 순사와 사업을 하는 사람들도 많아서 조심해야 한다. 홍명부는 자신이 관동군 소속 탈주병이라는 게 알려진다면 위험할 것임을 직감하고 경계를 늦추지 않는다. 다행히도 주변에 앉아 있던 이들은 먼저 말을 걸어 오지 않았고, 2시간 정도가 지났을 때 홍명부는 안전하게 단둥역에서 내릴 수 있었다. 오후 4시가 다 되어 간다. 북방의 여름은 하루해가 길다. 저녁 8시가 넘어 어두워질 때까지 기다려야 한다. 아직은 압록강 철교를 지키는 군인들의 감시가 철저할 때이다. 그러니 아무런 농산물을 싣지도 않고 지금의 행색으로 배를 타러 가는 건 위험하다. 홍명부는 우선 단둥 시장에서 농산물을 사 농사꾼으로 위장하기로 한다. 홍명부는 시장에서 옥수수와 감자를 사고 소달구지를 불러 압록강 하구로 간다. 홍명부 뿐만 아니라 많은 중국인과 조선인 농사꾼들이 짐을 싣고 있어 홍명부도 어렵사리 그들에게 품삯을 주고 옥수수와 감자를 싣는다. 다행히 나루터는 검문이 심하지 않았고 군인들이 상주하고 있는 것 같지도 않다. 홍명부는 관동군 대부분이 남태평양 전쟁터로 이동했을 것이라 짐작한다. 여기까지는 무사히 왔다. 그러나 오히려 고향 땅인 신의주로 건너가면 더욱 위험해질 수 있다. 고향에는 홍명부가 일본으로 건너간 사실 일본인과 결혼한 사실 그리고 심지어는 관동군에 배속되어 길림에 주둔하고 있다는 것까지 알려졌을지도 모른다.

홍명부를 비롯해 대여섯 명의 장사치들이 나룻배를 타고 압록강을 건넌다. 강을 건널 때쯤에는 어슴푸레하게 달빛이 보이기 시작했다. 홍명부는 남쪽 방면인 고향 신의주 쪽에 걸린 달을 보며 생각에 잠긴다. 사나에와 함께 있을 가족들, 그리고 얼마 후 만나게 될 어머니까지. 이상하게도 아버지와 형의 얼굴은 잘 떠오르지 않는다. 단둥에서 출발한 배가 얼마 지나지 않아 쿵 소리와 함께 배가 멈췄다. 의주쪽 하굿둑에 다다른 모양이었다. 어느새 밤이 되어 완전히 어두워져 있다. 하굿둑에도 손님들을 유치하는 달구지 마부들의 목소리로 왁자지껄하다. 홍명부는 누가 자신을 알아보지 못하도록 밀짚모자를 푹 뒤집어쓰고 단둥에서 산 농산물을 내려놓은 뒤 의주 시의 읍성까지 가는 마부를 찾는다. 길림에서 나온 뒤 홍명부는 텁수염과 머리카락을 정리하지 못해 영락없는 가난한 촌부로 보인다. 그러나 안심할 수는 없다. 부둣가에서 헌병들이 불심검문을 하고 있다. 홍명부는 만주국 국적 신분증이 있는지 재차 확인해 본 뒤 소년 마부에게 10원을 주고 짐을 맡긴다. 이 시간에 출발하면 아무리 천천히 가더라도 의주의 어머니 집까지는 동이 트기 전에 당도할 수 있을 것이다. 새벽에 사람이 뜸할 시간에 도착해 인사만 드리고 바로 신의주역으로 이동해 경성에서 부산 부두 역까지 가는 기차를 타야 한다. 그러니 지금 당장 이곳에서 안전하게 빠져나가야 한다. 만에 하나 헌병에게 잡히기라도 하면 죽거나 전쟁터로 다시 끌려갈 것이다.

홍명부는 말 달구지에 몸을 실은 채 잠시 생각에 잠긴다. 차림새를 더 이용한다면 마부 소년에게 돈을 더 얹어 준 뒤 소년의 삼촌으로 위장해 신의주역까지 갈 수 있을지도 모른다. 의주에서 신의주까지는 압록강 연안을 따라 30㎞ 정도만 더 가면 되니 말 달구지로 가더라도 오후에는 경성으로 가는 기차를 탈 수 있을 것이다. 홍명부는 소년 마부에게 돈을 더 얹어 주며 어머니가 사시는 마을 어귀에 농산물 짐을 실은 채로 기다리게 한 뒤 조심스럽게 집으로 향한다. 다행히 여느 집과 마찬가지로 문을 잠그지 않은 탓에 나무 대문은 삐걱거리며 쉽사리 열린다. 몇 해 전 도쿄로 떠나기 전과 달라진 게 없었다. 행랑채의 황 씨 아저씨 부부는 벌써 밭에 나간 듯하다. 홍명부는 어머니의 방 앞에 서서 낮게 헛기침을 해 인기척을 낸다.

"어머니, 기침하셨어요?"

그러자 잠시 후에 문이 덜컥 열렸다. 홍명부의 어머니 박씨는 만감이 교차하는 표정으로 홍명부를 보고는 숨죽여 말을 건넨다.

"아이고, 내 새끼. 어서 들어와라."

깜짝 놀라기도 잠시, 박씨는 거의 우는 듯 말한다. 그리고는 홍명부의 팔을 끌고 방으로 들어오라는 신호를 보낸다.

"어떻게 된 거냐. 네가 일본군에 입대해 길림에 있다는 소식은 들었다. 그런데 네 행색이 이게 뭐냐? 설마 탈영이라도 했냐? 아이고, 이리 무사하니 아무튼 잘했다. 그래, 배가 많이 고프지? 잠시만 기다려라."

박씨는 급히 말한 뒤 굽은 허리로 방문을 열고 나간다. 몇 해 전 소달구지에 치인 후유증인 모양이다. 잠시 후 박씨는 밥상을 들고 방으로 들어왔다. 홍명부는 콧등이 찡해 오는 것을 느끼다 이내 눈물을 떨어뜨리고 박씨를 껴안는다. 박씨는 그의 등을 두드려 주다가 이내 밀쳐내며 어서 밥을 먹으라고 눈짓한다. 감정이 북받쳐 오르는 듯 말을 하지는 못한다. 홍명부는 허겁지겁 밥을 먹기 시작한다. 얼마 만에 먹어보는 고향 집의 밥이더냐. 그런 홍명부의 곁에서 수발을 들던 박씨가 말한다.

"가끔 길림의 냉면집에도 간다면서."

"어떻게 아셨어요?"

깜짝 놀란 홍명부가 묻자 숭늉을 가지러 가던 박씨는 잠시 멈춰 선 채 대답한다.

"냉면집 박씨는 이 어미의 먼 친척 동생이야. 언젠가 그 동생의 편지에 네 얘기가 나와서 알게 됐지. 한편으로는 반갑고, 한편으로는 걱정도 되고 그랬다. 근데 언젠가는 이런 날이 올 줄 알았다. 이곳 의주에서도 일본인 순사들이 조선인 구장 놈들을 앞세워 징병이며 징용이며 난리가 아니다. 웬만한 젊은 애들은 남자고 여자고 산속에 움막을 지어 숨거나 경성으로 도망쳤다. 네 아버지라는 작자는 이제 완전히 미쳐 버렸나 보더라. 잘 나가던 사업도 안 하는지 황국에 충성해야 한다며 사방팔방 뛰어다니나 보더라. 얼마나 열심인지 여기까지도 와서 유세를 떨고 있어. 행여 아버지에게 인사를 한다고 들를 생각은 말아라. 당장 주재소에 탈영병 신고를 할 인간이여. 경성에 있는 교토에 있는 형에게도 전화도 하지 말고. 너도 알지만 둘은 한통속이니까."

아버지와 형에 관해서 얘기하다가 박씨는 화가 난 듯 안방의 장지문을 꽝 닫고 나간다. 밥을 다 먹은 홍명부가 조선인 옷으로 갈아입는 사이, 박씨는 주먹밥과 돈을 넣은 봇짐과 돈주머니를 건넨다. 홍명부는 남들 눈에 띄지 않도록 조심하며 소년 마부가 기다리고 있는 동구 밖으로 나간다.

홍명부의 아버지 홍병서의 일생

홍병서는 가난한 소작농의 차남으로 1884년 의주에서 태어났다. 임오군란 2년 후, 젊은 급진 개화파들이 갑신정변을 일으켰던 해에 태어난다. 홍병서는 손바닥만 한 땅을 일구는 소작농에 지나지 않았던 아버지와 형님을 보며 가난에서 벗어나지 못한 자기 집을 떠나 12살에 압록강의 뗏목꾼으로 취업한다. 물론 학교 교육은 받아 본 적도 없고 서당도 다녀본 적이 없다. 그러나 그는 타고난 머리 덕분에 일본어를 쓰지는 못할지언정 대화를 할 수 있는 정도였고, 어깨너머로 주판을 배운 덕분에 경리를 보게 되었고, 돈을 빼돌려 이십 대 중반에 남부럽지 않은 돈을 모으게 된다. 그는 다니던 회사를 관둔 뒤 개인 회사를 차려 압록강 나무 중개상으로 성공했다. 이후 30살이 되었을 때 의주 출신 박혜숙과 결혼하고, 홍명한과 홍명부 두 아들을 둔다. 홍명한은 일본 교토제국대학 상과를 졸업하고 일본 은행 조선지사인 신의주와 경성에 근무 한적도 있었다. 해방 직전까지 그는 일본 은행의 오사카 지사에 근무하다가 해방 이후 조선으로 돌아와 한국은행에 입사해 박정희 정권 때 부행장까지 승진하기도 한다. 홍병서는 만주국이 생긴 것을 천재일우의 기회로 삼았다. 만주의 봉천은 신의주에서 기차로 연결되어 있어 물건을 이동시키기 좋았으며 육로로 가더라도 멀지 않다. 그는 이런 특징을 이용해 평안도 인근의 채소와 쌀을 값싸게 거둬 관동군에게 비싸게 납품하는 중개사업을 벌여 많은 돈을 벌었다. 그 바람에 조강지처인 박씨는 소박을 맞았고, 홍병서는 신의주에 첩을 들여 살았으며, 거의 매일 밤 기생집에서 일본인 사업가들과 관동군 고위직을 접대하느라 여념이 없었다.

그러나 1945년에 접어들면서 전쟁이 점점 확대되는 한편 일본의 전황이 나빠지며 홍병서의 군납 사업도 삐걱대기 시작했다. 이제는 일본의 승전만이 그가 관동군에 납품했던 돈을 회수하는 유일한 수단이 되어 버린 것이다. 이제 그는 환갑을 지났을 만큼 나이가 들었지만, 여전히 돈독이 올라 징병과 징용을 대리하는 사업까지 벌이며 신의주역 앞 광장에서 확성기를 들고 외치곤 했다.

"여러분! 나라를 위하는 것, 즉 천황 폐하를 위하는 것은 영광스러운 황군이 되는 길입니다. 여러분, 우리 모두 황국의 노동자가 되어야 합니다. 그래야만 내가 살고, 우리 가족이 살고, 나아가 대동아 공영권의 모든 국민이 삽니다. 여러분들도 잘 알다시피 저 고야마의 첫째 아들은 교토제국대학을 나와 일본 은행의 경성지점에 근무하면서 우리 조선을 잘 살게 하려고 노력하기도 했습니다. 더군다나 둘째 놈은 지금 바로 천황 폐하의 군대인 관동군에게 들어가서 위대한 성전을 치르고 있습니다. 나라를 지키는 일에 어찌 다른 사람의 힘에 의존하겠습니까. 저처럼 솔선수범해서 여러분의 가족들을 설득해 주십시오. 우리 한 사람 한 사람 천황 폐하의 신민이 되어 끝까지 싸워야 합니다. 그렇게 되면 곧 우리 황군은 전쟁에서 승리해 필리핀도 인도네시아도 우리 황국이 되어 조선의 청년들과 노동자들이 부자가 되고 출세를 할 것입니다. 지금 바로 여러분들 곧장 마을과 집에 돌아가셔서 주변에 숨어있는 자들이 있다면 주재소의 순사에게 신고해 주십시오. 제가 포상해 드리겠습니다. 자발적으로 나오게 하면 '무운 장정'이라는 영광스러운 글자를 새긴 띠를 두르고 성전에 참전해 승리의 전리품을 함께 나누는 조선인이 될 것입니다. 여러분, 이것이 마지막 기회입니다!"

그러나 그의 최후는 의외로 허무했다. 그는 1945년 8월 31일, 신의주 사람들에게 신의주역 앞에서 몽둥이로 맞아 머리가 깨지고 창자가 튀어나와 죽는다. 그의 파란만장한 일생은 해방 소식을 듣고 신의주 야산 토굴에 2주일간 숨어있는 홍병서에게 음식을 몰래 가져다준 집안의 여자 몸종의 밀고로 최후를 맞은 것이다.

1945년 8월 13일, 홍명부 신의주에서 탈출하다

의주의 집을 나선 홍명부는 의주역 앞에서 소년 마부에게 돈과 주먹밥을 준 뒤 어젯밤부터 오늘 새벽까지의 일을 누구에게든지 함구해달라고 부탁한다. 물론 홍명부는 누구의 말도 믿어서도 안 되는 탈영병 신세였지만 소년 마부는 정직해 보이니 믿어도 될 것 같다. 만에 하나 소년 마부가 주재소에 신고한다 해도 그때쯤이면 자신은 평양행 버스에 몸을 실을 것이고, 헌병들은 신의주로 향할 터이니 안심할 수 있다.

"복동이라고 그랬나?"

홍명부가 소년 마부에게 말을 건넨다.

"네, 근데 아저씨 이름은 어떻게 되나요? 지금 아저씨 행색이 아까랑 전혀 다른데, 가족을 만나고 오신 거죠? 근데 이렇게 급히 떠나시는 것을 보니 징용을 피해서 가시는 거겠죠. 걱정하지 마세요. 우리 형도 아버지도, 모두 우리 동네 산속 움막에 숨어있어요. 절대로 밀고하지 않을게요. 일본 놈들은 다 죽어 마땅해요. 언젠가 조선이 독립되면 저는 조선군이 되어서 이놈들을 죽일 거예요."

소나기처럼 쏟아지는 소년의 말에 홍명부는 잠시 어리둥절했지만 이내 자신이 가장 미워하는 친구의 이름을 댔다.

"응, 나는 김광엽이란 사람이야. 아저씨는 중국의 농산물을 신의주에 팔아넘기는 장사하지. 오늘은 네가 횡재한 날인가 보다. 잠시 전에 집에 들러 보니 내 물건을 사주는 신의주의 상인이 초상이 났다더구나. 어차피 상도의상 다른 상인과는 거래도 못 하니 농산물은 네가 알아서 처분해 가져라. 어서 신의주에 가 봐야겠다. 다음에 또 보자꾸나. 난 급하니 여기 의주 역에서 신의주역으로 갈 참이다."

"정말이요? 이 많은 옥수수, 감자를 제게 주신다고요? 아저씨 댁이 어디세요? 제가 팔아 처분하고 얼마간이라도 아저씨 아줌마에게 드릴게요."

소년 마부는 감격스러워하면서 한편으로는 의아한 눈빛으로 홍명부를 바라본다.

"응, 괜찮아. 내 안사람도 곧이어 상갓집으로 올 테니 집에는 아무도 없어. 어서 네 갈 길 가도록 해라. 난 여기에서 기차를 기다릴 테니."

소년 마부는 연신 허리를 조아리며 뒤를 보면서 말 달구지를 끌고 사라진다. 홍명부는 소년 마부와 말 달구지가 완전히 자신의 시야에서 사라질 때까지 지켜본다.

봉천역에서 부산 부두 역까지는 바로 기차를 쭉 타고 간다면 약 27시간 30분 중국 땅에서 약 14시간, 조선 땅에서 약 13시간 정도가 걸릴 것이다. 이 기차는 개통 이래 조선인들과 중국인들, 일본인들로 항상 붐비는 기차로 경성에서 부산 부두 역까지는 6시간 45분밖에 걸리지 않을 만큼 빠르다. 부산 부두 역에 내리면 일본의 시모네세키로 가는 부관훼리를 타고 갈 수 있다. 그러나 홍명부는 어머니 박씨 말에 의하면 아버지 홍병서가 신의주역 광장에서 자주 전쟁 독려 연설을 하고 있다니 신의주 쪽으로는 얼씬도 할 수 없다.

홍명부는 최단 거리를 포기하고 의주에서 평양까지 버스를 타고 간 다음 평양역에서 경성을 거쳐 부산 부두 역까지 직행으로 운행되는 '히카리'를 타기로 작정한다. 버스로 간다면 의주에서 평양까지는 온종일 걸릴 것이다. 이른 시간에 버스를 타더라도 저녁 늦게서야 도착할 것이다. 무사히 도착해 '히카리'에 오르면 다음 날 새벽 3시 20분에는 경성역에 도착할 것이고 오전 11시 20분쯤에는 부산 부두 역에 도착할 수 있다. 그리고 곧장 부관훼리를 타면 다음 날 시모노세키에 도착하는 일정이다. 그다음부터는 일사천리로 후쿠오카에 가 사나에와 아키코, 그리고 아이들을 만날 수 있다. 오랜만에 만날 가족들을 생각하자 홍명부는 잠시 흥분감에 휩싸인다.

한여름 버스 안은 고통스럽다. 온몸이 땀에 젖는 건 둘째치고 승객들의 땀 냄새가 홍명부를 더욱 곤혹스럽게 만든다. 더군다나 어머니가 준 돈을 허리춤에 찼기 때문에 버스가 덜컹거릴 때마다 삼베 돈주머니는 그의 배와 허리를 아프게 긁어대기까지 했다. 조금 전부터 30대 정도의 건장한 남자가 자신의 행색을 유심히 관찰하고 있는 것도 거추장스럽게 느껴졌다. 그러나 그자의 얼굴은 어디에서 봤는지 익숙한 게 묘하기도 했다. 홍명부는 빨리 이 지옥을 탈출하고 싶지만, 평양까지 가지 않으면 안 되는 상황이어서 자포자기하는 심정으로 앉아 있을 수밖에 없었다. 그나마 의주에서 첫차를 타고 자리를 잡았던 게 다행이다. 그렇지 않고서는 입석한 채 이 지옥을 견뎌야 했을 것이다. 평양이 가까운 박천까지 오자 광주리에 삶은 감자를 잔뜩 담은 노파가 버스에 올라탄 뒤 바닥에 주저앉는다. 홍명부는 이제 평양까지는 얼마 남지도 않았거니와 딱딱한 나무 의자에 몇 시간 동안 앉아 있었더니 엉덩이에 진물이 날 지경이어서 버스 바닥에 앉아 있는 노파를 일으켜 세우고 자신의 자리를 양보한다. 종점인 평양역에 도착하자 홍명부는 상의 와이셔츠가 위로 말려 올라간 것도 모른 채 후련한 마음으로 내린다. 저녁나절의 평양은 한여름이지만 시원했다. 살 것 같다고 생각한 순간 홍명부는 자신의 허리춤이 허전하다는 것을 깨닫는다. 없어졌다. 허리에 찼던 삼베 돈주머니는 칼로 벤 듯이 둘로 갈라져 있고 어머니가 준 돈은 한 푼도 보이지 않는다. 소매치기를 당한 것이다. 홍명부는 좀 전 버스에서 수상하게 자신을 관찰하던 놈이 분명하다고 생각한다. 사방을 두리번거렸지만 안 보인다. 홍명부는 분노와 좌절에 싸여 이리 뛰고 저리 뛰어 찾아보지만, 수상한 그놈의 그림자도 발견할 수 없다. 하지만 그것도 잠시. 홍명부는 자신에게 점점 다가오는 요란한 호루라기 소리를 듣는다. 사람들이 좌우로 갈라진 뒤 홍명부는 그 너머에서 자신에게 소총을 겨누고 있는 헌병들과 버스 안에서부터 수상하게 생각한 젊은 자를 본다. 돈을 훔친 것도 모자라 홍명부를 경찰에 신고해서 탈영병 포상금까지 노린 것이 분명하다. 분했지만 도망치기에는 이미 늦었다.

홍명부는 눈에 핏발을 세우면서 그자를 노려본다. 어디에선가 봤던 얼굴인데 도무지 기억이 안 나는 게 지금 상황보다 더 답답하다. 홍명부는 포승줄에 묶인 채 끌려가면서도 소매치기에 대해 계속 생각한다. 한여름이지만 헌병들에 의하여 땅바닥에 눕혀진 차가운 시멘트 바닥에 붙어 있는 얼굴이 시리다. 시멘트가 차가운 게 아니라 문초하는 헌병의 소총 개머리판에 머리를 맞아서 그의 피가 얼굴을 적시고 있다는 것을 홍명부는 눈을 뜨고서야 알게 된다. 잠시 기절했던 모양이다. 어젯밤의 모진 고문에도 홍명부는 결코 탈영병이 아니라고 버텼다. 자신은 친척인 이치로를 면회하려고 봉천에 갔으며 안타깝게도 그의 죽음을 알게 되고 그의 유품을 가지고 일본의 가족에게 귀국하던 길이라고 진술한다. 그 뒤 심하게 구타당하고 혼절한 듯해 어떻게 이곳에 왔는지는 알 수 없다.

탈영병이 아니라고 끝까지 부인했지만, 어젯밤 고문을 담당했던 이들은 홍명부를 잘 아는 듯했다. 의주 출신 일본 유학과 일본인 처, 관동군 입대까지 세세하게 힐문하는 게 단순한 유도신문이라고 보기는 어려웠다. 홍명부를 신고한 소매치기가 분명 자신을 알고 있었던 게 분명하다고 홍명부는 확신한다. 그자의 얼굴을 떠올리고 떠올리던 차에 홍명부는 갑자기 아픈 기색도 없이 벌떡 일어나 앉는다. 마침내 생각났다. 같은 의주 출신에 신의주 상업학교까지 같이 졸업하고 홍명부 보다는 늦게 일본에 건너가서 일본 전수대학에 유학을 왔던 안광희의 막내동생 안철희였다.

왜 생각을 못 했을까. 홍명부는 한탄을 했지만 이미 늦었다. 어렸을 적이나 커서나 홍명부는 안철희를 본 적이 없다. 분명 그자는 자신과 안광희가 함께 찍은 사진을 봤거나 자기 형 안광희로부터 홍명부의 소식을 들어 알고 있었을 것이다. 홍명부는 그제야 경찰들이 신상을 캐묻던 이유를 이해한다. 퀴퀴한 냄새로 절어 있는 좁은 방 한구석 위쪽에 붙은 좁은 창살문 사이로 여름날 아침 햇살이 들어온다. 홍명부는 어떤 위험이 닥칠 것만 같은 불안감에 사로잡혔지만 어떻게든 살아 돌아가야겠다고 다짐한다. 시간이 얼마나 지났을까. 시장기가 도는 것이 아침 먹을 시간인 것 같다. 홍명부는 유치장 바깥을 내다보았다. 문밖의 발걸음 소리가 매우 어수선했지만, 아침 배식을 위해서 움직이는 것 같지는 않다. 교도소와 달리 경찰서 유치장에는 배식 자체가 없다. 자신을 이송하기 위해 관동군이 도착하기에는 시간이 너무 이르다. 단지 희망적인 건 혼란스러운 발걸음 소리가 퇴각하기 위해 분주히 설쳐 대는 것 같다는 병영 생활을 해 온 자로서 느낄 수 있는 직감이다. 잠시 후, 유치장 문이 열린다. 정오쯤이었을까 어리둥절하게 평양역 경찰서에 나온 후에 홍명부는 사람들이 태극기를 들고 만세를 부르는 소리를 듣고 사람들에게 물어봐서야 오늘이 8월 15일 해방일인 것을 안다. 홍명부는 참으로 어이없는 해방이라고 생각한다. 바로 어제까지만 해도 순사들에게 구타당하고 밀정 놈에게 소매치기 당해 돈도 잃고, 어머니와 생이별했던 자신이 아니던가. 무일푼이 된 홍명부는 유치장에서 나왔지만, 고향으로 돌아갈 수도 없고 그저 멍하니 경찰서 앞마당에 서서 8월의 뜨거운 햇빛을 등 뒤에 받고 서 있다.

1946년의 서울

1946년의 서울은 신탁 통치를 둘러싼 좌우 대립이 날로 격화되어 사이렌과 함성으로 소란스럽다. 홍명부는 석방된 뒤 평양에 사는 친구에게 돈을 빌리고 일본으로 갈 수 있는 신분증을 만드는 등 1개월 정도를 평양에서 지체한다. 이후 9월 중순 무렵이 되어서야 기차를 타고 38도선을 거쳐 개성에서 신촌역에 다다른다. 고향 선배인 김두식의 집이 동대문 용두동에 있었다. 홍명부는 그 집의 몸 하나 겨우 들어갈 좁은 골방에 자리를 잡는다. 홍명부는 다시는 의주로 돌아갈 수 없다는 생각은 꿈에도 해보지 않고, 오로지 일본의 가족에게 가야겠다는 일념으로 38도선을 넘어 남쪽으로 왔다. 그러나 이제 그는 북으로도 일본으로도 가지 못하는 신세가 되어버렸다. 의주에 있는 어머니나 신의주에 있는 아버지 그리고 형의 생사는 알 수 없었지만, 북쪽으로 가기 위해서는 38도선을 지키는 병사와 경찰들에게 뒷돈을 챙겨 줘야 한다. 홍명부의 수중에는 그럴만한 돈도 없거니와 1946년 들어서는 그것마저도 쉽지 않다는 소문이 자자하다. 설사 가족이 있는 일본에 갈 수 있는 배편이 있다고 해도 애초에 배에 타는 것조차 어려울 만큼 돈이 부족했다. 그나마 김두식을 따라 동대문 시장에서 포목상의 허드렛일을 하거나 지게꾼이 되기도 하고, 경리도 보며 몇 푼 정도를 받는 게 전부다. 그러다가 작년 추석쯤에 평안도 동향인 가을 운동회에서 홍명부의 아버지를 잘 알고 종로에서 금은방을 한다는 사업가 최봉한의 소개로 종로의 동아일보사 인근에 있는 '평안도청년회'라는 우익 단체에 출근해 사무를 보며 형편이 나아지고 있다.

지난해 12월 29일부터 새해 초까지도 좌익인 '조선 국군준비대'와 우익인 '대한 민주청년동맹' 사이에는 유혈 충돌이 매우 격했다. 여운형이 주도한 '조선건국준비위원회'와도 연계된 '조선 국군준비대'는 일본 강점기에 징병으로 끌려갔던 사람들이 귀환해 만든 단체로서, 경성제대 출신인 이혁기가 학생 운동을 주도적으로 이끌기도 했다. 우익 단체들은 수백여 개로 나누어 활동하던 중 '대한 민주청년동맹'으로 통합되었지만, '평안청년회'는 전국에 57개소 지부와 9만 명에 이르는 전국적 조직으로 범위를 확장해 '서북청년회'로 명칭을 바꾸었다. 대부분 이북 출신으로 이루어져 있었으며, 특히 공동체 생활을 하는 평안도 사람들이 주류였다. 해방 이후 좌우익을 막론하고 자신들과 뜻이 맞지 않거나 사주를 받아 요인들의 암살을 주도했다던 '백의사'라는 단체 역시 '서북청년회'와 교류가 잦았다. 좌우익의 대립과 함께 2월부터는 천연두가, 5월부터는 콜레라와 장티푸스가 퍼지며 민심은 더욱 흉흉해졌다. 이들 전염병이 주로 일본에서 귀국하거나 남태평양의 여러 섬에서 귀환하는 사람들로부터 옮는 것이라는 소문과 함께 여름철 가뭄, 기근인 상태에 급격히 늘어난 서울의 인구, 부족한 주택 등 겹겹이 문제가 생기자, 사람들은 상대 진영에 대한 적개심까지 서슴없이 표출하고 있는 상태다. 그야말로 희망의 씨가 아주 완벽히 말라 버린 것이다. 10월의 어느 날, 홍명부는 오늘도 좌익척결 보도 자료를 만들고 등사기에 돌리느라 바쁘게 지내고 있었다. 그때 '서북청년회' 사무실의 문이 열리며 누군가 들어왔다. 홍명부는 순간 참 기이한 인연이라고 생각한다. 문에서 등지고 있는 자리라 누가 들어왔는지 확인하지 못했지만, 홍명부는 안철희의 형 안광희가 들어왔다는 것을 직감적으로 알 수 있다.

"어이, 명부. 오랜만이야. 이게 얼마 만인가. 자네가 이곳에 근무하고 있다는 얘기는 들었지."

시끄러운 소리를 내면서 사무실에 들어온 안광희는 사무실 한가운데 있는 소파에 다리를 꼬고 앉는다. 그제야 홍명부는 천천히 일어나 고개를 돌린다. 아직 늦더위가 남아서인지 여름용 경찰복을 입은 안광희가 눈에 들어온다. 물론 홍명부를 보러 '서북청년회' 사무실에 온 것은 아닐 터이다. 만약 그랬다면 저렇게 시끄럽게 들어오지는 못했을 것이다. 아마 우두머리인 선우 기성을 만나러 온 것이라 짐작한 홍명부는 가만히 그를 노려본다. 황망하게 독립을 맞아 여름철 햇빛을 온몸에 받았던 날이 자연스레 떠올린다. 아직도 홍명부에게는 평양역 경찰서에 잡힌 일과 안광희의 동생 안철희에게 가진 모든 돈을 소매치기 당하고 고문을 당했던 해방 전날을 잊을 수는 없다.

1948년 부산 영도에서 삶

제주도에서 4·3 사태가 일어나고 연이어 여순 반란 사건이 일어나며 '서북청년회'의 역할도 날로 커진다. 홍명부는 사무실에서 일한 지 몇 달이 지났지만, 여전히 낯설다. 좌우 색깔로 집단과 사람을 나누고, 극좌분자들에게 감시조를 붙이고, 선전 구호를 만들어 전국에 인편과 우편을 붙이는 게 홍명부의 일이다. 그러나 이들이 주장하는 구호도 섬뜩하고, 생각이 다르다는 이유로 같은 동포끼리 죽여야 하는지 이해할 수 없다. 오늘이 마지막이라는 심정으로 일해 왔던 게 지금까지 이어진 것뿐이다. 유일한 낙이 있다면 평안도 용천 출신의 동료 장씨, 그리고 또 다른 평양 출신의 박씨와 함께 퇴근 후 회사 앞의 피맛골에 가서 평안도식 빈대

떡과 동동주를 마시는 게 전부다. 평양 출신의 박씨는 서북청년단에서 우익 행동대원을 열심히 하는 사람이었는데 박씨는 장씨와 의기투합해 어울리게 되었던 자이다. 박씨는 차라리 일제 강점기가 좋았다고 입버릇처럼 말하곤 했다. 기껏 고향으로 돌아갔더니 평양은 김일성 빨갱이들이 장악하고 있고 부모님 소식은 편지로밖에 들을 수 없었는데 그나마 끊어졌다는 것이다. 언제 누가 달려들어 죽여도 이상할 게 없었기 때문에 불안과 불만이 날로 커지고 있다며 종종 하소연하기도 했다. 홍명부는 박씨와 장씨의 이야기를 들으며 밀항선이라도 타서 빨리 일본의 가족들에게 돌아가야겠다고 몇 번이고 다짐한다.

홍명부는 구체적인 계획도 없이 막연하게 부산에 가면 밀항선을 탈 수 있지 않을까 하는 생각에 약간의 돈을 들고 부산 영도로 간다.

신뢰는 면식이 있거나 동향이나 동창이라는 이유로 쉽게 생기는 것이 아닌 것 같다고 홍명부는 생각한다. 이곳에 와서 만나게 된 김신융이 그랬다. 마침 홍명부는 부산에 오자마자 유학 시절 함께했던 후배 김신융과 재회한다. 일본에 있을 때는 홍명부와 그다지 교류가 있던 것은 아니었고, 그저 얼굴만 아는 정도였다. 그러나 홍명부는 그가 사교성 좋은 부잣집 아들이라는 소문을 들은 적이 있었다.

"고야마 형님, 아니, 명부 형님 아닙니까?"

홍명부가 부산에 내려온 뒤 며칠이나 흘렀을까. 부산 부두 역에서 바다를 바라보며 서 있던 홍명부는 누군가 자신을 부르는 소리를 듣는다. 어디론가 가는 길인지 자전거를 길옆에 던지듯이 세우고 자신에게 다가오는 김신융이 보인다. 짙은 푸른색 양복바지에 흰색 와이셔츠를 말쑥하게 차려입은 모습이다.

"자네, 가네야마 노부다카 아닌가? 신융이었던가. 반갑네. 맞아, 나 명부야."

"아이고, 형님! 가네야마라니요! 이승만이 잡아갑니다. 벌써 해방된 지가 몇 년인데요. 저 김신융입니다. 형님은 관동군으로 징병 가셨다는 얘기를 들었는데…. 이렇게 살아 계신 걸 보니 이게 꿈인 듯싶습니다. 아무튼 반갑습니다."

김신융은 오랜만에 만났다고는 볼 수 없을 정도로 다정하게 대하면서 거침없이 말을 쏟아낸다. 짙은 푸른색 양복바지에 흰색 와이셔츠를 말쑥하게 입은 채다. 김신융은 아무 대답도 못 하는 홍명부를 제쳐 두고는 말을 잇는다.

"아침은 아직 안 드셨죠? 형님, 얘기는 국밥집 가서 나누고, 우선 갑시다. 제가 자주 가는 국밥집이 있으니."

김신융은 홍명부의 대답은 듣지도 않고 앞서 걷는다. 김신융이 홍명부를 데리고 간 곳은 허름한 판잣집에서 돼지국밥을 파는 가게였다. 이른 아침이지만 노동자 차림새의 이들로 가게 안이 가득하다. 사방에서 들려오는 목소리는 전국 각지에서 모여든 듯 다양하다.

"설사 전쟁이 일어난다 해도 여기는 안전합니다. 여차하면 일본이나 중국이나 미국으로 얼마든지 밀항선을 탈 수 있어요. 우리 집에서 배를 가지고 있기도 하고요."

김신융은, 마치 홍명부가 밀항선을 타고 일본으로 가 가족을 찾으려 한다는 것을 알고 있는 듯하다.

"형님, 부산에는 일자리 구하러 오셨습니까? 마침 잘됐습니다. 우리 아버지 조선소에서 일해 보실래요? 일본이 남겨둔 선박을 사서 수리하는 일인데, 일본말도 잘하고 사람도 부려 본 형님께서 맡아 주십쇼. 저는 건설업이나 해 볼까, 합니다. 깡깡이 두드리는 일도 지겹고, 어차피 조선소는 큰형님께 갈 거라 저는 일찍 관둘 생각이었거든요."

홍명부가 망설이는 기색이자 김신용이 말을 한다.

"숙소도 소개해 드리겠습니다. 일손이 부족하거든요."

홍명부는 영도 대평동에서 집과 일자리를 얻는다. 홍명부가 취직한 회사는 '대양 조선'으로, 영도대교 앞 십자로에서 왼쪽으로 꺾으면 나오는 곳이다. 대평동은 이른바 '깡깡이 마을'이라 불리는 곳이다. 쇠망치로 배에 붙은 조개나 페인트, 녹슨 때를 벗겨 내는 일을 하므로 그렇게 불린다고 한다. 주인집 아주머니의 남편은 일찍 돌아가셨고, 큰아들과 둘째 아들은 모두 일본으로 징용을 나간 터라 큰 방 두 개가 비어 있었다. 홍명부는 바다 쪽으로 창문이 난 방 하나를 월세로 얻는다. 매일 아침 맞이하는 영도의 항구마을에서는 비릿한 바다 냄새와 생선 냄새, 왁자지껄한 부산 사투리가 활기차게 느껴질 정도다. 명부는 깡깡이 마을을 둘러보았다. 크고 작은 판잣집들과 일본식 적산 가옥들, 그리고 일제 강점기 때 지어진 2층 시멘트 슬래브 집들이 어우러져 서울에서는 보지 못했던 광경이 펼쳐진다. 어선을 비롯한 수많은 배가 정박하여 있는 것이 후쿠오카와 시모노세키의 항구를 연상시키기도 한다. 명부는 깡깡이 마을을 마주했을 때 일본에 두고 온 가족들이 생각나 가슴 밑바닥에서 뜨거운 감정이 솟구쳐 올라왔다. 그러나 동시에 왠지 가족들을 만날 수 있을 것 같다는 정겨운 희망이 생기기도 했다. 여전히 사나에가 그의 가족들을 잘 지켜 주고 있을 것이라는 확신이 들었다. 그런 한편으로는 아직 가족들과 사나에의 생사를 알 수 없다는 불안도 느끼고 있다. 나가사키와 히로시마에 원자 폭탄이 떨어져 수많은 사람이 몰살당했다는 청천벽력 같은 소식도 있었던 까닭이다. 홍명부는 무소식이 희소식인 것을 몇 번이고 되뇌며 하염없이 바다를 바라보곤 했다.

1948년 삼복더위에 들어간 8월이 되자 부산에는 하루가 다르게 사람들로 넘쳐나 그야말로 인산인해였다. 곳곳마다 징병과 징용에서 돌아온 사람들이 영도의 부산항에 내렸고, 자갈치시장부터 영도다리까지는 엿장수, 떡장수, 죽 파는 사람 등 각종 노점상으로 행인들의 길을 막을 정도였다. 명부는 해방 이후 귀국하지 못한 일본인들이 모여 사는 부산진역 앞의 가파른 고갯길로 올라갔다. 고갯길을 올라가면 '금수사'라는 절이 있다. 한국인 남편을 뒀거나, 귀국 배편을 놓쳤거나, 일본에 가도 할 일이 없거나, 혹은 사업체를 버리고 갈 수 없는 등, 다양한 이유로 잔류한 일본인들이 다니는 절이다. 홍명부는 금수사에 가면 혹시 일본의 가족들과 연이 닿을지도 모른다는 생각에 부산에 온 이후 자주 이곳을 찾곤 한다. 또 다른 이유는 부산에서 새롭게 사귀게 된 요시다가 금수사에 자주 오기 때문이다. 3대가 부산 영도에 터를 내리고 사는 요시다네 가문에서 그의 할아버지와 아버지는 작고한 뒤 금수사 법당 안에 위패가 안치된 상태다. 전쟁은 끝났지만, 그의 어머니와 부인은 마산 출신 한국인이었기 때문에 일본에 갈 이유도 없다. 말 그대로 영도 토박이 같은 사람이었으며, 한국식 이름으로 '이길영'이라는 이름도 가지고 있다. 요시다는 선박수리 업체인 '조일 조선소'를 운영하고 있다. 홍명부와 같은 업계에서 일하고 있는 데다 동년배이기까지 해서 친해진 그들은 홍명부가 자신의 사정을 공유하게 된 뒤부터는 더욱 가까워진다.

이날도 홍명부는 금수사가 있는 고갯길을 오른다. 여름이라 해가 길기도 했고, 좀 전 금수사 식구들에게 갖다줄 요량으로 새끼 끈으로 엮은 얼음을 사서 들고 온 탓에 머리와 등 뒤로 땀이 많이 흘렀다. 땀을 비처럼 흘린 홍명부는 겨우 금수사에 다다랐다. 소나무가 아닌 삼나무를 쓰고 있어 흑과 백의 조화로 이루어진 일본식과 조선식이 혼합된 절이다. 홍명부가 금수사의 중문을 지나 부엌 쪽으로 걸어가자, 요시다가 그를 반갑게 맞이하며 말을 쏟아낸다.

“명부 자네가 올라오는 것을 위에서 봤지. 하하. 무겁게도 얼음을 들고 오더군. 고마워. 이렇게 더운 여름날엔 얼음이 최고지. 마침 자네에게 해줄 말이 있어 자네를 목이 빠지라 기다리고 있었네.”

“뭔가? 기쁜 소식인가?”

홍명부는 요시다에게 일본의 가족들이 살아 있는지 확인하고 싶다고 부탁했던 것을 떠올린다. 홍명부가 급히 되묻자, 요시다가 말한다.

“자자, 숨이나 쉬고 얘기하세. 맞네, 맞아. 일본에 있는 자네 가족이 살아 있다더군. 자네도 알지? 후쿠오카 출신의 기쿠치. 해방 전에 일본식 여관을 운영하다가 지금은 수영 비행장에서 건설업을 하고 있다는….”

기쿠치라면 요시다에게 부탁했을 때 한 번 본 적이 있다. 나이는 홍명부보다 열 살 정도 많은 듯했으나 평생 여관을 운영해서 그런지 나이가 한참 아래인 홍명부에게도 항상 존댓말을 쓰는 상냥하고 인사성 좋은 사람이다.

“부산에 사는 후쿠오카 출신 사람들이 자신들의 일처럼 나서서 찾아봤나 봐. 자네 가족을 맡겼다던 사나에씨의 고향에까지 소식이 닿아 그들이 무사하다는 것을 확인했다더군. 단지, 전쟁이 끝난 후 그들은 혹시나 자네가 돌아올 수 있을까 해서 자네 부인의 고향인 오사카인지 도쿄의 집에서 기다리다가 전쟁이 시작된 이후 떠났다더군. 피난 가 있는 곳에 자네가 올지도 모른다고 기다리다가 포기한 모양이야. 전쟁이 끝난 지도 수년 동안 감감무소식인 데다가 자네가 만주에서 전사했을지도 모른다고 생각했을 수도 있지.”

명부는 뒤따른 요시다의 말에 갑자기 멍해진다. 이게 몇 년 만인가. 1945년 8월에 관동군을 탈출해서 만주 봉천에서부터 의주를 거친 뒤 평양에서 해방을 맞고, 지금 부산까지, 근 3년 만에 듣는 가족의 소식이 아니던가.

“정말인가? 소식을 들었단 말이지?”

홍명부가 떨리는 목소리로 겨우 말했다. 다리가 후들거리고 가슴이 울렁거려 말을 이을 수가 없었다. 홍명부는 눈자위가 붉어지는 것을 스스로 느꼈다.

“응, 정말이야. 삼 년 전에 자네 가족들이 사나에씨의 고향을 떠날 때까지 다들 건강히 무사히 살아 있었다더군.”

“고맙네, 고마워.”

홍명부는 자신도 모르게 흐르는 눈물을 주체하지 못하고 울먹이며 말했다.

“뭐, 내가 한 일이 있나. 다 하늘의 뜻이지. 자네나 나나 운명이지. 아무튼 다행이야.”

“요시다, 정말 고맙네…. 이제 일본에 가서 식구들을 찾아야겠어. 자네가 어떻게 갈 수 있는지 알아봐 주게. 요즘 밀항선 업자들이 꽤 많다던데. 아키코와 아이들이 조선인 가족이라고 차별받고 있을지도 몰라. 어서 가 봐야겠어.”

명부가 요시다를 간절히 바라본다. 요시다는 그런 홍명부는 부질없다는 듯이 쳐다보며 말한다.

“아서게. 아직은 일러. 일본은 한국보다 넓은 나라야. 그뿐만 아니라 자네 식구들이 차별받고 있을지도 모른다는 말을 자네 입으로 말하고 있잖나. 무일푼인 자네가 그들 앞에 지금 나타난다고 그들에게 어떤 도움을 줄 수 있다고 보나.”

홍명부가 아무런 대답도 못 하고 있자 요시다가 말을 잇는다.

“운명! 그건 우리가 정하는 게 아니야. 우리는 우리가 선택하지도 않았는데 세상이 우리의 길을 정해 줬지 않은가. 한때는 부러움의 대상으로 태어난 내가 특별히 나쁜 일을 한 것 같지도 않은데 어느 날부터는 손가락질당하고 있잖나. 일본이 패전하고 조선이 해방되던 날, 나하고 우리 집사람은 장인어른의 도움이 없었으면 죽었을지도 몰라. 최소한 무일푼이 되어버렸겠지. 그나마 장인어른이 경찰관이어서 겨우 입에 풀칠하고 일자리라도 잡은 것 아닌가. 물론 성씨는 이씨로 바꿨지만. 나뿐만이 아니라 내 새끼들까지 신분을 숨기고 살아야 해. 반쪽 일본인으로는 일본에 가서도 절대로 환영받지 못할 것이거든. 난 내 새끼들 중학교만 졸업하면 집사람까지 해서 모두 서울로 보낼 걸세. 내가 여기에 남을지 일본으로 갈지는 그때 정하고. 자네도 마찬가지야. 자네가 나타나면 그들은 더욱 차별받게 될 거야. 돈이 권력이야. 돈을 많이 벌어 자네 식구들이 무시당하지 않을 때쯤 나타나게. 그냥 먼 발치에서 소식이나 듣고. 그게 나나 자네에게 주어진 경계인들의 운명이야."

경계인들의 운명. 홍명부는 요시다가 말을 마친 뒤에도 몇 번이나 그 단어들을 곱씹어 보았다. 이 모든 게 운명이라면 이를 데 없이 잔혹하기 짝이 없다.

1949년 1월 1일, 일본으로의 밀항

금수사에서 가족들의 소식을 들은 홍명부는 그 후 단 하루도 편히 잠을 못 잤다. 단 며칠이라도 좋으니, 아이들과 아키코를 만나고 싶다. 전쟁이 끝났으니 분명히 마지막까지 함께 있었던 도쿄 신주쿠로 돌아갔을 것이다. 문제는 밀항선을 타고 일본에 상륙한다 해도 무사히 경찰의 눈을 피해서 도쿄까지 무사히 갈 수 있느냐다. 일본 정부가 1947년 5월 2일부터 시행한 '외국인등록령(外国人登録令)'은 주로 조선인과 중국인을 상대로 반포된 법령이다. 1947년 당시 일본에 있던 조선인들이 국적란에 조선을 기재하는 바람에 모두 조선인이 되어 버린 것이다. 더군다나 14세 이상은 사진을 붙이고 지문을 날인 하도록 해서 재일조선인들은 강하게 항의했지만, 미국 연합군 사령부와 일본 정부가 설득하고 회유해 52만 명이 넘는 이들이 외국인등록증을 발급받았다. 즉, 외국인등록증이 없는 홍명부는 불심검문으로 잡히면 강제로 수용소에 보내진 뒤 귀환 조치가 될 것이었다. 밀항선을 탄다 해도 잘못되면 거친 대한해협에 배가 침몰당하여 죽거나, 해상에서 일본 경비선에 발각되어 나가사키의 오무라 수용소에 갇힌 뒤 강제 송환될 수도 있다.

그러나 후쿠오카까지만 가면 어떻게 될 것이라고 홍명부는 막연하게 생각했다. 후쿠오카 중심가 나카스에 있는 사나에의 이모를 찾아가면 사나에의 소식을 듣고 가족과 연락이 닿을 수도 있을 터였다. 부산에서 일본으로 밀항하는 데는 두 가지 방법이 있다. 하나는 부산항에서 나가사키와 후쿠오카 사이의 사세보(佐世保) 항구로 들어가는 것, 또 하나는 삼천포에서 사세보나 시모노세키로 들어가는 것이다. 홍명부는 밀항선을 타본 자들을 수소문해 보고, 의외로 많은 이들이 일본으로 밀항을 시도했다는 것을 알게 된다. 그중 교토에서 징용 생활을 하고 해방 이후 귀국선을 탔다는 정호근을 만날 수 있었다. 그는 세 번이나 밀항을 시도했지만 모두 실패했다고 한다. 한 번은 나가사키의 오무라 수용소에서 모진 고문을 받은 뒤 8월 15일 광복절에 석방되어 귀국했다고 한다. 정호근은 교토에 남겨둔 가족들을 보기 위해 밀항선을 타려 한다고 했다. 시모노세키는 검문이 엄중해 이번에는 사세보를 통할 생각이며, 1월 1일에 도착하는 일정이라고도 전했다. 그가 밀항 브로커에게 들은 바에 의하면, 이때는 일본의 설날이기 때문에 경찰의 감시가 소홀하다는 것이었다. 홍명부는 정호근에게 일본에 도착한 뒤 브로커에게 보수를 지급하는 방식이라면 자신이 밀항 비용을 모두 부담할 테니 함께 밀항할 것을 제안했다.

일본에서 움직이려면 외국인등록증도 필요하다. 다행인 점은 당시 일본은 극심한 혼란을 겪고 있어 유령 등록증이나 가짜도 많이 돌아다닌다는 것이다. 조선이 남과 북으로 갈라지고, 전쟁 등으로 사망했으나 호적상 아직 살아 있는 유령 인구가 많았던 까닭이다. 본국에 호적을 확인할 수도 없어 신고자가 말한 대로 김 씨가 황씨가 되고, 박씨도 되고, 정 씨도 될 수 있는 세상이다.

정호근 역시 일본의 가족들이 가짜로 그의 외국인등록증을 이미 발급받아 두었다고 했다. 그는 일본에 도착해서 무사히 교토까지만 가면 그 외국인등록증을 갖게 되고, 그때부터는 정호근 대신 '현오건'이라는 이름으로 살게 된다는 것이다. 홍명부는 자신의 외국인등록증도 부탁했지만, 정호근은 가짜를 당장 구할 수는 없다며 거절한다. 대신 홍명부가 도쿄에 다녀올 때까지 자신의 등록증을 빌려주겠다고 했다. 그리고는 홍명부가 만약 돌아오지 않는다면 교토에 사는 홍명한의 가족이 무사하지 못할 것이라고 협박하면서 가짜 외국인등록증을 빌려주는 대가로서 돈을 요구해 명부는 지불한다.

홍명한은 교토의 조선인 사회에서는 유명한 사람이었다. 교토대학 경제학과를 졸업하고 일본인들도 들어가기 힘들다는 일본은행에 취직했다.

그뿐만 아니라 교토의 유명한 가문인 이가라시 집안의 외동딸과 결혼했고 식민지 시대에는 경성지점에 근무하다가 운좋게도 해방되던 해 4월에 오사카지점으로 전근해 와서 근무하고 있었다. 정호근은 알지만, 홍명부는 모르고 있는 사실이었다.

홍명부는 일본에서 홍명한과 메이지대학으로 유학을 오던 때에 교토역에서 저녁을 한 번 먹은 뒤로는 인연을 끊은 지 오래다. 사실상 홍명한이 먼저 끊었다고 봐도 무방했다. 홍명한은 홍명부는 물론 고향의 부모에게조차 결혼 사실을 알리지 않았다. 철저하게 일본인으로 살고자 했기 때문에 혹여 자신이 손해를 입을까 봐 가족과 연을 끊은 것이다. 홍명부는 정호근에게 그가 해방 이후에도 일본은행에서 고야마라는 성을 사용해 근무한다는 것까지 듣자 솔직히 그가 죽든 말든 상관없다고 생각했지만, 영문을 모르는 그의 가족까지 곤궁에 빠뜨릴 생각은 없었다.

해를 넘어가는 1949년 1월의 추운 겨울날, 홍명부와 정호근은 밀항에 성공한다. 사세보 외곽의 지정 장소에 무사히 도착한 그들은 일본인 브로커 다나카에게 성공 보수를 전했다.

“오시느라 고생하셨습니다. 힘드시죠. 이젠 안심하셔도 됩니다.”

일본어로 말한 다나카는 그들에게 도시락을 건넸다. 일본의 설날이자 새해 첫날인 1949년 1월 1일 토요일이다.

겨울이지만 부산보다도 따뜻한 바닷바람을 두 사람은 생전 처음 느낀다는 듯이 깊게 들이마시며 가족들을 만난다는 기분에 들떠 대답도 못 한다.

“자, 이제부터 어디로 가실 거죠?”

다나카가 묻자 그제야 둘은 각각 대답한다.

“후쿠오카요”.

"교토요."

잠시 둘을 응시하던 다나카가 대답한다.

"후쿠오카는 위험합니다. 밀입국 단속이 가장 심한 곳이 나가사키와 후쿠오카입니다. 두 사람의 행색을 보니 영락없는 조선인이에요. 내가 가져온 일본인 옷이 있으니 갈아입으시고, 후쿠오카 말고 다른 곳으로 가세요. 우선 두 분이 도시락을 다 먹으면 사세보역까지 데리고 갈게요. 역에 갈 때까지 결정들 하세요. 표를 사야 하니까."

다나카의 말을 들은 홍명부와 정호근은 도시락을 다 먹은 뒤 옷을 갈아입고 그의 뒤를 따른다. 잠시 생각에 잠겨 있던 명부는 사나에의 이모네 가게에 전화기가 있다는 점을 깨닫는다.

"다나카 상, 후쿠오카에 전화를 걸어 주실 수 있겠습니까? 해 주신다면 후쿠오카에 가지 않아도 괜찮습니다만."

"그럼요. 전화해 드릴 수 있죠."

다나카는 흔쾌히 대답한다. 그들이 후쿠오카에서 검문에 걸리면 그에게도 좋을 게 없으니 홍명부의 말이 반가웠다. 홍명부가 사나에의 이모네 가게 이름을 알려주자, 다나카는 통화를 마친 후 가족들과 사나에가 신주쿠 3쵸메 인근에 살고 있다며 주소까지 알아 왔다. 홍명부는 4일 후, 밀항선에서 내렸던 곳에서 다나카와 만나기로 한다. 토요일부터 화요일까지 4일 안에 교토에 들렀다가 다시 사세보로 와야 한다. 홍명부와 정호근은 설날 연휴와 일요일을 끼고 사세보역에서 교토역까지 가는 야간 침대 열차를 타고, 다음 날 교토의 호리카와 고등학교 인근에 있는 정호근의 집에 정오쯤 도착한. 정호근에게서 외국인등록증을 빌린 홍명부는 야간열차를 타고 도쿄로 향한다.

일본의 가족들과 재회

홍명부는 후쿠오카에서 오사카로 간 뒤 도쿄행 기차에 탄다. 조선총련 오사카 지부에 들러 정호근의 외국인등록증으로 보여주고 그는 통행증을 받는다. 1949년 1월 25일 홍명부는 일본을 떠난 지 만 5년 만에 다시금 도쿄의 땅을 밟게 되는 것이다. 도쿄를 떠났지만 다른 건 잊을 수 있을지언정 신주쿠 3쵸메의 가족과 함께 살던 집은 잊을 수 없다. 명부는 머릿속에 아끼꼬를 비롯한 가족들의 얼굴과 집의 구조를 잊지 않기 위해서 머릿속에 새기고 또 새긴 것이다. 도쿄역에서 내린 홍명부는 마루노우치 지하철을 타고 신주쿠 3쵸메 역에서 내린다. 그러자 옛날 집으로 들어가는 교차로가 보인다. 홍명부는 저도 모르게 다리에 힘이 쭉 빠져 주저앉을 것만 같다. 홍명부가 도쿄에 있었을 때, 신발과 빗자루 등 생활용품을 파는 가게가 아직도 그대로이다. 사나에의 이모인 스즈끼 아주머니가 알려준 대로 홍명부는 아키코의 집을 찾는다. 낮은 담장을 두른 아담한 이층집이다. 대문에는 '가와구치'라는 명패가 붙어 있었다. 아키코의 집이 분명하다.

"가와구치상, 계십니까?"

현관 벨을 누르기 전, 목소리를 가다듬은 홍명부는 바깥에서 소리를 내어 불러 본다. 그리고는 두세 번 벨을 눌렀다.

오랫동안 정적이 흘렀다. 헤어진 시간만큼 긴 정적을 홍명부는 느꼈다. 이후 대문 건너편 현관문 안쪽에서 문소리가 났다.

"가와구치상, 계십니까?"

홍명부는 다시 한번 불러 본다. 턱 끝까지 무언가 차올라 목이 꽉 막힌 듯하다. 잠시 후 현관문이 열린다. 복도 끝에서 햇빛을 받으며 이쪽을 바라보는 여인의 얼굴이 명확하게 보이지는 않았지만 분명 아키코였다. 둘은 한 발짝도 나아가지 못한 채 서로를 바라보기만 한다.

이윽고 아키코가 떨리는 목소리로 홍명부를 부른다.

"당신 맞죠, 아키오 정말 당신이죠?"

명부의 대답을 들을 새도 없이 아키코의 몸이 휘청거린다. 푸른 앞치마를 두른 아키코는 예나 지금이나 변함이 없다. 단아한 차림새에 조용한 말투, 흐트러짐 없는 눈초리가 여전하다. 이내 현관으로 달려와서 아키코가 문을 연다.

"아키코, 많이 기다렸지. 인제 와서 미안."

명부는 아키코에게 허리를 굽혀 껴안으면서 인사한다. 5년 가까이 헤어져 있다가 전쟁터에서 살아 돌아온 홍명부의 품 안에 있는 아키코는 아무 말도 하지 못한다. 그렇게 몇 분이나 서로를 바라보고 있던 명부는 아키코가 이끄는 대로 집에 들어간다.

"몸은 괜찮으세요? 당신이 돌아올 줄은 알고 있었어요. 몇 달 전인가, 부산의 요시다라는 분에게서 당신이 우리를 찾고 있다는 얘기를 들었어요. 그래서 부랴부랴 이전에 우리가 마지막에 살던 이곳으로 이사도 오게 된 것이고요."

아키코는 우수 어린 표정으로 눈물을 머금은 채 말한다. 그리고는 홍명부가 묻기도 전에 덧붙인다.

"근데, 어떻게 오셨어요? 일본인들은 돌아올 수 있지만, 조선인들은 일본에 오는 배를 태워주지 않았다고 하던데…. 당신, 혹시?"

아키코가 홍명부의 눈치를 보자 그는 고개를 끄덕인다. 밀항밖에 방법이 없었을뿐더러, 아키코를 속인다고 해서 달라지는 것도 없다. 아키코는 홍명부에게 더 낮고 불안정한 떨리는 목소리로 말한다.

"애들은 지금 사나에와 함께 있어요. 사나에도 근처에 살고 있어요."

홍명부가 가장 궁금해했던 소식이었다. 아키코가 말을 잇는다.

"저와 함께 일하고 있죠. 도시락집을 하고 있어요. 신주쿠에는 전쟁 복구 사업 때문에 노동자들이 많이 살고 있거든요. 덕분에 그럭저럭 입에 풀칠은 할 수 있을 만큼 벌고 있어요. 전쟁 통에 굶어 죽는 사람들도 있다는데 다행이죠. 아이들은 사내애들이라 그런지 집에 있으면 심심해해서…. 종종 사나에게 일할 때 같이 나가서 저녁까지 놀다가 저랑 같이 들어오죠."

말을 마친 아키코는 차를 내오겠다며 일어선다. 그러자 홍명부가 그녀를 꼭 끌어안은 뒤 깊게 입을 맞춘다. 얼마나 그리워했던 사람인가. 아키코의 눈에서 뜨거운 눈물이 흐른다. 얼마나 됐을까. 아키코는 홍명부의 품에서 벗어나며 말한다.

"저녁을 준비할게요. 애들도 데리러 가야 하고요. 이 시간쯤에는 노동자들이 퇴근할 때가 되어서 도시락집이 바쁘거든요."

마치 오늘 아침에 출근했다가 퇴근한 것처럼 편하게 대해주는 아키코 덕분에 홍명부는 긴장을 풀고 눈을 돌려 방안을 살펴보기 시작한다. 방 위쪽에는 이치로의 신위가 놓여진 불단이 있다. 홍명부가 그 앞에서 명복을 빌고 있자, 따뜻한 차와 일본식 과자를 담은 쟁반을 받쳐 든 채 방 안으로 들어온다.

"그러고 보니 당신, 건강은 어떠세요? 언제까지 도쿄에 계실 수 있나요?"

아키코는 아까와는 달리 얼굴이 펴진 상태에서 묻는다.

"미안해. 내일 도쿄역에서 다시 오사카로 가야 해. 불법 체류자로 살

수는 없으니까. 돌아가서 정식으로 등록한 뒤에 다시 올게. 미안해. 정말 미안해."

만나면 할 말이 태산같이 많았지만, 명부는 머릿속이 백지장처럼 하얗게 되어 어떤 말을 어떤 식으로 해야 할지 모르겠다. 만주 봉천의 관동군에서 사선을 넘어 탈출한 얘기도, 평양 경찰서에서 잡힌 얘기도, 부산에서 밀항선을 탄 얘기도, 그 밖의 크고 작은 이야기들도, 가장 중요한 이치로의 유언과 유품에 관해서도 얘기해야 하는데 다 잊어버리고 단지 미안하다는 말밖에 나오지 않는다. 잠시 침묵을 지키던 아키코는 갑자기 생각난 게 있는 듯 말한다.

"주먹밥 가게는 박두섭씨 덕분에 하게 됐어요. 사이토상이 당신이 입대한 뒤 신주쿠 가게를 빼앗았거든요. 우리가 사나에의 고향으로 피신하러 갔다가 돌아오자, 박두섭씨가 일하던 노동자 숙소 근처에서 적은 돈으로 가게를 열 수 있는 곳을 소개해 주셨어요. 참 고마운 분이시죠. 가끔 당신 소식을 묻곤 하세요. 어쩌면 오늘 퇴근하면서 가게에 들를지도 몰라요."

약간 흥분한 기색으로 말한 아키코가 자리에서 일어난다. 덩달아 어정쩡하게 일어난 홍명부는 아키코를 다시 껴안는다.

"아키코, 정말 미안하오."

이번에는 홍명부의 눈에서 저절로 눈물이 흐른다.

"어머나, 겨우 미안하다는 말뿐이에요?"

아키코는 살짝 눈을 감으며 홍명부와 가볍게 입을 맞춘다. 둘은 다시 깊은 키스를 나누다가 이내 아키코가 먼저 떨어지며 말한다.

"잠시만요…. 이러다가 정말 저녁 준비가 늦어지겠어요. 우리 못다 한 얘기는 이따가 하기로 하고, 당신은 쉬고 계세요."

아키코는 흐트러진 옷차림을 급히 추스른 뒤 방을 나선다. 잠시 후 현관문이 닫히는 소리가 들린다. 홍명부는 앞서 다 둘러보지 못했던 집 안을 살폈다. 1층에는 아키코의 방과 부엌, 화장실이 있고, 안쪽으로 들어가면 비교적 넓은 거실이 있다. 주방 오른쪽으로는 작은방이 있었는데, 이곳이 사나에의 방인 듯했다. 아들들의 방은 2층에 있는 모양이다. 얼마나 지났을까. 아키코의 방으로 돌아온 홍명부가 식어 버린 차를 한 모금 마시고 잠이 든 사이 현관문이 거칠게 열렸다.

"아끼오상! 고야마상!"

현관문이 열리는 것과 동시에 사나에의 급한 목소리와 걸음걸이가 뒤엉켜 들려온다. 잠이 깬 홍명부는 문을 열고 들어온 사나에를 바라본다. 아키코와 함께 오랫동안 소식이 궁금했던 사람이다. 마치 친가족처럼 이 전쟁 통에 아키코와 아이들을 안전하게 챙겨 주지 않았던가. 홍명부가 엉거주춤하게 서 있자 사나에가 얼굴은 반갑고 웃음기를 띄고 있지만, 눈가에는 눈물을 보인다. 홍명부는 그녀의 등을 말없이 가볍게 두드리며 진심 어린 투로 말을 건넨다.

"사나에, 정말 고마워. 지금까지 나나 우리 가족이 이렇게 있을 수 있던 건 사나에 덕이야. 어떻게 이 은혜를 갚아야 할지 모르겠습니다."

눈물을 훔친 사나에는 이내 명부에게 미소를 지어 보이며 말한다.

"살아 돌아와 주신 것만 해도 고마워요, 아끼오상. 저나 아키코 언니는 당신이 이렇게 오실 줄 알았어요. 당신은 참 나쁜 사람이에요. 괜찮아요. 덕분에 아키코 언니와 저는 친자매처럼 그 험한 전쟁과 공습에서도 살아남았고, 그 이후에도 이렇게 서로 의지하면서 지금까지 잘 버텼어요."

"고마워요, 사나에 나도 당신들을 잊은 적이 없었어요. 어쩌면 그 힘으로 여태 살아왔을지도 모르죠."

그렇게 말한 명부는 사나에와 아키코에게 지금까지 있었던 모든 일을 이야기해 줘야겠다고 생각하고 말하기 시작한다. 명부는 두 여인을 앉혀 놓고 일본을 떠나 관동군에 입대했던 때부터 오늘에 이르기까지 자신이 겪은 모든 이야기를 풀어놓았다. 홍명부의 얘기를 듣는 동안 이따금 화도 내고 눈물도 흘리던 아키코와 사나에는 이치로의 마지막을 듣고는 아무 말도 없이 흐느끼기만 한다. 잠시 침묵이 흐른 뒤, 아키코가 입을 연다.

"잘하셨어요. 살아 돌아오셔서 정말 다행이에요. 정말 잘 돌아오셨어요. 그리고 오빠의 부고와 유품을 전해줘서 정말 감사해요. 이미 신주를 모시긴 했지만 가장 듣고 싶었던 건 이런 소식이었거든요."

"맞아요. 살아 있는 것만 해도 축복이에요. 그러고 보니 아이들의 소식이 궁금하겠죠? 첫째 신지와 둘째 요시로는 모두 아키코 언니의 성을 따서 가와구치를 쓰고 있어요. 이치로의 자식인 것으로 호적을 올렸고요. 그렇지 않았으면 신지나 요시로 모두 학교도 못 갔을 거예요. 전쟁 전보다 조선인들에 대한 차별이 더 심해졌어요. 돌아가지 않은 조선인들에게는 특별영주권을 줬다는데, 취직은 엄두도 못 내요. 가게도 빌려주지 않으니까요."

아키코에 이어 사나에가 덧붙인다. 사나에는 아키코가 말하기 힘든 내용을 자신이 말해야 한다는 사명이라도 있는 듯이 홍명부에게 재차 말한다.

"우리 일본인들은 조선인을 사람 취급을 안 해요. 참으로 나쁜 사람들이죠. 언제는 같은 나라라고 전쟁터에 내몰고, 징용으로 끌고 와 일을 시켰으면서도 말이죠. 자, 이제 저녁을 먹으면서 맥주도 한잔하고 얘기들 나눠요."

대화를 마무리한 사나에는 아키코와 함께 일어나 주방으로 향한다. 잠시 후 현관문이 열리며 시끄러워진다. 신지와 요시로가 돌아온 모양이었다. 아키코가 두 아들을 맞이하는 소리가 들린 뒤 방문이 열린다.

"아버지야. 신지, 요시로. 인사드려야지." 당황하면서 명부에게 인사를 한다.

"안녕하세요, 신지라고 합니다."

"안녕하세요, 요시로라고 합니다."

그리고는 더 말이 없다. 홍명부 역시 말없이 고개만 끄덕이기만 할 뿐이었다. 뭐라도 말해야 하는데 생각이 정리되지 않았다. 첫째 아이 신지와는 말하지 못했을 때 헤어졌고 둘째인 요시로는 아직 아끼꼬의 배 안에 있을 때 헤어져 당연한지도 모른다. 그러자 아키코가 말을 이었다.

"신지와 요시로가 아버지를 오랜만에 보니까 당황스러운 모양이에요. 아니 요시로는 처음 본 거죠. 신지, 어서 요시로를 데리고 방으로 가서 옷 갈아입고 와. 오랜만에 가족들 모두 저녁을 같이하자."

고개를 끄덕인 신지가 요시로를 데리고 2층으로 올라가자, 아키코는 다시 주방으로 향한다. 주변이 조용해진 뒤에야 홍명부는 방바닥에 앉는다. 긴장이 풀린 걸까. 다리에 힘을 줄 수 없다. 이윽고 저녁 밥상에 명부와 아키코, 사나에가 상에 둘러앉는다. 신지와 요시로는 나중에 따로 먹일 생각인지 아직 방에서 내려오지 않았다.

"저와 아키코 언니는 아끼오상이 살아 있다고 확신했지만 신지와 요시로에게는 전쟁 중에 돌아가셨을 수도 있다고 했거든요. 더군다나 신지는 어릴 때 기억이 조금 남아 있어서 자신의 아버지가 한국인이라는 걸 알고 있겠지만, 둘째 요시로는 이치로가 아버지인 줄 알고 있어요." 말을 마친 사나에는 결심한 듯 다시 입을 연다.

"사이토상이 당신과 이치로가 떠난 이후 아키코 언니를 얼마나 잔혹하게 대했는지 말해야겠어요."

그러자 명부가 사나에를 말린다.

"괜찮아, 어느 정도는 알고 있어. 이치로가 죽기 전에 내게 말해 줬지. 우리가 갑자기 징집으로 끌려가게 된 사연을. 결국, 이치로는 죽었고 장례도 못 치렀어. 나는 급하게 도망쳐 나왔고. 이곳까지 오는 내내 후회가 됐어. 아키코에게는 면목이 없어. 정말 미안해, 아키코. 어떻게 해서든 이치로상의 유골을 챙겼어야 했는데…".

"하는 수 없었잖아요. 그래도 오빠의 유품이라도 가져다주셨으니, 신위에 올릴게요. 오빠의 소식은 슬프지만, 무엇보다도 당신이 살아 돌아와 주셨잖아요."

명부가 아키코의 손을 잡고 고개를 숙이자, 아키코는 눈물을 떨어뜨리면서 부드러운 표정을 지어 보인다.

"사이토는 두 분이 가신 다음에 신주쿠 가게를 뺏은 것도 모자라 아이들의 호적을 자신에게 옮기라고 협박까지 했어요. 그것도 두 분이 관동군에 징집되어 가시자마자였죠. 사내아이들이 큰일을 해야 하는데 조선인의 자식으로서는 일본 땅에서 살기 어렵다고. 그 나쁜 인간이, 부산에도 후쿠오카에도 첩과 본처가 있었는데도 말이죠. 도쿄에서도 아키코 언니를 첩으로 삼고 두 아들을 뺏을 생각을 한 거죠. 더욱 기분 나쁜 것은 그자가 아직도 포기를 안 한 것 같아요. 지금도 우리가 하는 도시락 가게를 부하들을 시켜 항상 훔쳐보는 듯해요. 도쿄에 올 때 이따금 가게에도 들르는데 미치겠어요. 정말 뻔뻔한 놈이에요."

사나에는 치를 떨며 그들이 관동군에 징집당한 이후 사이토의 나쁜 행각을 홍명부에게 말한다. 홍명부는 사나에의 말을 듣고는 몸을 부들부들 떤다. 징집영장이 나오게 했던 건 결국 홍명부의 것을 모두 빼앗기 위해서였다. 더군다나 지금도 포기를 하지 않았다니 이대로 자신이 부산으로 귀국한 이후에 어떤 일이 일어날지 모른다. 어떤 조치라도 해야 한다.

홍명부가 생각에 잠긴 사이 사나에는 화가 난 듯 백주 한 잔을 벌컥벌컥 들이켠다. 아키코는 아무 말 없이 눈물을 훔치고 있다. 결국은 이치로를 죽게 만든 것도 사이또다. 홍명부는 결심한 듯 말한다.

"오늘은 다시 만나 본 것으로 만족하고, 밤 기차로 사세보로 돌아가 한국에 다녀와야겠어."

"아니, 그래도 하룻밤은 주무시고 가야죠. 갑자기 와서 또 갑자기 가시다니."

홍명부의 말에 아키코가 거의 울음보를 터뜨리기 직전의 목소리로 말한다. 홍명부는 오랜만의 재회가 마냥 기쁜 줄 알았는데 전후 사정을 듣고 보니 지난 세월이 회한으로 남는 이유가 사이토를 만난 이후부터 꼬였다고 생각하니 억울하고 화가 나 눈물이 날 지경이다. 단 하루라도 즐거운 기분으로 가족들을 만날 수 있다는 것에 안도했던 것도 잠시 사이토의 비열한 만행을 듣고 있으니, 속이 끓고 단죄해야겠다는 마음이 든다. 사이토의 앞으로의 행동은 어떨지 예상이 되는 바이다. 그의 만행을 막을 수 있도록 조처해야 했지만, 뚜렷한 방도도 생각나지 않는다. 그렇다고 아무것도 하지 않고 있자니 이렇게 있다가 사이토의 부하들에게 발각될 가능성도 있다.

"이렇게 살아 있다는 것을 알았고, 건강한 모습을 본 것만도 기뻐. 아키코, 사나에상, 우리가 계속 살아남고 서로를 잊지 않는다면 다시 볼 수 있을 거야. 비록 지금은 떠나지만 이대로 영원히 못 만나는 건 아니니까. 정식으로 절차를 밟아 이른 시일 안에 돌아올게."

홍명부는 한국으로 돌아가기 전 해결해야 할 일을 생각한다. 교토에 정착하려는 정호근에게 외국인등록증을 돌려준 뒤 사이토의 집이 있는 후쿠오카로 가야 한다고 생각한다. 이후 사이토를 처단한 뒤 사세보역에서 부산으로 가는 밀항선을 타고 가는 것이 홍명부가 세운 변경된 계획이다. 물론 아무에게도 말할 필요도 말해서도 안 되는 계획이다. 이번에는 이렇게 아끼꼬와 아이들과 헤어져 한국으로 돌아가는 것이 맞다. 명부가 이들 곁에 있다면 위험이 커지고 걸림돌이 될 뿐이라고 생각한다.

사이토에게 상처를 입히다

홍명부는 월요일 밤 9시에 후쿠오카 시내 중심에 있는 하카타역에 도착한다. 오늘 밤에 사이토를 죽이면 경찰의 추적을 피할 수 없을 테니 내일 오전 사세보역 기차 시간에 맞춰 결행해야겠다고 생각한다. 마음을 다잡은 홍명부는 하카다역 노숙자들이 있는 틈새로 들어갔다. 외국인등록증이 없으니, 숙소를 잡을 수 없었던 탓이기도 하다. 후쿠오카의 하카다역 내의 구석진 자리에 앉아 있자니 생각이 많아진 홍명부는 거의 뜬눈으로 밤을 새운 뒤 아침이 되자마자 사이토의 집으로 향한다. 명부는 관동군 복무 당시 총을 쏜 적은 있었지만, 칼로 사람을 찌른 적은 없었다. 신분증도 없는 신세에 어디서 칼을 살 수도 없다. 사이토의 집이 보이는 골목 어귀에 당도했을 때는 오전 6시가 되어 가고 있다. 겨울철이라 아침인데도 깜깜하다. 홍명부는 7시 전에 일을 끝낸 뒤 하카다역에서 기차를 타고 오후에 사세보역에 도착한 뒤 다나카와 접선 장소에서 만나야 한다. 계획을 다시 한번 생각해 본 홍명부는 사이토의 집으로 들어간다. 예전에 후쿠오카에 이치로의 심부름으로 와 본 적이 있는 집이라 집 안 구조는 기억하고 있다. 명부는 주방에서 칼을 찾은 뒤 사이토가 혼자 있을 시간을 기다리기로 한다. 사이토는 그때 만났을 때 아침 일찍 항상 마당으로 나와 가볍게 산책을 한다고 했다. 사이토의 습성이 안 바뀌었다면 아침 일찍 마당으로 나올 것이다. 명부는 준비한 검은색 두건을 머리에 뒤집어쓴다. 겨울이라서 일반인들이 쓰고 다니는 검은색 털모자와도 구별이 안 되는 게 다행이다. 이후 홍명부는 주방과 통하는 뒷문의 담장을 넘은 뒤 퇴로를 확보하기 위해 뒷문을 살짝 열어 둔다. 관동군에서 탈영 경험이 있는 홍명부에게 담장 정도는 걸림돌이 되지 않는다. 사이토의 집에 손님들이 자주 오가는지 주방 뒷문이 잠겨 있지 않은 게 다행이다. 어렵지 않게 주방에 숨어 들어간 홍명부는 주방의 회칼을 옷 속에 챙겼다. 찬모들의 소리도 들리지 않았고, 다만 주방 탁자에 그릇들이 어지럽게 쌓여 있는 게 어젯밤 늦게까지 만찬이 있었던 모양이다. 다시 주방 뒷문으로 나가 마당 귀퉁이에 몸을 숨긴 홍명부는 사이토가 마당 정원으로 나오기만을 학수고대했다. 해가 뜨기 전에 모든 일을 끝내고 빨리 도망쳐야 한다. 드디어 문이 열리는 소리가 들린다. 어둡지만 미명에도 몸 덩치로 보나 행동거지를 보나 사이토가 분명하다. 신발을 신으려고 마당을 뒤로한 채 몸을 구부린 사이토의 뒷덜미가 보였다. 홍명부는 이때다 싶어 살금살금 다가가서 사이토의 허파를 찌르기로 한다. 허파를 정확하게만 찌르면 비명도 내지 못하고 즉사시킬 수 있다.

명부는 옷 속에서 주방의 회칼을 꺼내 사이토의 넓은 등에서 약간 위쪽을 깊이 찌른다. 예상대로 사이토는 크게 비명도 지르지 못하고 아무런 저항도 하지 못한 채 쓰러진다. 명부는 곧장 미리 열어 둔 뒷문으로 나가며 두건을 가슴 속에 숨긴다.

“사이토, 억울해하지 말아라. 이게 너의 운명이었어. 너 때문에 이치로가 죽었어. 나 역시 죽이려고 했고.”

조용히 되뇌인 홍명부는 급한 걸음걸이로 사이토의 집을 빠져나와 침착하게 접선 장소로 향한다. 그리고 다나카와 만나 부산으로 향하는 밀항선을 타고 탈출한다. 그 시각, 현관 앞에 쓰러져 있던 사이토는 이제 막 채비를 마치고 주방으로 나가려던 찬모에게 빨리 발견되어 구사일생으로 목숨을 건진다. 홍명부는, 이 사실은 모르고 다나카와 함께 밀항선을 타고 사세보를 떠난다.

6·25전쟁의 시작과 부산으로의 피난

부산으로 돌아온 홍명부는 서울로 이사를 하기로 한다. 아무래도 정식으로 일본으로 가려면 서울에 있는 권력자들에게 줄을 대는 것이 빠르리라 판단했기 때문이다. 그러나 당장 서울로 거처를 옮기기는 했으나 마땅히 일자리는 없었다. 그날도 평범한 일요일 아침처럼 동대문 밖 선배의 집 문칸방에서 늦잠을 자고 이부자리에서 일어나려던 참이었다. 보통의 아침이라면 두부 장수의 딸랑거리는 종소리와 물장수들의 소리가 엉켜 어수선했을 텐데 그날 아침은 이상하다 싶을 정도로 사방이 조용했다. 적막을 깬 것은 미닫이 현관문이 거칠게 덜컥거리는 동시에 선배의 목소리가 들렸기 때문이다. 그 소리를 들은 홍명부는 이부자리를 정리하고 일어났다. 이윽고 부엌과 화장실을 지나 홍명부의 방으로 온 선배가 거칠게 문을 열었다.

"명부, 어서 일어나. 전쟁이야. 전쟁이 났어. 빨갱이 새끼들이 서울로 진입했대! 다들 짐을 싸야 해. 어서어서."

하지가 지나 7월로 들어가는 늦은 일요일 아침이다. 선배의 얼굴은 자세히 보이지는 않았지만 뻘겋게 상기되었다는 것은 알 수 있다.

"뭐라고요, 형님? 38선에서의 전투야 항상 있었던 것 아닌가요. 뭐 그런 일 아니겠어요?"

"아니라고, 이번엔 달라. 어제가 작년에 암살당한 김구의 제사 일인 것은 자네도 알잖아? 그래서 준비하는 놈들 동태를 살피라는 지시를 받아 일찍 종로서에 갔는데 빨갱이 놈들이 대대적으로 내려오고 있다는 걸 확인했어. 벌써 개성은 점령당한 것 같아. 살고 싶으면 일단 피난부터 가라는 거야."

평소 침착했던 선배는 거칠게 말을 뱉고는 안방으로 뛰어 들어간다. 형수는 아침 일찍 두부 공장에 갔을 테니 아마도 아이들을 깨우려는 모양이다.

허겁지겁 피난길에 오른 홍명부와 선배 가족은 전쟁 중이었지만 부산으로 내려와 의외로 편안하게 지낼 수 있었다. 해방 이후 규모가 커진 홍명부가 한때 일한 '대양 조선'에 명부는 다시 일하기 시작했고 일거리도 많아진 덕에 선배의 부부도 취업할 수 있었다. 홍명부 자신도 다시 일본으로 돌아가기 위해 착실히 돈을 모은다. 유엔군이 평양을 수복하고 압록강까지 진격했다는 소식에 곧 있으면 의주의 어머니도 만날 수 있으리라 기대하기도 한다. 그러나 중공군이 참전하며 전쟁은 도통 끝날 기미를 보이지 않기 시작했다.

1954년 서울 생활의 시작

명부는 선배 가족들과 1953년 7월, 유엔군과 북한군 사이에 정전 협정에 맺어진 이듬해 서울로 올라간다. 아무래도 부산에서는 돈을 번다고 해도 한계가 있고 회사도 자신의 것이 아니었기 때문에 요시다의 말처럼 돈을 벌려면 서울로 가야 했다. 마침 어느 정도 자금이 모인 참에 이사를 결정한 것이다. 홍명부는 이북 출신이 많이들 사는 동대문 광장시장 근처인 황학동에 거처를 잡는다. 선배 가족이 사는 용두동에서도 걸어서 이십여 분이고, 자전거로는 십 분도 채 안 되는 곳이다. 고향선배도 그랬지만 이북 출신 실향민들은 상당수가 포목상을 하고 있었다. 그러나 홍명부는 광장시장에서 을지로6가 쪽으로 가는 길목에 미국 육군공병대가 있는 것을 보고 방산시장에 미군의 군용품을 빼내어 파는 잡화상을 연다. 잡화상이라면 도쿄 신주쿠에서도 해 본 일이고 해서 자신 있었다. 방산시장은 일제 말기부터 시장의 모습을 서서히 갖추기 시작했기 때문에 잡화상을 차리기에 적합했다. 군용품을 빼내는 것은 중간 거간꾼이나 이북 출신 미군 군무원들의 도움을 받아 어렵지 않게 해낼 수 있었지만, 소매점으로는 큰돈을 벌기에 한계가 있었기 때문에 홍명부는 도매상을 하기로 마음먹는다. 그리고는 미군 부대가 주둔치 않는 지방 도시의 상점 주인들에게 물품을 대주기 위해 밤낮으로 전국을 뛰어다닌다. 바로 일본에 있을 때 사이토가 보였던 모습이다. 홍명부도 은연중 그에게 사업 수완을 배운 것이다. 홍명부는 장사를 시작한 지 10년 만에 '대홍 주식회사'라는 명패를 단 도매상으로 자리를 잡는다. 그동안 명부는 예전에 일본인이 살았다던 충무로의 인현동 2층 적산 가옥으로 이사도 한다. 돈도 많이 벌었지만 그렇다고 홍명부가 일본에 있는 가족을 잊은 것은 아니다. 이승만 정권이 들어선 이후 일본과는 국교가 단절되어 언제 가게 될지도 몰랐고 요시다로부터 자신의 가족들이 이사했다는 소식은 들었지만, 갈 방법이 없었다. 그러는 사이 요시다와도 소식이 끊겼다. 밀항으로 일본에 간 건지 한국에 남은 잔류 일본인이라는 사실을 숨기기 위해 이사를 하러 간 건지 그의 집에 편지를 보내도 답신이 없다. 홍명부의 집에서 자신의 사업장까지는 걸어서 가도 될 정도였지만 명부는 운전사를 둔 자가용을 타고 다녔다. 일본에서 사업 수단을 배운 것이 습성이 된 모양인지 지방 소매업자들을 만날 때는 직접 자가용을 타고 방문해 의견을 듣곤 했다. 이제는 군필 품뿐만 아니라 광장시장에서 나오는 포목이나 그 밖의 생필품도 취급해서 별도의 창고를 갖고 있을 정도로 회사가 커졌다.

1963년 12월, 홍명부와 김광엽의 만남

홍명부는 동대문 일대에서는 가장 큰 사업을 운영했고 명부의 나이도 어느덧 쉰 살이 된다. 그동안 홍명부는 아키코와 두 아들을 다시 만나기 위해 백방으로 노력해서 그 끝에 건설부의 국장인 김광엽과 만나기로 한다. 권력층에 줄이 닿아 있으면 일본에 다녀올 수 있다는 소문이 있었기 때문이다. 참으로 요상한 세상이다. 일본군인에서 한국군인으로 변신하더니 지금은 국토부의 힘 있는 국장이 되었으니 말이다. 김광엽과 만나기로 한 곳은 종로 낙원동의 전통 한옥 요정인 '오송암'이다. 홍명부가 요정집인 '오송암' 가게 안으로 들어가자, 종업원은 김광엽이 기다리고 있는 별채로 그를 안내한다. 명부는 별채 앞에서 잠시 호흡을 가다듬고 헛기침한다. 그러자 문이 열린다.

"오랜만이군. 반갑네. 이게 얼마 만이야. 그때 자네가 관동군에 있었으니 거의 이삼십 년 됐나. 자네가 군납 사업과 동대문 도매상으로 돈을 많이 벌고 있다는 소식은 들었지. 고야마! 아니, 이놈의 말버릇은 쉽게 고쳐지지 않는군. 자네도 그렇지? 물론 지금은 홍 사장님으로 돌아왔겠지. 하하하. 자, 들어와 앉지."

김광엽은 의외로 호통하게 문밖에 서 있는 홍명부에게 말한다.

"자자, 어서 앉게나."

"응, 응. 오랜만이야. 귀한 시간을 내줘서 고맙네."

홍명부가 주뼛주뼛 대답하자 김광엽은 의미 없이 크게 웃으며 악수를 청했다. 그리고는 친근하게 말을 건넨다.

"홍 사장, 오랜만에 봐서 어색하지만 반말해도 되겠지? 고향 친구 아닌가? 그래, 어떤 일인가? 사업 얘기?"

그러는 사이, 방 안으로 여주인이 두 명의 아가씨를 데리고 들어온다. 30대 정도로 보이는 여주인은 자신을 김송화라고 소개한다. 김광엽과는 안면이 있는 듯하다.

"어머, 김 국장님? 이분은 누구세요? 아주 멋진 분이신데요. 소개해 주세요."

"응, 이쪽은 내 고향 친구 홍 사장이지. 난 가난한 공무원이지만 이 친구는 돈을 아주 많이 벌었어. 진짜 부자 사장이야."

김송화의 말에 김광엽이 너스레를 떤다.

"어머, 말씀도 지나치셔라. 박 대통령 각하께서 가장 총애하는 분이시란 건 만천하가 다 아는 사실인데. 근데 홍 사장님은 어떤 분이세요?"

김송화가 애교 있게 김광엽에게 대답하고 명부의 눈을 빤히 쳐다보며 묻는다.

"허허, 벌써 홍 사장에게 반한 모양이군." 하며 김광엽은 호탕하게 웃는다. 그는 오늘 밤은 과할 정도로 명부를 띄어주는 말을 많이 한다. 홍명부가 일본 유학파에, 관동군에 근무했으며 크게 성공한 사업가라며 과장하면서 말이다. 그들은 동석한 두 명의 아가씨가 술잔을 채워 주는 대로 마시며 일본에서 살았던 이야기를 나눈다. 그러나 명부가 그날 목격한 일본인 약혼녀에 대해서는 김광엽은 한마디 말도 안 한다. 그러다 홍명부가 두 아가씨에게 나가 있어 달라는 눈짓을 한다.

"광엽이, 아니 김 국장. 부탁이 있어서 보자고 했어. 박정희 각하께서 작년부터 일본과 국교 정상화도 하겠다는 소문도 들리고 하니, 내가 일본에 갈 수 있게 비자를 받을 수 있도록 어떻게 손을 써 줬으면 좋겠어." 홍명부는 김광엽이 가족과의 재회를 이뤄 줄 수 있으리라 생각하며 두둑한 돈 봉투를 김광엽에게 주며 말한다. 김광엽은 홍명부의 간절한 부탁에 잔을 내려놓고 의문에 찬 눈빛으로 묻는다.

"왜, 사업을 확장할 셈인가?"

"아니. 일본에 있는 가족들을 찾아볼 심산이야. 자네도 알잖나. 내가 일본에 처자식이 있다는 사실을. 최소한 생사라도 확인해 봐야지. 영영 이대로 헤어진 채로 인생을 끝낼 것 같은 생각에 요즘 들어 밤잠도 설치고 있어. 작년부터 국교 정상화 소문에 대사관이나 영사관 등 사방팔방 다녀 봤지만, 나 같은 일반인은 비자가 안 나온다더군."

김광엽의 질문에 홍명부는 안됐다는 듯 술잔을 들이킨다. 잠시 눈동자가 흔들린 김광엽은 아주 잠깐 표정을 찡그린다. 그리고는 홍명부에게 말한다.

"그 넓은 일본 땅 어디서 찾겠나? 자네도 알겠지만 나도 일본에 가족이 있었잖나. 나도 그들도 인연을 끊었어. 그게 편해. 아마도 그들 모두 일본인으로 살아가는 것이 편할 거야. 자네와의 인연을 끊는 것이 오히려 그들에게는 살아가기에 유리할 테니 찾지 말게. 정말 한심하군. 아직도 이렇게 과거에 연연하나. 자네가 이 정도까지밖에 출세하지 못한 이유를 알겠네. 자네 정도의 학력과 군대 경력이면 다들 출세하고 남을 텐데 말이야. 더군다나 첩들도 두고 사는데 인제 와서 뭐 하러 난리 통에 헤어진 일본인 가족을 찾아? 쓸데없는 데에 신경을 쓰다니, 미쳐도 단단히 미쳤군. 대신 내가 제안을 하나 하지. 우리 국토부 건설 사업에 들어오게. 그리고 나하고 큰 거래를 해야겠어. 그렇게 된 연후에 내가 비자 건을 알아봐 주지."

홍명부는 김광엽을 어이없다는 듯 바라본다. 그리고는 약간 화가 난 목소리로 대답한다.

"나보고 가족을 버리라고? 그건 안 될 말일세. 자네는 내게 가족이 얼마나 중요한지 모르겠지. 나는 지금까지 가족들과 다시 만나려고 돈을 벌었어. 내 인생에서만큼은 나는 나 자신을 배신하고 싶지 않아. 애초에 나는 가족들과 함께 살려고, 그 욕망 하나만 이루려고 악착같이 돈을 벌었으니까. 어머니가, 아키코가, 일본의 아이들이 꿈에 자주 나와. 내가 자존심도 없이 자네를 만나려고 했던 건 그저 가족을 만나고 싶어서야. 사업을 확장하려는 욕심이 아니네"

김광엽은 조금 놀란 기색을 보였으나 이내 목소리를 가다듬고 말했다.

"우린 큰 전쟁을 수도 없이 치렀잖나. 전쟁터에 끌려가든 가지 않든,

언제 어떻게 죽을지 모르는 세상이었어. 난리일수록 군대와 경찰이 더 안전하고 돈도 붙을 수 있거든. 자네나 나나 운이 좋았지. 그래서 이렇게 자네가 살아서 돈도 만져 보고할 수 있잖나."

그리고는 야비하게 웃으며 자신의 앞에 가득 찬 양주잔을 한 번에 들이켠 다음 독백하듯이 말했다.

"자네나 나나 같은 처지야. 잘난 척하지 말고, 내게 가족이 중요하고 돈이 덜 중요하다는 둥 설교할 생각은 말아. 일본이나 지금의 대한민국이나 같아. 공부깨나 하는 인간들이나 돈 좀 있는 놈들은 일본 놈들과 붙어먹지 않았나. 마찬가지야. 일본 놈들이 아니고 미국 놈들이라는 게 지금의 차이지. 어차피 그땐 다들 미쳐 있었어. 같은 학교, 심지어는 같은 반, 같은 고향 사람들끼리 서로 빨갱이라고 죽고 죽이는 전쟁을 치르지 않았나. 지금도 반쪽끼리 나눠 먹고서도 서로 싸우고. 그런데 웃기는 건 여전히 세상은 힘을 가진 자들의 편이라는 거지. 가족의 사랑이니, 도덕이니 부처님 공자 같은 말 하지 말게. 세상은 요지경 같기도 하고 재미있기도 한 거야. 어차피 자네나 나는 곡마단의 말처럼 돌고 있어. 내 주변에는 명부 너처럼 얘기하는 놈들이 없었겠나. 오히려 나를 부러워했지. 나의 출세를 말이야. 하하하. 오늘 밤도 네가 날 보자 해서 사업 부탁을 하려고 그러는 줄 알았지. 네놈이 한심한 거지. 다들 나한테 연줄을 대려고 돈과 여자 술을 받치고 있어. 그런데 자네는 겨우 부탁한다는 게, 일본의 가족과 만나게 손을 써 달라? 잊어버려. 고향 친구인 나와 큰돈을 버세. 그다음에 일본의 가족을 찾아. 내가 도쿄의 연락 사무소를 통해 도와줄게." 말을 마친 김광엽은 홍명부에게 다음 주 월요일 자신의 국토부 사무실로 찾아오라고 얘기를 한 뒤 기생이 기다리고 있는 방으로 옮기는 듯하다. 명부는 잠시 더 앉아 있다가 요정집 '오송암'을 나선다.

1968년, 일본의 가족들과 재회

1963년 12월 17일에 박정희가 대한민국 제3공화국의 대통령으로 취임하면서 한국과 일본은 점점 관계가 호전되고 있었다. 1964년 3월 17일에는 서울에서 오사카로 비행기를 타고 이동할 수 있게 되었다. 그 소식을 듣자마자 홍명부는 김광엽에게 재차 돈도 갖다주며 겨우 부탁해서 일본 비자를 받아 오사카에 한 번 다녀왔으나 가족을 찾지는 못했다.

명부는 1949년에 밀항선을 타고 대한민국으로 돌아오기 전 사나에에게만 당부한 것이 있었다. 자신이 떠난 다음에 사이토의 부하들이 찾지 못하도록, 아무도 모르는 곳으로 꼭 이사하라고. 그리고는 이사를 한 뒤 부산 영도의 홍명부네 집으로 연락하라고 주소까지 적어 줬다. 이후 6.25 전쟁이 터져 홍명부는 서울로 올라왔고, 아키코와 사나에는 다른 곳으로 이사를 하는 바람에 서로 간에 행방이 묘연해진 것이다. 지난번 오사카에 갔을 때는 3박 4일의 단기 비자여서 사나에의 고향인 후쿠오카에는 가 볼 수도 없었다. 할 수 있는 일이라곤 오사카의 거류민단에 자기 주소와 아키코와 두 아들, 그리고 혹시나 해서 사나에의 인적 사항을 적어 놓는 게 전부였다.

그러나 희망이 사라진 것은 아니었다. 1968년 7월 25일이 되었을 때, 서울에서 도쿄로 가는 비행로가 열린다. 홍명부는 서둘러 도쿄행 비행기 표를 구매했다. 10월 4일에 출발하는 비행기 표다. 이번에는 가족을 찾을 자신이 있다. 그동안 건설교통부 장관이 된 김광엽에게 부탁해 도쿄 한국대사관과 재일거류민단의 도움을 받아 사나에의 새로운 집 주소를 알게 되었기 때문이다. 사나에를 찾으면 분명히 아키코의 소식을 들을 수 있을 것이다. 과거 밀항했을 때나 4년 전에 오사카에서 왔을 때와는 다르게 나름 구체적으로 계획을 세워 둔 상태다. 도쿄의 하네다 공항에 내린 홍명부는 김광엽의 비서에게 건네받은 메모지를 다시 본다. 사나에의 새로운 집 주소가 적힌 메모지다. '도쿄도 기타구 다바타 사카에쵸 45'라는 주소로 짐작건대, 예전 집과 그렇게 멀리 떨어진 곳은 아니다. 도쿄 시내를 순환하는 국철의 북쪽에 있는 곳이다.

하네다 공항에 도착한 명부는 한때 자신이 살았던 신주쿠에 숙소를 잡고 도착한 날 하루를 지낸 뒤 쪽지의 주소를 찾아간다. 번듯한 2층 가옥이다. 자그마한 정원도 있고 문에는 '가토 사나에'라고 적힌 문패가 걸려 있다. 홍명부는 거류민단에서 이들의 소재지를 파악할 수 있었던 게 박두섭과 사나에의 결혼 때문이었다는 것을 짐작한다. 홍명부가 벨을 누르자 잠시 후 마당 저편에서 현관문이 열리는 듯하더니 사나에가 아닌 그토록 보고 싶던 아키코가 걸어 나왔다. 어느새 중년을 넘어선 여인의 모습이다. 무려 20여 년 가까운 세월이 흘렀다. 지난 세월의 무게를 몸과 마음으로 오롯이 느낀 명부가 그녀의 이름을 소리 내 부른다.

"아키코."

홍명부의 목소리에 아키코는 혼백이라도 나간 듯이 소스라치게 놀라며 문을 연다.

"어머, 당신! 드디어 돌아와 주셨군요!"

아키코는 문을 열자마자 흐느끼듯이 말하며 홍명부의 손을 잡는다. 홍명부는 가지고 온 선물을 땅바닥에 떨어뜨리며 세게 그녀를 껴안았다.

"맞아. 너무 오래 걸려 미안해. 나야, 나. 아끼오라고."

"어서 들어가요. 날씨가 추워요."

아키코는 홍명부의 손을 이끌고 안채로 들어간다. 집 안의 살림은 부족하지 않은 듯했고 그야말로 평온한 일반 가정의 모습이다.

"근데, 이곳 문패가 가토 사나에로 되어있던데, 사나에와 아직도 같이 사는 거야?"

잠시 후 아키코가 따뜻한 차를 내오자, 홍명부가 묻는다.

"아뇨, 사나에는 옆집에 살아요. 두섭 씨와는 그때 당신이 오고 얼마 안 되었을 때 두 사람이 결혼했어요. 당신도 아시죠? 현 목사님이 주례도해 주시고. 두섭 씨는 여전히 성실하고 우리 일을 잘 돌봐 줘요. 예쁜 딸도 하나 두었고요. 근처의 조선인 고등학교에 다니고 있어요. 곧 들어올 거예요. 문패는 이사하면서 쭉 그렇게 달아 뒀어요. 사나에가, 당신이 꼭 언젠가는 올 거라고 하면서. 신주쿠에서 갑자기 이사했을 때도 당신이 시켰다고 했어요. 아까 차를 끓이면서 사나에에게 전화했어요. 당신이 돌아왔다고. 뛸 듯이 기뻐하더군요."

홍명부에게 사과를 깎아 준 아키코는 사나에와 홍명부가 꼭 친오누이 같다고 덧붙이며 웃으며 말한다.

"당신에 관한 소식은 한 달 전이던가, 사나에로부터 들었어요. 얼마나 기뻤는지 몰라요. 전쟁 때문에 감감무소식이었잖아요. 밀항선에서 붙잡혔나, 전쟁통에 돌아가셨나, 온갖 나쁜 상상도 많이 했지만, 결코 잘못됐으리라고는 생각하지 않았어요. 제 꿈에 당신이 한 번도 나오지 않으셨거든요. 전 확신했어요. 오늘 같은 날이 분명히 올 것이라고."

홍명부는 아키코가 말을 이어가는 동안 그녀가 얼마나 사랑스러운지 생각한다. 그러는 사이 현관문이 열리고 사나에가 뛰어 들어온다.

"고야마상! 정말 오셨네. 한 달 전에 소식을 듣고 우리 모두 내내 밤잠을 설쳤어요."

사나에가 흐느끼며 아끼고의 가슴에 얼굴을 묻었다. 지난번에도 그러더니, 꼭 홍명부와 다시 만날 때는 사나에는 이렇게 울음을 터뜨렸다. 강인한 사람인 줄 알았는데 이렇게 눈물이 많을 줄 몰랐다고 명부는 생각한다.

"이번에는 오래 계실 거죠? 아니, 우리랑 살면 안 되나요?"

사나에가 아키코가 할 말을 대신하듯 질문한다.

"아니, 그건 안 돼. 먼저 사나에, 결혼을 축하해. 두섭이 그 녀석, 횡재를 했구먼. 사나에 같은 멋지고 훌륭한 여자와 결혼하게 된다니. 더군다나 예쁜 딸아이도 생겼다면서? 축하해."

홍명부는 사나에의 손을 잡고 다독이며 말한다. 사나에는 약간 수줍은 듯이 고개를 옆으로 돌리며 말한다.

"두섭 씨가 하도 하자길래, 하하하. 근데 저도 좋아했어요."

홍명부는 웃으며 덧붙이는 사나에와 아키코와 함께 식탁에 앉는다. 그리고는 자신의 상황을 설명한다. 한국에서 있었던 일을 포함해 비자 때문에 내일이면 다시 한국으로 돌아가야 한다는 것까지 말이다. 잠깐 침묵이 흐른 뒤, 아키코가 입을 연다.

"당신 잘하셨어요. 이렇게 건강하게 살아 돌아오신 것만 해도 감사드립니다."

"아키코 언니 말이 맞아요. 다시 만나 함께 살 수 있겠죠."

아키코의 말을 받듯 말한 사나에는 그리고는 숨을 한 차례 내쉰 뒤 말을 이어간다.

"전쟁은 진작에 끝났지만, 아직 일본에 사는 조선인들은 차별받고 있어요. 신지는 은행에서, 요시로는 무역회사에 취업하려고 해요. 신지는 신분을 숨기지 않았다면 아마 일하지 못했을 거예요. 아무리 공부를 잘해도 조선인은 기껏해야 불고기 식당이나 역 앞에 있는 파칭코 밖에 일자리가 없거든요. 더군다나 지금의 한국에서는 일본에 들어오기도 어렵죠. 고야마상이 우리 앞에 선뜻 나타나지 못했던 건 당연한 거예요. 자, 이제 저녁을 먹으면서 나머지 이야기들을 나눠 보기로 해요."

사나에가 말을 마치며 일어나자, 아키코도 그녀를 따라 일어난 뒤 주방으로 향한다. 저녁 시간이라면 외출한 신지와 요시로가 돌아올 것이다. 홍명부는 아키코와 사나에를 만났을 때보다 더 긴장되는 듯하다. 좋은 기대와 흥분보다도 뭔가 불안하다. 밀항선을 타고 왔을 때 잠깐 만난 적이 있지만 둘째놈 요시로는 그때를 기억하고 있을 리가 없다. 첫째, 신지는 기억하고 있을 것이다. 여태 조선인 아버지를 부정하며 살아온 신지는 자신을 어떻게 받아들일지 걱정이 되었다. 더군다나 일본의 은행에 취직하기까지 했다고 하니 명부는 이쯤에서 그만 돌아가는 게 낫지 않을까도 생각한다. 아버지가 없는 덕에 출세한 아이들의 앞길을 막을 수는 없다. 그러던 차에 현관문이 열리며 젊은 남자의 목소리가 들려 온다. 아마도 큰아들 신지가 돌아온 모양이다. 이내 부엌에서 현관까지 급하게 복도를 가로지르는 발소리가 들린다. 작게 속삭이는 소리가 문밖에서 들리더니 잠시 후 방문이 열린다. 키가 크고 건장한 20대 중반의 젊은이가 아키코의 방문 앞에서 놀란 눈으로 홍명부를 정면으로 바라보고 있다. 그리고는 어정쩡하게 묵례한다. 큰아들 신지다. 홍명부도 얼떨결에 허리를 굽히며 신지에게 인사를 한다.

"안녕하세요, 신지입니다."

그리고는 더는 말이 없다. 홍명부 역시 말없이 고개만 끄덕일 뿐이다. 지난번에 밀항해서 만났을 때 분위기와는 다르다. 생각이 정리되지 않던 차에 아키코가 말한다.

"신지, 오래간만에 아버지를 뵈니 당황스럽지? 어서 옷 갈아입고 나오렴. 오랜만에 아버지와 같이 저녁을 먹자."

아키코의 말에 신지가 2층의 자신의 방으로 올라가자, 아키코는 다시 주방으로 들어간다. 홍명부는 긴장이 풀린 건지 의자에 주저앉았다. 그러던 중, 길지 않은 시간이 지난 후에 다시금 현관문이 열리는 소리가 들린다. 이번에는 누가 들어오는 게 아니라 나가는 듯했다. 홍명부는 신지일 것이라고 직감한다. 잠시 후에 아키코가 방문을 두드리며 저녁을 먹자고 한다. 식탁에는 홍명부가 좋아하는 스키야키와 기린 맥주가 놓여 있으며 접시는 세 개뿐이다. 역시 신지는 홍명부와 함께 있는 것이 어색해 나간 것이다. 명부가 식탁에 엉거주춤 앉자, 사나에가 명부에게 맥주 한 잔을 따라 주며 말한다.

"신지 때문에 그러는 거죠? 너무 신경 쓰지 마세요, 고야마상. 신지는 요즘 결혼 준비 때문에 바쁘거든요. 직장에서 일하랴, 결혼 준비하랴 바쁠 때 친부가 나타난 게 혼란스러울 거예요. 아시다시피 아끼꼬의 오빠인 이치로가 신지의 친아버지로 올라가 있는 상태니까요."

말을 마친 사나에는 맥주 한 잔을 벌컥 들이켰고 씁쓸하게 웃고 있던 아키코는 이내 아무 말 없이 눈물을 훔친다. 홍명부는 이해하자고 다짐했지만, 자신도 모르게 눈물이 흐른다. 신지의 태도를 보고 이곳에 남는 건 아니 앞으로 같이 산다는 것은 깨끗하게 단념한 상태다. 아키코의 남편으로 있는 것은 가능할지 몰라도 아이들의 아버지로는 존재할 수 없다. 가족들에게 불편하지 않게 하려면 한시라도 빨리 이 자리를 떠야 했다. 김광엽의 말이 옳았다.

"아니요, 아냐. 이 모든 것이 내 책임이지. 나는 내일 오전 일찍 하네다에서 김포로 가야 하니 이제 일어나야겠소. 숙소에도 돌아가야 하니까."

"당신, 잠시만. 잠시만 자리에 앉아 계세요. 제 잔을 받고 가셔야 해요."

홍명부가 급하게 떠나려 하자 아키코는 흐느끼며 홍명부에게 술잔을 권한다. 홍명부도 눈물을 참을 수 없었다. 언제 다시 이런 자리가 만들어질지는 모른다. 어쩌면 아키코도 그의 마음을 짐작했을지도 모른다. 홍명부는 아키코가 채워 준 맥주잔을 정성껏 비운 뒤 자리에서 일어난다.

"이렇게 살아 있는 걸 알았고, 건강한 모습을 본 것만도 기뻐. 아키코, 그리고 사나에상. 건강하게 잘 지내도록 해."

이제 돌아가야 한다. 굳이 둘째 아들인 요시로를 만나려고 기다릴 필요는 없다. 이들에게 있어 자신은 걸림돌이 될 뿐이라는 걸 홍명부는 잘 알고 있다. 아끼고의 집을 나온 이튿날 명부는 하네다 공항으로 가는 길에 먼발치에서 아키코와 사나에의 도시락 가게를 향해 허리를 굽혀 인사한다. 그리고는 신주쿠역에서 기차를 탄다. 그것으로 홍명부와 일본 가족들의 살아 있을 때의 재회는 마지막이 된다.

1986년, 홍명부가 사이토(박명근)를 살해하다

사이토 한국에 와서는 '박명근'이라는 이름으로 사업을 벌인 그는 전두환이 나오는 저녁 9시 TV 뉴스를 보고 있었다. 박명근은 자신의 술잔을 채워 주는 한국인 처인 보희에게 독백하듯이 말했다.

"민주주의는 스스로 획득하는 자들만 누릴 자격이 있지. 공기처럼 얻어걸린 서민과 민중은 누릴 자격이 없어. 정부는 세금을 내는 자들로 구성되어야 해. 원래 정부는 세금을 내던 사람들이 만들었거든. 무임승차? 절대 안 될 일이지. 민중은 예수도, 이순신도, 전봉준도 죽였어. 고마워하지도 않고 항상 배신하거든. 일본이 조국이 되든, 미국이 조국이 되든 상관없지. 내 돈만 지켜주면 되니까. 이래야 부자들, 그래도 조금이나마 세금을 내는 사람들이 살 만하지 않겠어?" 박명근은 술을 쭉 들이켜고는 실실 웃었다.

한편 혼자서 집에 있던 홍명부는 하늘에서 비가 내리는 게 참 반갑고 이상하다고 생각한다. 아키코와 첫날밤을 보냈을 때도 아키코의 임신 소식을 들었을 때도 관동군 징집영장이 나왔을 때도 비가 내렸다. 모든 행동을 뒤덮을 만큼 세찬 비라면 몸을 숨기기에 좋겠지만 반대로 악행도 쉽게 드러내는 묘한 멋이 있다. 홍명부는 요즘 들어 일기예보를 유심히 듣는 버릇이 생겨 신문이나 9시 뉴스를 꼼꼼히 살피고 기상청에 전화까지 한다. 박명근 아니 사이토 미노루의 시체가 빨리 발견되면 좋을 텐데 아직도 뉴스에 나오지 않는 것을 보니 어젯밤의 폭풍우로서는 모자란 모양이다. 자신이 사이토의 시신을 너무 깊이 묻은 게 아닌가 후회가 되기도 했다.

아직도 홍명부의 손에는 피가 묻어 흘렀을 때 느꼈던 전율과 따뜻함이 남아 있는 듯하다. 며칠 전, 사이토의 집에 들어간 홍명부는 그자가 현관문에서 뒤돌아설 때 입을 틀어막으며 찰나에 목의 경동맥을 끊었다. 그자는 비명도 못 질렀다. 아니 비명을 질렀더라도 세찬 비바람 속에 묻혔을 것이다. 홍명부의 손등을 따라 흘러내린 피가 넓은 마당에 비와 함께 흩뿌려진 모습은 마치 무지개를 보는 듯했다. 현관의 주황색 전등과 사이토의 피방울 그리고 그자의 마지막 눈빛은 마치 지옥 불과 같이 타오르다가 이내 사그라들었다. 명부는 악마를 죽였다는 확신에 통쾌감을 느꼈지만 동시에 허무해지기도 했다. 이자를 죽인 것에 대한 후회보다는 한 번 베인 것만으로 마치 솜이 터진 곰 인형처럼 쓰러진 걸 보니 악마도 별것 아니었다는 생각이 든 것이다. 그는 지금까지 자신과 아키코가 사나에가 그리고 두 아이가 무엇보다도 이치로가 받았던 고통에 비하면 사이또는 맥없이 빨리 죽어 버린 것이다. 조금 더 고통을 길게 해야 했든 아니면 좀 더 빨리 처단했어야 했다는 회한도 든다. 사이토를 죽인 명부는 마당 한쪽의 나무 밑을 파고 그를 묻었을 뿐인데 아직 그 누구도 시신을 발견하지 못한 것이다. 박명근의 실종보도가 났지만 이상하다. 그가 거액의 탈세를 하고 일본으로 밀입국한 게 아니냐는 추측만 가득했다. 그날 밤 내렸던 세찬 비 때문에 모든 핏자국 흔적이 씻겨 내려간 모양이다. 홍명부는 사이또, 박명근 회장이 단순히 실종 사건으로만 처리되는 것을 용납하지 못한다. 실종이라면 당연히 그 원인을 수색할 것이고 그 과정에서 언론을 통하여 온갖 악행이 드러날 것이라고 기대했는데 거꾸로 그자가 얼마나 산업 발전에 이바지했는지를 집중적으로 언론에 나오고 있다. 이러다 영원히 이 사건이 묻히는 건 아닐까. 다시 가서 나무를 쓰러뜨려 단서를 주고 올까, 하는 생각도 해 봤지만, 홍명부는 기자들이 그의 개인적인 원한을 기사화하는 건 바라지 않았다. 그자의 악행을 드러내는 것이 홍명부의 목표였다. 그러니 홍명부는 참기로 했다. 그자의 산업 발전에 공이 많다는 허무맹랑한 기사들이 사라질 즘 자신이 직접 나서서 자수하는 게 가장 현명한 방법이라고 생각한 것이다. 명부는 추석 직전 10월 10일 각 신문사에 팩스를 보낸다. 그리고는 당일 오후 저녁에 성북경찰서에 자진출두하고 검거된다.

명부는 자신에 관한 모든 이야기를 관선 변호사인 임신환 변호사에게 며칠 동안의 접견을 통해 전한다. 젊은 관선 변호사 임신환은 성북경찰서 취조실에 그와 나란히 앉아 침묵을 지키다가 이내 묻는다.

"그럼, 가족분들 중 누구에게 전하면 될까요? 아무리 자수를 하셨다고는 하지만 지금 경찰에서는 자수라는 사실을 덮고 검거했다는 식으로 몰고 가는 듯합니다. 내일쯤 현장 감식을 하자고 하는데 이것도 수상하고요. 의외로 형량이 무거울 수도 있습니다. 가족분들께는 알려야 할 듯한데요."

임 변호사의 말에 잠시 생각에 잠겨 있던 홍명부는 이윽고 입을 연다.

"모든 걸 버리고 고향을 떠나 도쿄에 갔습니다. 비록 식민지 시기였고 제 의지는 없었지만, 일본인으로 살다가 다시 조선 땅을 밟았고, 만주국에서는 일본군으로 지냈고, 지금은 한국인으로 있지요…. 이도 저도 아니라면 과연 나는 누구인가, 나는 어디에 있어야 하는가 자문할 때가 있습니다. 나는 일본에 가정을 둔 가장입니다. 조국은 부끄러울 수 있으나 가장으로서는 부끄럽지 않은 생을 살기 위해 노력했습니다. 자식들은 나를 살인자 아버지라는 오명보다는 어디에서나 이방인 취급을 당했지만 성실하게 산 아버지로 기억해 주겠지요.

"그래도 가족들이 서운하지 않으실까요? 연락을 드리는 것이 어떨지"

임 변호사는 명부의 말을 중도에 끊으면서 말한다. 그러나 명부는 강하게 머리를 좌우로 흔들면서 말을 이어간다.

"제가 가족을 사랑해서 끝까지 찾았다고 여태까지 생각했었는데 틀렸다고 생각하게 되었습니다. 사랑 그 자체가 목적이 되면 위험하다는 왜냐면 사랑도 우정도 배신할 수 있으니까요. 사랑이 컸던 만큼 내가 요구하는 것도 컸던 것 같습니다. 이젠 스스로 만족하는 그들의 행복을 위해서 조용한 여행을 떠나고 싶습니다"

그렇게 말한 홍명부는 다시 대답한다.

"제게 일본으로 밀항선을 알선해 준 부산에 있을 때 알게 된 요시다가 이런 말을 했었죠. 자신이나 당신이나 우리 모두 대한해협을 사이에 둔 경계인들의 운명이라고. 변호사님, 저는 어떤 경계에서도 치열하지 않았던 적이 없습니다. 그러나 진정한 행복을 찾지는 못했던 것 같습니다"

천천히 조용한 목소리로 말하는 홍명부의 눈가에는 이미 물기가 어려 있다.

1987년 4월, 사형수 홍명부의 법정 최후 진술

홍명부의 재판은 신속하게 진행되었다. 1심에서 사형 판결이 난 이후, 홍명부는 항소하자는 임변호사를 말린다. 자연스럽게도 확정판결로 결론이 났고, 이 사실은 언론에 상세하게 보도되어 재판장 안이 기자들로 꽉 찰 정도였다. 1987년 4월의 어느 날이었다. 법정에서 사형수가 주어진 최후 진술의 시간이 되었다. 어느덧 일흔이 넘은 나이에 옥고를 치러 쇠약해진 홍명부이지만 힘차게 일어나 자기 변론을 시작한다.

"존경하는 재판관님, 그리고 재판에 관심을 기울여 주신 국민 여러분께 진심으로 감사드립니다. 저는 범죄 사실을 부인하고 싶지는 않습니다. 살인한 것은 분명하니까요. 그러나 제가 죽인 자가 일본인 사이토 미노루인지, 한국인 박명근인지는 불분명합니다. 저의 재산을 빼앗고, 저를 관동군에 입대시켜 죽이려고 했으며, 제 처를 차지하려 했던 것은 박명근이 아닌 사이토 미노루였습니다. 정의 따위는 관심 없습니다. 정의는 자주 바뀌는 것이지요. 조선 땅 의주에서 조선인으로 태어난 저는 일본 도쿄에서 가정을 꾸려 잘 살다가 관동군이 되었고, 군 복무 중 탈출해 고향에 갔더니 세상이 바뀌어 있었습니다. 해방된, 의주는 붉은 깃발 아래 북조선이 되어버렸습니다. 저는 제 어머니와 친척들을 만날 수 없었습니다. 친일파 아버지는 돌에 맞아 죽었죠. 운 좋게 대한민국 국민이 된 저는 손바닥 뒤집듯 태도를 바꾸는 사이토 미노루 같은 자들이 두려워져 그를 죽였습니다. 어떤 기자님께서는 암 환자인 데다 시한부였던 그자를 왜 바보처럼 죽였냐는 기사를 쓰셨더군요. 마치 저를 영웅이라도 된다는 듯 덧붙이셨던 게 기억이 납니다. 아닙니다. 저의 의도를 알아주셔서 고맙기는 했지만, 저는 영웅이 아닙니다. 천국에도 계단이 있고 지옥에도 계단이 있다더군요. 그자가 자기 잘못을 깨닫지 못하고 죽으면 혹시 지옥에 가더라도 조금은 편한 곳으로 갈까 봐 걱정되어 견딜 수가 없었습니다. 죽어서도 마음의 고통을 느끼도록, 그리고 내가 자신의 숨통을 끊었다는 사실을 각인시켜 주고 싶었습니다. 물론 그 후손들에게도요. 제가 가만히 있었으면 어쩌면 모두의 비밀을 안고 그자의 인생이 끝났을지도 모르겠습니다. 저는 그걸 도저히 참을 수가 없었습니다. 그래서 그자의 인생을 제가 심판하고 끊어 줬습니다. 좀 더 깊은 지옥으로 빠지길 아주 오랫동안 지옥의 계단을 내려가기를 기대하면서요. 물론 저도 살인을 저질렀으니, 지옥에 가겠죠. 그러나 같은 지옥이라도 그자와는 다른 곳에 가리라 봅니다. 저는 지금까지 여러 사람의 비밀을 지켜 왔습니다. 의협심에 매달려 지킨 것은 아니었습니다. 단지, 우리 사회가 더는 혼돈으로 빠지는 것을 원치 않았을 뿐입니다. 그러나 제가 비밀을 지켜줬던 이들은 어떻게든 저를 망치려 하고 제 것을 빼앗으려 하더군요. 이따금 저도 그들처럼 살았어야 했다고 후회하곤 했습니다만 그렇게 살지 않았습니다.

사랑도 우정도 가족도 모두 행복해지기 위한 과정일 뿐이었지. 그 자체가 목적이지는 않았습니다. 왜냐면 제가 겪었던 시절은 사랑도 우정도 배신할 수 있었으니까요. 저에 대한 배신은 감내할 수 있었습니다. 그러나 끝까지 용서가 안 되는 그것은 나로 인해 내 가족에 위협이 되고 나아가서는 조국에까지 배신하는 자들이 성공한 사람으로 취급을 받는 것이었습니다. 저는 힘들었지만, 행복하고 성공한 인생을 살았다고 생각합니다. 저의 최후의 진술을 끝까지 들어주셔서 감사합니다. 이제는 떠나야 할 시간인 것 같습니다. 감사합니다."

최후 진술을 마치고 고개 숙여 인사한 뒤 재판정을 나서는 홍명부에게 임 변호사가 말을 건다.

"홍 선생님, 오늘 잘 견디셨습니다. 의연하신 모습과 말씀에 모두가 숙연해졌습니다. 정말 죄송한 말씀입니다만, 집행도 의외로 빨리 진행될 수 있습니다. 일본의 가족들에게 알릴까요?"

홍명부는 재판정에서 나와 호송차로 끌려가는 동안 희미하게 미소를 지으며 대답한다.

"임 변호사님, 그동안 고마웠어요. 일본의 가족에게 알릴 필요는 없어요. 어차피 모두가 이 일을 알게 되면 일본이든 한국이든 가족들도 알게 되겠지요. 저는 이런 데 익숙합니다. 어딘가에 속하지 않은 채 떠나는 것이 진정한 이방인이자 경계인이죠. 이런 삶은 제 선에서 끝났으면 좋겠습니다. 후대까지 전할 필요는 없지요."

얼마 지나지 않아 임 변호사는 송달로 사형 집행일을 받는다. 그는 최후가 될 것 같은 심정으로 서울구치소로 달려가 홍명부의 면회를 신청한다. 이후 임 변호사는 홍명부 일생을 전해 들은 뒤 홍명부의 일대기를 쓴다.

2

1993년 일본 동경대학 기숙사에서의 송년회

엄기백은 1989년 일본 정부 국비유학생으로 동경대학에 유학 간다. 박사 학위 심사까지 끝낸 1993년 12월 어느 날 저녁, 엄기백은 동경대학교 기숙사에서 열리는 송년회 자리에 참석한다. 엄기백처럼 박사 과정을 마쳤거나 이제 시작하는 유학생들로, 모두 여덟 명이 참석했다. 분위기가 어느 정도 무르익을 즈음 얼마 전에 끝난 1994년 LA월드컵 본선 진출 아시아 예선 최종전이 자연스럽게 화제에 올랐다. 한국과 일본은 각각 북한, 이라크와 최종전을 남겨두고 있었으나 일본이 조 1위로서 LA월드컵 본선에 진출할 수 있는 유리한 위치에 있었다. 그러나 카타르 도하에서 열린 최종전에서 일본이 종료 10초 전에 이라크 선수의 헤딩골로 인해 비기는 바람에 일본은 본선에 진출하지 못하고 희망을 접었던 한국이 어부지리로 월드컵 본선에 진출하게 된다. 모두 이 기쁜 소식에 대해 들떠서 얘기하던 순간 엄기백과 함께 동경대학교 석사 과정에 다녔던 부산 출신의 진기원이 느닷없이 말문을 연다.

"어떻게 아시아 축구 대표로 한국이 나가게 되고 일본이 못 나가게 된 거냐. 있을 수 없는 일이지. 기술이나 국력이나 모든 면에서 일본이 앞서는데 한국이 나가면 창피만 당한단 말이지. 즉, 아시아인의 수치가 되는 거야."

처음에는 다들 그가 자신의 실력으로 못 나가고 어부지리로 나간 것을 자성하자는 의미로 농담을 한 줄 알고 침묵한다. 진기원은 흥분하며 더욱 큰 소리로 말한다.

"한일합방도 그렇다. 일본이 들어와서 가렴주구에 시달리던 조선을 근대화시킨 거지. 실제로 세금도 깎아 줘서 조선 민중은 환호했잖아. 일진회가 친일 단체라고 하지만 엄연히 조선 민중의 자발적인 조직이란 말이야. 한일 합방은 강제적인 것이 아니었단 말이지."

"이 미친 새끼, 지금 뭐라고 했어? 몇 잔 마시지도 않았는데 취한 거야?"

그제야 모두 분노해 외치고 특히 엄기백이 거세게 반발한다. 진기원은 엄기백을 흘끗 노려본다. 진기원과 눈이 마주친 엄기백은 그의 멱살을 잡고 흔든다.

"너 아주 쪽발이 새끼가 다 됐구나. 미친놈. 그래, 동경대학에서 장학금 받고 박사 과정까지 마치게 될 것 같으니까 네가 일본인이라도 된 것 같냐?"

엄기백과 진기원은 결국 멱살잡이를 하게 됐고 주변에서 그들을 말리며 그해의 송년회는 썰렁하게 파하게 된다. 엄기백은 집으로 돌아오는 내내 찜찜한 기분이었다. 몇 년 전부터 태평양전쟁 당시 중국에 있던 일본인 자녀들이 다시 일본으로 돌아오고 있다는 뉴스가 심심찮게 들리고 있었다. 이를 일본에서는 '잔류고아'라 불렀다. 엄기백은 얼마 전 송년회 때 진기원과의 멱살잡이 싸움을 상기하면서 일제 강점기 때 한국에 살았던 일본인이 거의 96만 명에 이르렀는데 왜 한국의 잔류고아는 세상에 알려지지 않았을지 의문을 품기 시작한다. 어쩌면 이때부터 엄기백의 한일 근대사 연구가 본격적으로 시작된 직접적인 계기가 되었을 수 있다. 엄기백은 진기원이 그렇게 화를 냈던 것도 부산·경남 지역에 특히 많았던 일본인 잔류고아와 관련이 있을 수도 있겠다는 생각까지 한다.

그 후, 엄기백은 3년 뒤 한국에 귀국해 정부의 국책 연구기관을 거쳐 지방의 국립대학교에 사학과 교수로 임용된다. 그리고 2001년 3월 봄,

평상시에도 교류가 있었던 대학 선배인 임신환 변호사를 만난다. 한일 역사를 전공한 엄기백에게 임신환 변호사는 홍명부의 일대기라고 할 수 있는 옥중에서 쓴 그의 자서전을 받아 읽게 된다.

잔류고아(殘留孤兒)

엄기백이 도쿄에서 귀국한 지도 어느덧 3년째다. 비록 서울에서 먼 남쪽 끝자락 지방이긴 했지만, 지방의 국립대학 교수로서 편안한 나날을 보내고 있었다. 엄기백은 진달래와 개나리가 지천인 교정을 보며 새삼 지금까지 쉬어 본 적이 없었다는 점을 깨닫는다. 이런 봄날의 기운을 느껴 본 게 얼마 만인가 하고 생각에 잠겨 있던 그는 자신에게 다가온 조교에게서 쪽지 한 장을 건네받는다.

"교수님, 서울에서 전화가 왔습니다. 일본 사람인 것 같았습니다. 근데 한국어를 꽤 잘하셨어요. 수업 중이시라고 하니까 전화번호를 남겨 주셨습니다." 엄기백은 고개를 끄덕이며 쪽지를 살핀다. 낯익은 이름과 전화번호다.

"아, 고마워요. 맞아요. 일본 사람인데 한국말 잘하죠."

엄기백에게 전화했던 사람은 일본자치단체 연합사무실의 호소다소장이다. 일본에서 자치성 과장까지 하고 교토시 파견 근무를 마친 뒤 작년 4월에 서울로 전근해 온 사람이다. 엄기백이 서울에서 정부 연구기관에 있을 때 일본 출신 연구자들 모임에서 처음 만난 둘은 이후로도 가끔 만나 술자리를 같이하곤 한 사이다. 호소다소장이 유난히 한국에 관심이 많았기 때문에 대화가 잘 통했던 상대였다. 호소다가 웬일로 전화했는지 가늠이 안 된다는 표정을 지은 엄기백은 연구실로 들어가 적혀 있는 전화번호로 연락한다. 그러자 호소다가 전화를 받는다.

"엄교수님, 어때 지방의 공기가? 의외로 좋죠. 바쁘지 않으시면 이번 5월 연휴 때 순천에 가 보고 싶습니다. 내가 일본에서 조정래 작가의 '태백산맥'의 일본어 번역본을 아주 감명 깊게 읽었는데, 당신이 그 책에 나온 지역에서 근무한다고 들었습니다. 저에게 소화다리, 순천북초등학교, 벌교와 보성 지방 등등 순천 지방을 안내해 줄 수 있습니까?"

엄기백은 얼마든지 좋다고 말한 뒤 서로 일정을 맞춘다. 엄기백교수는 3주 후 호소다가 순천에 내려오고, 2박 3일 동안 '태백산맥'에 나온 곳들을 안내해 준다. 2박 3일의 여정이 끝나고 호소다는 이에 대한 보답으로 엄기백에게 저녁을 대접하고 싶다고 한다. 그리고는 서울역 인근의 어느 일식집으로 그를 초대한다. 엄기백이 자리를 잡고 앉자, 호소다는 흥미로운 사실을 알려주겠다며 낮은 목소리로 말한다.

"엄교수님, 사실 이 가게 주인과 서빙하고 있는 딸은 모두 김씨 성을 쓰고 있지만 실은 해방 이후 귀국하지 못한 잔류 일본인들입니다. 교수님께만 말씀드리는 거니까 비밀로 해주세요. 교수님의 연구 주제를 아니까 제가 일부로 이곳으로 온 겁니다"

호소다가 살짝 웃으며 말하자 엄기백은 몇 년전인가 동경대학 기숙사 송년회 사건을 떠올린다. 식사를 마치고 헤어진 다음 날부터 엄기백은 본격적으로 한국에 있었던 일본인들의 실체를 조사해 보고자 해 일본 동경대학, 교토대학, 국회 도서관을 통해 조선총독부 자료를 살피는 연구계획을 세우기 시작한다. 그리고 2~3년 전에 대학 선배인 임신환 변호사가 준 홍명부라는 인물의 기록과 기억에 바탕을 둔 자전적 일기 형식으로 쓰인 글을 다시 꺼내어 읽기 시작한다. 읽고 난 후에 엄기백은 사이토를 살해하고 사형당한 것으로만 알려진 홍명부의 소식을 아키코와 사나에에게 그리고 그의 두 아들에게 이 사실을 알려 줘야만 할 것 같은 기분에 사로잡힌다. 그는 당시 홍명부 씨의 관선 변호사였던 임신환 변호사를 다시 만나 보기로 한다. 자세히 홍명부의 이야기를 들어야겠다고 생각했기 때문이다. 그동안 자신마저도 간과했던 아니 우리 역사계에서도 다루지 않았던 한일 양국과 모두에 민감한 부분을 파헤칠 단서가 될 것 같다는 예감이 들었던 까닭이다.

교토에서 홍명부 가족을 만나다

엄기백교수는 2001년 2학기 수업이 끝나자마자 자료들을 챙기고 임신환 변호사로부터 받은 홍명부의 자서전을 가지고 교토로 간다. 엄기백은 인천에서 비행기를 타고 오사카 간사이공항에 내려 교토행 직행 급행을 타고 오후 2시경에 교토역에 내린다. 12월 중순이었지만 교토는 서울과 달리 따뜻했다. 어젯밤에 겨울비라도 내렸는지 교토역 앞의 도로는 축축하게 젖어 있었다. 엄기백은 걸어서 교토역 앞에 있는 교토타워와 붙어 있는 교토타워호텔에 체크인하고 짐을 방에 넣은 다음에 곧장 호텔 지하도와 연계된 게이한(京阪) 지하철을 타고 다섯 정거장도 안 되는 곳의 히가시야마(東山) 역으로 간다. 교토는 8세기경의 당나라 수도 장안을, 본을 떠서 계획된 곳이라고 했듯이 남북으로 바둑판 모양으로 되어 있어서 지리를 파악하는 데에 어렵지 않다. 일조에는 천황의 궁이 이조에는 쇼군의 저택이 삼조와 사조는 상인들의 구역이고 오조부터는 주거지역이었다고 하며 교토역이 있는 팔조(八條)는 새롭게 외곽으로 확장된 곳이라고 하니 버스로도 가깝고 시간적 여유가 있으면 남북으로 길게 흐르는 가라스가와(烏川) 천변을 끼고 걸어도 한 시간이면 충분히 갈 수 있는 거리이다. 그렇지만 엄교수는 여유롭게 교토의 일정을 잡긴 했으나 오늘은 홍명부의 부인과 가족을 처음으로 만나기 때문에 서울서 준비한 선물도 한 손에 들었고 조금은 긴장도 되어서 가라스가와의 강변을 걸어갈 정도로 마음이 한가롭지 못하다. 택시를 타면 더욱 빨리 갈 수도 있지만, 택시를 타면 어디에 내려야 할지 정확히 모르겠고 임 변호사가 알려준 대로 지하철을 이용하기로 한다. 엄기백교수가 홍명부의 일본 가족을 찾는 일은 그렇게 어렵지 않았다. 홍명부가 사형을 당하기 전에 임 변호사가 일본에 있는 가족들에게 알리자고 했을 때 그가 거절했지만, 주소는 받았다고 했다. 아마도 홍명부는 자신의 유해를 그들이 받아 들고 일본에 돌아가서 평생 제사를 지내는 것에 부담을 느꼈기 때문이기도 했지만, 한편으로는 자기 재산을 그들에게 전해주고 싶어서였을 것이다. 홍명부의 재산을 처리하는 과정에서 임 변호사는 이혼상태였던 홍명부의 처인 가와구치 아끼꼬에게는 재산을 상속시키지는 못했고 첫째 아들은 이미 일본인으로 호적을 바꾸어서 친자관계가 형성이 안 되어 불가능했다. 반면에 둘째 아들은 다행히도 호적도 홍명부의 유일한 자식으로 등재되어 있었고 재일한국인 신분이지만 한국인 국적을 가지고 있었기 때문에 그에게 재산상속을 할 수 있었다는 것이다. 그때 재산 처분 건으로 교토에 가서 홍명부의 부인과 둘째 아들을 만났다는 것이다. 히가시야마 역의 5번 출구로 나와 보니 큰길 오른쪽에서 히가시야마(東山) 쪽으로 은행나무들이 즐비하게 서 있고 나뭇가지들에는 풍성하지는 않지만, 노랑 은행잎들이 군데군데 남아 있다. 엄교수는 히가시야마 지하철역에서 내려 후루카와 상점가로 들어간다. 이곳 상점가는 교토에서도 오래된 곳으로서 좌우 폭이 약 3m 되는 사이로 음식점들과 생필품을 파는 가게들, 그리고 채소와 과일 가게들이 마주 보는 형태로 입구에서 남쪽 방면의 출구까지 약 이백여 미터 정도로 들어서 있고 천장에는 지붕까지 덮여 있다. 일본 어느 곳에 가든지 볼 수 있는 상점가의 풍경으로서 행인들이 눈이 오나 비가 오나 불편함이 없이 다니도록 만든 전형적인 형태이다. 오늘은 토요일 오후라서 그런지 상점가 골목에는 사람들로 제법 붐비고 있다. 엄기백은 상점가 중간 정도에 임 변호사가 말해 준 '고야마(洪山)'라는 음식점을 발견한다. 바로 홍명부의 일본식 이름이 아니던가. 음식점 입구에는 영업 중이라는 팻말이 걸려 있다. 점심시간은 지났지만 아마도 오늘은 토요일이라 손님들이 아직은 있으리라고 엄기백교수는 생각한다. 엄기백은 '고야마' 식당의 미닫이문을 옆으로 밀고 가게 안으로 들어간다.

"어서 오세요"하고 중년의 남자가 매끈한 삼나무로 만들어진 긴 계산대 안쪽에서 일본말로 엄기백을 맞이한다. 밥을 파는 식당이라기보다는 저녁에 술을 파는 가게에 가까운 곳이다. 엄기백은 계산대에 앉아도 되겠냐는 눈인사하고 카운터의 구석진 왼쪽의 높은 의자에 앉는다. 점심시간이 지났기 때문인지 가게 안은 한산하고 4인용 테이블은 4개 정도 있다. 주방은 비교적 넓어 보이지만 지금은 자신을 맞이한 중년의 남자 혼자 있는 듯하다.

"안녕하세요. 혹시 주인장입니까? 저는 서울에서 온 엄기백이라고 합니다. 임신환 변호사님으로부터 소개를 받아 이곳에 오게 되었습니다."

“아 그러시군요. 잘 오셨습니다. 저는 돌아가신 홍명부 씨의 둘째 아들 홍길랑입니다. 그러잖아도 임 변호사님이 며칠 전에 어머님에게 전화를 주셨더군요. 엄기백교수님을 기다리고 있었습니다. ”

중년의 남자가 바로 홍명부의 둘째 아들 일본식 이름은 고야마 요시로 한국식 이름인 홍길랑인 모양이다.

“어머님께서는 건강하시고 무탈하신지요”라고 엄기백은 그에게 안부를 묻는다.

“네 연세에 비해서는 건강하게 계십니다. 벌써 팔십이 훌쩍 넘어 구십이 되어가시는데요” 홍명부의 둘째 아들인 홍길랑이 대답한다.

“이곳 교토로 오신 지는 꽤 되셨나요?”

“사십 년도 더 됐죠. 제가 대학을 졸업하자마자 교토로 이사를 왔으니까, 그로부터 약 5년 후에 가게를 차린 것 같네요. 이 가게도 사십 년이 다 되네요. 당시에는 지금과 달리 재일교포가 할 일이라고는 파친코 종업원이 되거나 이처럼 음식점을 하는 게 전부였죠. 하하”

홍길랑은 허탈하게 웃으면서 말한다. 그리고는 주방으로 들어가 뭔가를 준비하는 듯하더니 잠시 후에 음식을 담은 접시를 엄기백의 자리 앞 계산대에 올려놓는다. 일본식 절인 배추와 정어리 조림, 그리고 갓 구워낸 듯한 꽁치 두 마리와 일본식 된장국이다. 엄교수는 기다리는 동안 자기 가방에서 꺼내놓았던 임신환 변호사가 전달해달라고 한 홍명부의 자전적 일기와 홍명부의 처인 가와구치 아끼꼬씨와 둘째 아들을 위한 서울서 사 온 기념품을 홍길랑에게 정중하게 건넨다. 두 사람은 서로 고개를 숙이며 인사를 하는데 특히 홍명부의 자서전을 받아 들고 책장을 이리저리 넘기는 홍길랑의 눈가에 이슬이 맺히는 듯한 광경을 엄기백은 차분하게 바라본다. 그리고는 다시 주방에 들어가더니 일본 청주를 따뜻하게 데워 나온다. 홍길랑은 엄기백의 앞에 놓인 잔과 자신의 잔에 술을 따른다. 김이 모락모락 올라오는 것이 보이는 순간에 홍길랑은 술잔을 들어 올린다. 엄기백도 잔을 따라서 들어 올려 그의 잔에 살짝 부딪힌다.

"임 변호사님과 엄교수님 두 분께 진정으로 감사합니다. 이 술잔은 돌아가신 아버지께 바치는 의미로 마시겠습니다."

하더니 홍길랑은 한 잔을 단숨에 마신다. 두 사람은 서로 간의 최근 한국과 일본 간의 얘기와 가족 이야기 등등의 잡담을 나눈다. 엄기백이 한국에서 새롭게 등장하고 있는 친일적인 지식인들과 일본 강점기에 한국에 들어왔다가 일본으로 돌아가지 않은 잔류 일본인들과의 관계가 있지 않을까 하는 말을 하자 홍명부의 둘째 아들인 중년 남자가 정색하면서 엄기백에게 말한다.

"전쟁은 많은 것을 앗아갔죠. 목숨만 아니라 가족도 꿈도 희망도 앗아갔죠. 저는 내 아버지 조국인 한국이나 어머니 조국인 일본이 밉지는 않습니다. 그 속에서 각자가 기회를 엿보고 남의 것을 빼앗아 간 인간들을 혐오한 거죠. 아마 제 아버지도 그런 심정에서 사이토를 죽였으리라 봅니다. 아버지야말로 생명을 가장 사랑한 분이 아니었을까요. 그런 아버지와 함께 있었던 시간이 없어서 아쉽지만, 저는 아버지를 존경하고 이해합니다. 그러나 제 큰형님인 가와구치 신지는 그런 아버지를 살인자로 기억하기 때문에 저와 어머니와 인연을 끊고 잠적을 해버렸다고 생각합니다."

여기까지 말한 홍명부의 둘째 아들은 잠시 말을 잇지 못하고 허공을 본다. 아마도 눈물을 참고 있는 듯하다. 그리고는 이어서 엄기백교수에게 말한다.

"아! 그리고 제 이름은 아버지의 한국 성인 홍 씨로 개명하고 이름은 길랑이라고 했습니다. 일본식으로 홍요시로죠. 어머니도 찬성하셨으니까요.

이젠 법적으로도 제 친형인 가와구치 신지와는 완전 남남이죠. 하하하"

이 말을 듣고 엄기백은 고개를 끄덕이며 말한다. 그리고는 홍길랑이게 대답한다.

"맞는 말씀입니다. 제가 한국이 독립하고도 일본으로 돌아가지 않은 잔류 일본인들에 관한 얘기를 정리해 보려고 하니 좀 더 알 방법이 없을까요? 혹시 홍 선생님이 알고 계신다면 한국에 남아 있는 일본인 잔류 일본인들끼리 만든 협회나 사람들을 아시면 소개받을 수 있을까요."

잠시 어색한 침묵이 흐른다. 엄기백은 자신이 뭔가 잘못 말을 했나 싶어질 정도이다. 잠시 침묵이 흐른 뒤 홍길랑은 말을 잇는다.

"한국으로 귀국하시기 전에 한 번 더 오실 수 있겠어요?" 그리고는 그 날 저녁은 자세한 얘기는 더 하지 않고 따뜻한 일본 청주를 너덧 잔을 마신 다음에 엄기백은 가게 문을 나선다.

교토의 겨울 날씨는 칼바람이 부는 서울과 달리 음울하고 쌀쌀하다. 엄기백교수는 이곳 교토는 분지라서 그런지 자신이 유학 시절 있었던 도쿄의 겨울보다 더욱 쌀쌀하고 차갑게 느껴진다. 호텔 방이나 식당에 들어가면 따뜻하기는 하지만 온풍으로 데워서인지 피부가 건조해지는 것을 느끼게 되고 끄면 금방 싸늘해지는 식이다. 교토에 온 사흘 동안 내내 비와 눈 싸리가 섞인 날씨가 이어졌다. 그동안 엄교수는 교토대학 도서관과 교토부립도서관 등을 돌아다니면서 일제 강점기 때에 조선에 이주한 일본인의 흔적을 찾아내는 자료수집에 어느 정도 성공한다. 심지어는 1926년 9월 1일 관동대지진 이후 일본이 수도를 조선의 경성으로 옮기려고 사전 조사 작업을 1932년 지금의 동숭동 서울대 병원 근처에 연구실까지 갖춰 시작했다가 1937년 중일전쟁이 터지는 바람에 중단되었다는 섬뜩한 사실도 알게 된다. 당시 일본 제국주의자들은 중국과 조선을 일본이라는 하나의 나라로 통합하며 지진에도 안전한 영원한 제국을 꿈꿨다. 교토에서의 나흘째인 오늘은 태양이 우중충한 구름을 몰아내고 햇살이 아침부터 밝게 비춘다. 내일 서울로 출발하기 전에 오늘 저녁에 히가시야마의 '고야마(洪山)'라는 일식집에서 홍명부 씨의 둘째 아들을 다시 만나기로 했다. 오늘은 시간이 좀 걸리더라도 오랜만의 햇볕을 만끽하면서 가라스 강변을 따라 팔조의 교토역부터 약속 장소인 삼조의 히가시야마까지 걸어볼 생각이다. 교토역이 있는 팔조가 남쪽이니까 강변을 따라 북쪽으로 쭉 따라 걸으면 약 한 시간 정도면 닿을 거리이다. 엄기백은 호텔 문을 나서서 강변 쪽으로 가는 길을 택하고 얼마 되지 않아 강변으로 내려가는 계단을 통해 내려가 걷기 시작한다. 겨울이지만 강변 군데군데 파릇파릇한 풀 섶이 형성되어 있었고 돌계단으로 층층이 쌓은 징검다리들이 강의 동서로 군데군데 놓여 있다. 강폭은 이삼십 미터 정도이지만 강의 양쪽 천변의 산책길까지 합하면 족히 칠팔십 미터는 돼 보일 정도로 넓다. 요 며칠 동안 비가 촉촉하게 와서인지 아니면 교토의 북쪽 지역에서 비가 많이 와서인지는 모르겠지만 징검다리들은 물줄기에 묻혀 있었다. 강의 이름이 까마귀라는 말이 붙을 정도로 커다란 까마귀들이 날고 있었고 갈매기와 같은 잿빛 색깔의 물새들이 내륙 깊은 곳의 강임에도 불구하고 십여 마리들이 떼를 지어 북쪽으로 남쪽으로 날고 있다. 백로는 두세 마리씩 군데군데에서 짝을 지어 물고기를 잡는 듯 연신 머리를 강물 속에 박았다 빼다 한다. 한 시간쯤 걸었을까 강변에 차츰 어둠이 깃들 즈음에 엄기백은 삼조 사거리라는 길 위의 표지판을 보고 계단을 오른다. 여기 계단을 올라가서 오른쪽으로 십여 분 걸으면 히가시야마이다. 그리고는 '고야마(洪山)'가 있는 후루카와 상점가를 만나게 될 것이다. 문을 열고 들어가자, 계산대 근처에 있던 홍길랑이 엄기백교수에게 눈짓으로 구석진 좌석으로 안내한다. 자리에 앉자, 주문도 안 했는데 잠시 후에 일본식 김치인 오싱꼬와 고등어회와 연어 머리 구이가 나온다. 그리고는 지난번과 같이 일본 청주를 따르기 위한 조그만 술잔 두 개를 놓는다. 날씨와 가족들에 관한 일상적인 대화를 나누다가 홍길랑은 서류뭉치를 엄기백교수에게 건네면서 말한다.

"제가 가지고 있는 자료들의 복사본과 최근 이틀 사이에 새롭게 모은 자료들입니다. 제가 알기로는 현재 한국에 남아서 활동하는 잔류 일본인 출신으로만 등록된 정식으로 활동하는 단체는 없고요. 단지, 친일적인 한국인들, 일본인들, 그리고 잔류 일본인들이 함께 활동하는 단체는 있습니다. 물론 이 단체 역시 겉으로 드러난 활동은 없습니다. 제 큰형이었던 가와구치 신지가 관여한 적이 있어 집에 관련 서류가 있어서 복사본을 드리는 겁니다. 최근 것은 아니지만 엄교수님이 한국에 돌아가시면 아마도 쉽게 그 단체와의 접점을 찾을 수 있을 겁니다 "

"고맙습니다. 이번 출장에 가장 큰 수확입니다. 한일 관계사 연구에 큰 도움이 될 것 같습니다."

엄기백은 머리를 숙이며 홍길랑에게 감사의 표시를 한다. 그러나 홍길랑은 씁쓸하면서도 약간은 거북한 표정을 지으며 말을 잇는다.

"무엇보다도 기록을 남기는 것이 중요합니다. 그래서 드리는 겁니다. 설사 예를 들어 그것이 본인의 것일지라도 말이죠. 그래야만 자신의 목숨을 살릴 수 있을 뿐만이 아니더라도 누군가는 이어가면서 한국과 일본이 음지가 아닌 양지에서 서로 관계를 맺게 해줄 수가 있잖습니까. 한일 관계사에서 잔류고아의 문제는 그들이 선택한 것이 아니잖습니까. 오히려 그들을 드러내 놓고 활동하게 하는 것이 바람직하다고 봅니다"

엄기백교수는 일본 청주를 한잔 들이켜면서 묻는다. 그리고는 홍길랑의 대응이 조금은 과장된 것이 아니냐는 식으로 그에게 되묻는다.

"제가 기록을 하는 것은 역사학자로서 하는데 그게 그렇게 위험한 일인가요?" 홍길랑 역시 청주를 한잔 들이켜면서 천천히 말한다.

"네, 때에 따라서는요. 선생님의 목숨이 위태롭기보다는 선생님의 자신 위치가 위험해질 수도 있다고 봅니다. 그러나 선생님만이 이 일을 객관적으로 기록으로 남길 수 있는 최상의 적격자라고 봅니다."

"네 제가요?" 조금은 단호한 태도로 말하는 홍길랑을 보고 엄기백교수는 응답한다.

"예를 들어서라는 의미입니다. "

한발 물러서는 듯한 홍길랑의 말투이지만 그렇다고 부정하는 듯한 말투도 아니다. 더 물어보고 싶지만, 엄기백은 그만두기로 한다. 잔류 일본인 건에 대해서는 더는 물어봤자 나올 말이 없을 것 같다는 엄기백은 판단하고 서울의 사정 등에 잡담을 나누고 일본 청주 한두 잔을 더 마신 후에 '고야마(洪山)'를 나와 자신의 숙소로 되돌아간다.

서울로 돌아온 엄기백교수는 연구실에서 자료를 정리하면서도 교토를 떠나기 전에 홍길랑과 나눈 대화가 계속해서 신경이 쓰인다. 누구를 지칭하였는지는 것은 모르겠지만 홍길랑이 자신에게 한 말"엄기백 자신이 가장 적격자"라는 이 말은 마치 당신이 당사자이기 때문에 잘 알고 있지 않으냐는 식의 말이었을 수도 있다고 생각한다. 아니면 단순히 한일 관계사를 전공하는 자신에게 부탁한 것일까, 하는 생각을 하기도 하지만 이내 고개를 흔든다. 말의 내용이 아니라 두 번째 만난 그날 밤 홍길랑의 말투와 눈빛은 분명히 많은 사연을 담고 있었다. 엄기백교수는 홍길랑이 왜 그런 말을 자신에게 했을까를 되새기고 되새기기만을 돌아오는 날부터 지금까지 내내 하고 있다.

사실 엄기백은 결혼 전 일본 도쿄대학 유학 시절에 여름 방학에 잠시 사귀었던 일본인 여학생이 있었다. 나오꼬와는 방학 내내 공부도 하고 식사도 하면서 붙어 다녔는데 나오꼬가 9월 중에 기백이를 만나서는 고향인 가나자와에 다녀와야 할 일이 있다고 가더니 10월 초에는 학교에 와야 함에도 휴학한다는 편지와 함께 소식이 끊어졌던 기억을 홍길랑과 만난 이후에 갑자기 떠 올린다. 이것도 묘하다. 홍길랑과 만난 이후 수십 년 전의 유학 시절을 왜 생각나게 한 것일까.

유학을 온 그다음 해 가을쯤인가 기백은 일본의 도쿄 메구로 지역의 로터리 장학생으로 선발되어 박사학위를 받을 때까지 생활비로 매달 15만 엔을 받게 된다. 당시로써는 실로 큰 금액이었다. 왜냐면 기백이가 다니는 일본 동경대학은 국립대학으로서 학비는 이미 면제를 받고 있었고 그 외에도 적지만 월 사오만엔 정도 나오는 장학금을 받고 있어서 혼자 살고 있었던 엄기백은 한층 여유로운 생활이 가능했다. 당시 유학생들이 보통 한 달에 칠팔 만 엔으로 살아도 넉넉한 정도인데 여기에다가 월 15만 엔을 더 받게 된 것이다. 로터리 장학생으로 선발된 엄기백은 유학을 온 바람에 잠시 떨어져 있었던 대학 서클 후배인 지금의 처와 석사 학위를 마치고 방학 때 한국에 잠시 귀국하여 결혼한다.

지금까지의 엄기백의 삶은 일본에서의 학업이나 귀국 이후의 직장이나 다른 이들보다 잘 풀렸다. 그 어렵다는 동경대학교 박사학위 과정도 남들보다는 일찍 끝냈고 학위도 동급생인 일본 학생들보다도 일찍 받았다. 이 모든 것이 안정적인 재정적 뒷받침을 해줬던 로터리 장학금 때문이라고 엄기백은 항상 생각하던 차이다. 더군다나 학위를 받기도 전에 예정자 신분에서 서울에 있는 정부 출연 연구기관에 취업했고 마흔 살 이전에 지방이지만 국립대학의 대학교수가 되었으며 지금은 서울의 사립대학

역사학과로 옮겨 교수로 재직 중이다. 잘사는 집의 외동딸과 결혼도 해서 경제적으로도 풍족했으며 유학 중에 아들도 태어나고 외동아들을 초등학교 때부터 미국에 사는 엄기백 자기 남동생이 있는 보스턴으로 유학을 보냈다. 그 바람에 엄기백의 처는 한국과 미국을 종종 왕래하였고 엄기백 자신도 방학 때는 미국과 한국을 왕복하는 삶을 사는 누구든지 부러워하는 삶을 살고 있다.

그러나 지난 교토에 출장을 다녀온 이후 엄기백교수는 여태까지 느끼지 못한 마음 한구석에 찜찜한 기분을 떨쳐 내고 있지 못한다. 엄기백은 홍길랑이 전해준 자료를 정리하면서 어렴풋이 알고는 있었지만 확실하게 알게 된 진실은 자기 외할아버지가 고향인 창녕에서 대지주였으며 일본 식민지 시절에는 친일적인 지주였다는 점이다. 그래서인지 주변에 징병과 징용으로 끌려간 친인척이 한 사람도 없다는 것을 알게 된다. 더군다나 일본 제국을 위한 군사 헌금도 많이 내 총독부에 그 이름을 올렸던 사실도 알게 된다. 뭔가 앞뒤가 엄기백 자신에게는 안 좋은 쪽으로 묘하게 들어맞는 듯하다는 점이 못마땅하면서도 석연치 않다. 그래서 엄기백은 도쿄에 가서 일본 유학 시절에 자신이 장학금을 받았던 도쿄 메구로 로터리클럽에 가봐야겠다고 마음을 먹는다. 당시 엄기백이 스스로 로터리 장학생 신청을 하지 않았던 것은 분명했다. 기억이 가물가물하기는 하지만 수업을 함께 들었던 동경대학교 학부생 이자 한때 여자 친구였던 나오꼬가 그에게 신청서를 가져다주면서 내보라고 했던 것을 기억해 낸다. 로터리 장학생 신청서를 작성해서 제출하기는 했지만 될 것이라고는 기대도 하지 않았다. 그때 엄기백은 이미 장학금을 받고 있었으며 엄기백의 집안도 풍족했기 때문에 장학생 심사에서 안 되리라고 생각했다. 예상과는 달리 제출한 장학생 신청서가 통과되어 다음 해 4월부터 로터리 장학생으로 선발되어 매달 15만 엔을 받게 되어 학위를 받을 때까지 석사와 박사 기간 6년 동안 그야말로 유학생인 주제에 풍족하게 살았다. 심지어는 남는 돈도 생겨서 저축도 가능했다. 이번에 자신의 기억을 더듬어 보니 그때 마음에 걸리는 장면이 있었다. 한 달에 한 번씩 도쿄 메구로 로터리클럽에서 자신들이 후원하는 장학생들을 위한 파티가 열리는데 엄기백의 후원자는 니시무라라고 하는 도쿄도 메구로구의 상공회의소 회장이었다. 그는 한국의 증권회사 사장들과 기업체 대표들을 잘 아는 것에 그치지 않고 서울을 자주 왕래하고 있다고 엄기백에게 학위를 받고 돌아가면 취직자리는 걱정하지 말라는 얘기도 한 적이 있었다는 점을 기억해 낸다. 엄기백이 로터리클럽 후원자가 한국과의 인연이 깊은 것에 대해 인제 와서 이상하게 생각이 든 것이 아니다. 엄기백이 어느 날인가 장학 증서를 받으러 메구로 로터리클럽에 들렀을 때 자신들의 후원한 사람들의 명부를 우연히 보게 되었는데 그 가운데는 엄기백에게도 금방 알 수 있는 한국의 저명한 정치가와 전직 일본대사, 학자들의 이름들이 간간이 눈에 뜨였던 것이었다. 유학생 신분이었지만 이십 대 후반의 젊은 엄기백이 생각을 해봐도 귀국 후에도 이 사람들은 자신들의 후원한 한국인들을 철저하게 관리하고 있구나 하는 생각이 들면서도 왜 이런 관리를 할까, 하는 의문점과 함께 섬뜩하다는 생각이 들 정도였다. 엄기백은 홍길랑이 자신에게 한 말과 함께 메구로 로터리클럽에서 봤던 명단이 동시에 기억에 떠올린 것도 친일 이력이 있는 할아버지에 대한 기록물을 홍길랑의 자료에서 발견한 점도 석연치 않다. 왜 홍길랑의 자료와 함께 그가 자신에게 건넨 말과 일본 유학 중에 로터리 장학생으로 선발된 기억이 왜 함께 떠올려졌을까. 그리고 자신에게 로터리 장학생 지원서를 가져다준 지금은 이름조차 잊고 있었던 동급생인 나베지마 나오꼬의 이름은 왜 갑자기 기억난 것일까. 의문점투성이다. 우선은 엄기백은 자신도 잊고 있었던 자신에 관한 파일도 도쿄의 메구로 로터리클럽에는 있으리라는 생각이 들어 도쿄에 가봐야겠다고 마음을 먹는다. 지난번의 교토 출장은 홍명부를 중심으로 드러나지 않은 한국과 일본의 가족사나 개인사를 조사하기 위했으나 이번에는 엄기백 자신의 과거를 살펴보기 위하여 가야 한다는 점에서 분명히 다르지만, 이전보다도 한껏 긴장감이 든다. 엄기백은 굳이 인제 와서 사실을 알아봤자 하는 마음에 도쿄 메구로 로터리클럽에 가고 싶지 않은 기분도 들었지만 가기로 한다.

교토에서 홍명부의 둘째 아들 홍길랑을 만나고 온 지 한 달이 지나고 내일이면 구정이다. 저녁을 겸해서 엄기백교수는 경복궁역 서촌의 먹자골목에 있는 막걸리 가게에서 후배인 김교수를 만난다. 한두 잔 막걸리를 마신 후 엄기백교수는 얼굴을 들고 김교수의 눈을 보면서 독백하듯이 말한다.

"세상은 내가 알고 있는 것보다 모르고 있는 것이 더 많아"

"선배님, 이번 출장에서 뭔가 새롭게 알게 된 사실을 알게 되었나요?" 김교수는 엄교수가 일본 교토에 출장을 간 목적을 이미 알고 있었으므로 당장이라도 출장 간 얘기를 듣고 싶어 하는 듯 의자를 끌어당기고 엄교수에게 묻는다. 평소 같았으면 두 사람은 벌써 만났을 텐데 김교수가 엄기백에게 전화를 걸어도 좀 더 정리하면 만나자는 소리만 반복해서 오늘 마침내 만나게 된 탓도 있었다.

"난 지금 열심히 생각 중이야. 내가 지금 어떻게 해야 할지를. 인생은 자신에게 충실하며 남에게 폐를 주지 않고 열심히 살면 된다고 믿어왔는데 그 믿음이 흔들려. 모든 일은 예정된 걸지도 모른다고…" 엄기백교수는 후배인 김교수에게 말한다.

"남을 알려는 노력보다 먼저 자신을 알려는 노력이 더욱 중요하지 않겠어. 우리는 대답할 수 없는 물음과 해답이 있는 물음을 구별할 수 있어야 해. 해답이 없는 질문에~~스스로 해야 할 일 가운데 중요한 것은 답을 구하려고 하지 말고 물음 아래에 밑줄을 긋는 거지. 그리고는 해답 없는 질문은 풀려고 하지 말고 마음에 새기는 거지"

"선배님 답답합니다. 속 시원히 얘기를 해주세요"라고 말하면서 김교수는 막걸리 한 사발을 벌컥 들이켠다. 그러나 엄기백교수는 교토의 출장 건에 대해서 이런저런 말은 나눴지만, 끝까지 지금 자신의 과거를 찾으려는 얘기에 대해서는 말하지 않는다. 그리고는 학회의 일과 학교 일 등에 관해서 얘기하다가 느닷없이 김교수에게 말한다.

"번민은 게을러서 생기는 것이 아니라 근면해서 생기지." 내용을 알 수 없는 말을 후배인 김교수에게 던지듯이 말하면서 엄기백교수는 여느 때와는 달리 일찍 술자리에서 일어난다. 그리고는 집으로 돌아와 더는 미루지 말자는 결심과 함께 그날 밤에 김포-하네다 왕복 비행기를 예약한다.

엄기백이 자신의 과거를 찾아 가나자와(金澤)에 가다

하네다 공항에서 이곳 신주쿠까지는 40분 정도 걸려서 왔다. 어제 오후 늦은 비행기로 서울서 이곳 도쿄에 도착해서 엄기백교수는 도쿄에 출장을 오면 매번 숙박하는 신주쿠 프린스호텔에 체크인한다. 2월의 도쿄

날씨는 비가 많이 오고 하늘은 우중충하고 날씨는 을씨년스러운 날의 연속이다. 서울은 살을 에는 듯한 겨울 날씨지만 방 안에 들어가면 바닥 온돌의 탓일까 따뜻하다. 하지만 도쿄의 겨울 날씨는 집 밖이나 안이나 다름없이 뼛속까지 찬바람이 들어오는 듯하다. 아침 일찍 호텔을 나선 엄기백은 먼저 메구로 로터리클럽 사무실에 들러 자신에 대해서 찾아보기로 한다. 신주쿠에서 야마노테선이라는 내부 순환 열차를 타면 메구로 역까지는 여섯 정거장이면 다다를 정도로 가까운 거리이다. 유학 시절에 자주 왔었던 곳이라 엄기백은 쉽게 메구로 로터리클럽 사무실을 찾는다. 엄기백은 메구로 역에서 나와 메이지 도로를 만나게 되고 그 도로의 오른쪽으로 5분 정도 걸어가면 쇼와 빌딩을 만나게 된다. 건물 입구로 들어가 입구 오른쪽 커다란 벽에 입점해 있는 사무실 명부가 걸려 있어 엄기백은 로터리클럽을 찾는다. 도쿄 메구로 로터리클럽 204호로 적혀진 명부를 발견한다. 장소도 변함없다. 엄기백은 중앙계단을 통해서 올라가 화장실에 잠시 들러 자신의 용모를 갖추고 204호실의 문을 노크한다. 사무실 안쪽에서 어떤 여성이 응답하는 목소리를 듣고 엄기백은 문을 연다. 그때의 여직원이다. 다만 이제는 나이 먹은 아줌마의 모습으로 변했지만, 예전의 고바야시 메구미였다. 반갑게 두 사람은 인사를 나누고 엄기백은 메구미가 안내해 주는 사무실 가운데의 소파에 앉기 전에 그녀에게 김포공항에서 산 한국산 초콜릿을 건네면서 말을 건넨다.

"정말 오랜만입니다. 안녕하세요. 저를 기억하실 수 있나요. 한국인 엄기백입니다. 이건 별거 아닌 한국의 기념품입니다."

"물론이에요. 깜짝 놀랐어요. 기억하다마다요. 우리 로터리클럽에서 한국인 장학생이 그리 많지는 않았으니까요. 잠시만 기다리세요. 차를 가지고 나올게요" 여직원인 고바야시 메구미가 친절하게 응대한다.

그녀가 차를 가지러 가는 사이에 엄기백은 소파에 앉는다. 여직원인 고바야시 메구미가 따라주는 찻잔을 보면서 말을 건넨다.

"그러니까 제가 학위를 받고 이곳 로터리클럽에서 주신 기념품 시계를 받으러 이곳에 왔을 때니까 7~8년 된 것 같습니다."

엄기백은 말하면서 그녀에게 자신의 오른쪽 팔뚝의 시계를 보여 준다. 금색 바탕에 갈색의 가죽띠로 된 세이코 시계이다. 시계는 오후 2시 30분을 가리키고 있었다.

"호호. 선물 감사히 잘 받겠습니다. 시계도 잘 차고 다니시네요. 그렇게 비싼 것은 아니었는데요…."라고 고바야시 메구미는 반갑게 웃으면서 말한다.

"그럼요. 소중한 기념품인데요. 제게는 일본 유학을 편하게 해준 고마운 곳이라서 한시도 이곳을 잊지 않고 있습니다. 그리고 제 후원자이셨던 니시무라 회장님은 안녕하신지요?" 엄기백은 찻잔을 입으로 가져가면서 말한다.

"그럼요, 건강하시고 말고요. 지금은 이곳 상공회의소 회장직은 그만두시고 사업에 바쁘신 것 같아요. 그래도 분기에 한 번씩 열리는 로터리클럽 전체 회의에는 꼭 참석하시고 그분이 말해 줘서 엄 선생님이 대학교수로 된 것도 알았답니다. 그래서 우리도 명부 정리할 때 엄 선생님의 현직을 바꿔뒀답니다. 니시무라 회원님은 자주 서울에 가시는 것 같더라고요." 메구미 역시 찻잔을 들면서 말한다. 엄기백은 마침 자신이 궁금한 사안이 메구미 입에서 나와 급하게 이어서 물어본다.

"근데, 모든 장학생에 관한 정보는 빨리빨리 업데이트 하나 봐요. 전 전혀 몰랐습니다. 제게 연락해 온 적이 없어서 몰랐습니다" 메구미가 대답한다.

“네, 우리 메구로 로터리클럽에서 후원하는 외국인 장학생, 특히 한국인 장학생은 그렇게 많지는 않으니까요. 2~3년에 한 명 정도이니까요. 선발할 때부터 특별한 인연이 없으면 선발이 안 되었으니까요. 엄 선생님처럼”

“그렇군요. 뭐하나 질문해도 됩니까?” 엄기백은 메구미에게 고개를 상하로 끄덕이며 대답한다.

“네, 물론이죠.” 메구미는 안경 너머로 엄기백의 얼굴을 똑바로 바라보면서 응답한다.

“제가 어떻게 추천되고 선발된 거죠? 메구로 로터리클럽과는 연고가 없어서 사실 저 역시 의아했습니다. 단지, 제 기억으로는 제 동급생인 나베지마 나오코가 제게 추천서를 갖다준 것을 낸 것뿐이어서요.” 엄기백은 자신이 가장 궁금한 점을 단도직입적으로 메구미에게 물어본다.

“아…. 생각났어요. 그건 아마도 니시무라 회원님이 나베지마 나오꼬양의 아버지와 친구여서 그랬던 것이라고 기억해요. 그분이 나베지마 라는 분에게 부탁했고 동급생인 나오꼬씨가 엄 선생님에게 서류를 전달했을 거예요. 규정상 외국인 장학생 선발의 경우 추천자가 추천의 이유를 꼭 서면에 작성하고 이곳 이사회를 통과해야 하거든요. 그래서 제가 똑똑히 기억해요.” 메구미는 종일 방문객은 거의 없고 이따금 로터리 회원들로부터 걸려 오는 전화 응대만을 하는 무료한 사무실에 혼자서 근무하고 있어서인지 꽤 많은 이야기를 한다.

“제가 더욱 인상적으로 기억하는 것은 그때 니시무라 회원님이 엄 선생을 추천하는 이유가 엄 선생님이 훌륭하신 조부모와 부모님을 두셨다는 등 잘 아신다는 것이었어요. 그러자 그렇다면 다른 회원님들이 왜 직접 장학생 지원서를 엄기백이라는 학생에게 전달하지 않았냐고 하니까 니시무라 회원님이 자신이 직접 추천서를 엄 선생에게 주면 거부할 것 같아 마침 자기 친구의 딸인 나베지마 나오꼬가 엄기백 학생과 같은 학교에 다니는 우수한 학생이라서 부탁했다는 것이었죠."라고 말하며 오히려 의아하다는 표정과 눈빛으로 메구미는 엄기백에게 묻는 듯이 말을 이어간다.

"저 역시 그때 회의록을 작성하면서 이상하다고 생각했어요. 이런 예는 없었거든요. 장학생을 선발할 때는 가정형편과 학업성적 등을 고려해서 회원님들이 추천이 먼저 이뤄지고 나중에 이사회에서 심사했지, 추천을 나중에 하는 예는 없었거든요. 엄 선생은 지원서가 접수되고 이후에 니시무라 회원님이 추천하는 형식으로 진행되어서 모두 의아하게 생각했었죠."

엄기백은 메구미의 말을 듣고 한참을 가만히 있다가 그리고는 찻잔을 들고 이미 식어버린 차를 마신다. 뭔가 당시의 상황이 이해되는 듯하면서도 안 좋은 기분을 느끼는 엄기백이다. 그리고는 조심스럽게 엄기백은 말을 꺼낸다.

"정말 안 된다는 것은 알지만 그때 이사회의 회의록을 열람할 수 있나요? 물론, 무리하실 필요는 없습니다. 나베지마 나오꼬의 아버님 성함과 연락처라도 알 수 있으면 좋겠습니다. 니시무라 회장님에게 저를 왜 추천했는지는 그분에게 물어봤자 대답을 안 하실 겁니다. 장학생으로 선발되어 5~6년 동안 정기적으로 이곳 로터리클럽이 주최하는 행사에서 뵈었지만, 단 한 번도 니시무라 씨는 저의 가족관계에 관해서 묻지도 않으셨거든요. 그런데 알고 보니 실제로 추천을 해주신 분이 나베지마씨라고 하니까 한 번 만나 뵙고 고맙다는 인사를 드렸으면 해서요. 더군다나 동급생의 아버님이시니까요"

메구미는 잠시 골똘히 생각하는 것 같더니 대답한다.

"음…. 그건. 아시잖아요. 회의록 열람은 안 됩니다. 다만 여기까지 오셨으니까, 뭔가 사연이 있으신 것 같아서 이것도 안 되는 것이지만 저만 당시 회의록 등 서류를 찾아서 제가 보고 나베지마씨의 연락처를 알려드리죠. 규정상 추천인이 2명이 필요했는데 또 다른 한 분이 나베지마 회원님이었는데 그분은 우리 로터리가 아닌 가나자와 로터리 회원님이셨죠. 그것 자체도 극히 이례적이라서 제가 똑똑히 기억하고 있거든요. 그리고 혹여나 니시무라 회원님께 오늘 나눈 이 사실을 말씀하시면 안 됩니다. 만약에 니시무라 회원님을 만나게 되어 묻더라도 그냥 동급생의 연락처를 알고 싶어서라는 식으로 말씀을 해주셔야 합니다."

메구미는 다짐하듯이 엄기백에게 말하고 자리에서 일어나 사무실 안쪽의 회의실 옆 방의 서고 쪽으로 걸어간다. 엄기백이 빈 찻잔에 다시 뜨거운 찻물을 따라 다 마시고 난 다음에야 메구미가 걸어 나와 맞은 편의 쇼파식 의자에 앉는다. 그리고는 그녀는 메모지를 엄기백에게 건네면서 다시 다짐하는 말을 한다.

"여기 있어요. 나베지마 슈헤이회원님의 주소와 전화번호입니다. 저를 통해서 아셨다고 하시면 안 됩니다. 엄 선생님이 먼 곳인 이곳까지 오신 것에 대한 성의를 봐서 알려드리는 겁니다" 엄기백은 고개를 숙여 고맙다는 인사를 하면서 자리에서 일어나 말한다.

"고맙습니다. 이렇게까지 기대는 안 했는데 덕분에 뜻밖의 성과를 얻었습니다. 항상 건강하시고요. 그럼, 이만 실례하겠습니다."

엄기백은 메구미가 준 쪽지를 받자마자 그 순간에서도 봤지만, 숙소로 돌아오는 야마노테선 지하철 안에서도 신쥬쿠프린스호텔 자신의 방에 도착해서도 이시카와현 가나자와시 사카에쬬 156번지 ㈜나베지마공업사의 주소와 회사 대표 전화번호와 나베지마 사장의 개인번호가 적혀진 메모지를 뇌리에 새기듯이 쳐다본다. 그리고는 서울의 집에 전화를 걸어 다음날 출발 예정이었던 것을 다음 주 수요일로 일정을 늦추게 되었다는 것을 알리고 아시아나 항공사에도 전화를 걸어 예약을 변경한다. 도쿄에서 가나자와(金沢)시에 가는 길은 하네다 공항에서 비행기를 타고 가는 방법이 가장 빠르고 신주쿠 고속버스 터미널에서 야간 침대 버스를 타면 다음 날 도착할 수 있다. 기차를 이용한다면 도쿄역에서 다카사키 역-가루이자와 역-나가노역-도야마 역들을 거쳐 가야 한다. 기차를 이용한다면 여러 번 갈아타야 하는 번거로움이 있으나 엄기백은 유학 시절 후배이자 동급생이었던 나베지마 나오코가 겨울의 가나자와 가는 기차는 해안 길과 눈 덮인 산을 끼면서 달리니까 꼭 타 보라고 추천했던 것을 기억하고 도쿄역에서 기차를 이용해 가나자와역으로 가기로 정한다. 가나자와역에 저녁 시간 이전에 도착하려면 오전 7시 40분 도쿄역을 출발하는 다카사키행 급행 기차를 타야 한다. 엄기백은 다음 날 아침 신주쿠 프린스 호텔을 일찍 나와 도쿄역으로 향한다. 가나자와시는 에도(江戸) 시대에는 일본의 최고 권력자인 도쿠가와 막부 시절에는 약 800만 석(万石)의 쌀을 생산하는 토지를 갖는 최대의 가문이었고 그다음으로 270여 명의 번주 가운데 마에다(前前) 가문은 가장 많은 백만석이 넘는 가가한(加賀藩)의 번주였다. 가나자와가 지금이야 인구가 50만 명이 조금 안 되는 곳이지만 우리의 조선 후기에 해당하는 에도 시대에는 인구 규모가 지금의 도쿄인 에도(江戸), 오사카(大阪), 교토(京都), 그리고 가나자와(金沢), 나고야(名古屋)의 순일 정도로 번성했던 곳이다. 더군다나 제2차 세계대전 가운데 도쿄와 오사카, 나고야는 미군의 공습을 받아 도시 대부분이 훼손되었지만, 가나자와는 교토와 더불어 미군의 공습을 받지 않아 에도 시대 번성했던 상인들의 거리와 전통적인 일본식 건물 등이 옛 모습 그대로 남아 있는 곳으로도 유명하다.

엄기백은 도쿄역에서 따뜻한 녹차와 도시락을 사서 다카사키행 급행 기차의 지정석에 앉는다. 그리고는 도시락을 먹으면서 차차 밝아오면서 멀어져가는 도쿄 거리를 바라본다. 토요일 오전이라서 그런지 거리는 한산하다. 오히려 도쿄역 구내와 기차 안은 여행객들로 붐비는 편이었다. 기차가 바뀌면 사람들도 자연스럽게 바뀌는 것도 재밌는 풍경이다. 북쪽 해안가의 가나자와시에 가까이 갈수록 승객들의 말투는 점점 투박해지는 것을 엄기백은 느낀다. 엄기백은 우리나라의 강원도와 이북 사람들의 말투가 산골지역이어서 그런지 삼남 지방보다 좀 더 투박하다고 생각하면서 혼자서 피식 웃는다. 엄기백은 나가노역과 도야마 역 두 곳에서 기차를 바꿔 타고 오후 3시 넘어서 가나자와역에 도착한다. 가나자와역에 내리자 역 앞의 광장이 넓지는 않지만, 정면으로 훤하게 큰길이 나 있고 오른쪽과 왼쪽에 비교적 높은 호텔들이 있고 시내 쪽으로는 큰 건물이 듬성듬성 보인다. 어느 역이고 역은 다른 곳에 비해 활기차지만, 가나자와역은 상상 이상으로 사람들로 붐비고 있었다. 아마도 구도심은 유적지가 많아 건축 규제가 많고 가나자와시의 중심지에서 벗어난 이곳 역 주변에 높은 건물이 배치되어 있고 중심가로 연계되어 있어서 특히 붐빌 것이라고 엄기백은 생각한다. 엄기백은 어제 급하게 연락이 된 가나자와 신문의 요네자키 기자에게 추천받은 '야나기야'라는 숙소로 가기 위해 택시를 탄다. 요네자키 기자는 가나자와 신문의 사회부 차장으로서 엄기백보다는 대여섯 살 많은 편이다. 엄기백이 일본에서 박사학위 논문을 제출하고 최종 심사를 기다리는 6개월여 동안 사사가와평화재단의 프로젝트를 지도교수와 함께 한 적이 있었는데 그때 알게 된 신문사 기자다.

요네자키 기자는 그 이후 서울에 자신의 처와 함께 여행을 와서 엄기백 부부와 함께 저녁을 하는 등의 교류를 했던 사람이다. 어제저녁에 엄기백이 갑자기 전화했지만 반갑게 응대해 준 데다가 고맙게도 초행길인 엄기백에게 숙소인 일본식 여관인 '야나기야(柳屋)'까지 대신 예약을 해줬다. 물론 숙박비는 엄기백이 지급했지만, 엄기백이 여관의 종업원에게 안내받은 방은 가격에 비해 지나치게 넓다고 느낄 정도였으며 전망도 정원을 바라볼 수 있는 좋은 방이다. 분명히 이곳 가나자와시에서는 가장 영향력이 큰 가나자와 신문의 사회부 차장 요네자키 기자의 영향력이려니 생각하고 엄기백은 내심 고맙다고 생각하면서도 미안한 마음도 든다. 요네자키 기자와의 저녁 식사 시간까지는 한 시간 정도의 여유가 있다. 엄기백은 여관 내에 있는 온천을 가볍게 하고 택시를 불러 타고 가나자와시의 생선 가게가 즐비한 300여 년의 역사를 자랑하는 오미쬬(近江町)수산 시장으로 간다. 오미쬬(近江町)수산시장 입구에서 택시를 내린 엄기백은 시장 입구부터 정면과 좌우로 좁은 골목들이 각각이 서너 줄로 펼쳐지고 백수십 개 이상의 수산물 가게와 옷 가게, 채소 가게, 과일 가게들이 늘여진 광경을 보게 된다. 그리고는 요네자키 기자가 여관에 남겨 둔 메모지의 약도대로 가장 왼쪽 골목길의 두 번째 식당인 '카이센(海鮮)'을 발견하고 그쪽으로 걸음을 옮긴다. 엄기백이 '카이센(海鮮)'의 식당의 미닫이문을 열고 들어가자, 밖에서는 입구가 좁아서 아담한 식당인 줄 알았으나 그렇지 않았다. 엄기백이 요네자키 기자의 이름을 대자 기모노를 입은 젊은 여종업원이 엄기백을 안내하기 위해 앞장서 걸어가는데 꽤 긴 복도식 회랑을 지나 자그마한 연못과 정원을 끼고도 안쪽으로 가는 복도에 첫 번째의 '가가(加賀)'라는 팻말이 걸려 있는 방까지 안내하는 길이 어림잡아도 50여 미터 이상 되는 듯하다. 안내하는 여인이 방문을 열자,

요네자키 기자는 문 쪽으로 등받이가 보이는 의자에 앉아 있다가 엄기백이 들어가자 일어나서 그를 반갑게 맞이하면서 인사를 한다.

“오랜만입니다. 엄 선생님. 지난번 서울에서 만난 이후니까 3~4년 되는 것 같네요” 엄기백은 안쪽 자리가 부담스러워서 자리를 옮길 것을 그에게 권하나 요네자키 기자는 손사래를 친다. 엄기백은 하는 수 없이 안쪽 자리에 앉으며 말한다.

“갑작스럽게 연락하게 되어 죄송했습니다. 별고 없으시죠? 부인께서도 안녕하신지요?”

“네 덕분에 잘 있습니다. 뜻밖의 연락이었지만 지난번 서울에서 덕분에 매우 즐거워서 보답해야겠다고 마음을 먹고 있었는데 이른 시일 안에 뵙게 되어 제가 오히려 기쁨입니다. 제 처는 지금 그녀의 처가가 있는 도야마에 갔습니다. 장인어른이 몸이 편치 않아서요. 그렇지 않아도 엄 선생님이 오신다고 했더니 무척이나 뵙고 싶었지만, 다음 달까지 장인어른을 보살펴야 해서 못 뵙게 되어 안타까워하면서 안부를 전했습니다.”

두 사람은 자리에 앉고 차례차례 들어오는 일본 요리와 일본 청주를 먹고 마시면서 그간의 얘기들과 한국과 일본에서 몇년전에 김대중 정부와 오부치 일본 총리와의 공동담화문과 한국 정부의 일본 문화 개방에 관한 얘기들을 나눈다. 그리고는 어느 정도 시간이 지나자, 요네자키 기자가 엄기백에게 묻는다.

“근데, 갑자기 이곳 가나자와에 오신 이유가 뭐죠? 뭔가 이유가 있는 거죠?”

그러자 엄기백은 말없이 자기 지갑을 꺼내 도쿄 메구로 로터리클럽의 메구미에게서 받은 메모지를 요네자키 기자에게 건넨다. 요네자키는 반으로 접힌 메모지를 열어보고 조금은 놀라는 눈빛으로 엄기백을 쳐다본다.

그리고는 의아스럽다는 듯이 말한다.

"나베지마사장은 이곳 가나자와시뿐만 아니라 이시카와현에서 꽤 유명하고 탄탄한 농기계와 수산용 기계 제조공업사인데 왜 이분을 찾으시나요?"

요네자키 기자의 말을 듣고 엄기백 역시 놀란다. 나오꼬가 부잣집 딸인 것은 엄기백이 그녀와 잠시 만날 때 감을 잡았지만, 이 정도인 줄은 몰랐다. 엄기백은 요네자키의 눈을 보면서 대답한다.

"아~제가 유학 시절에 정말로 신세를 많이 진 로터리 장학금을 받게 해준 분이 제 동급생인 나베지마 나오꼬의 아버님의 추천 때문이라는 사실을 이번에 알게 되어서요. 마침 겨울방학으로 시간적 여유도 있고 그래서 감사 인사도 드릴 겸 가나자와는 오고 싶었는데 특별한 인연이 없어서 못 왔는데 겸사겸사해서 오게 되었어요."

엄기백은 자신이 알고 싶어 하는 진짜 이유는 장학생 시절에 니시무라 후견인과 나베지마 사장과의 관계를 알고 싶었다. 그러나 왜 그들이 자신을 추천했는지에 대해서 알고 싶어서 왔다고는 말하지 않는다. 갑작스러운 방문에도 반갑게 맞아준 요네자키이지만 그는 어디까지나 사회부의 베테랑 기자다. 잘못된 소문이라도 나가면 자신에게나 나베지마씨에게도 그리고 알고 싶어 하는 내용도 모를 수 있다고 판단한 것이다. 그리고 이유가 하나 더 있다. 왜 갑자기 동급생인 나베지마 나오꼬가 그해 여름방학 때 자신에게 고향에 다녀오겠다고 약속까지 했었는데 자신에게는 아무런 말도 없이 왜 휴학했는지도 궁금했다. 그녀는 분명히 외무고시에 응시하여 외무성 관료가 되어 서울에서 근무하고 싶다는 등의 얘기를 엄기백 자신에게 말했었는데 말이다. 그녀는 충분히 그럴만한 능력을 갖추고 있었는데 그 이후 간간이 그녀의 다른 동급생들에게 그녀에 관해 묻기는 했지만, 그녀에 대한 소식은 아무도 몰랐다. 그래서 당시 엄기백은 자신이 한국인이라서 피하나 보다 하고 생각해서 더는 나오꼬를 찾지 않았다. 엄기백의 대답을 들은 요네자키 기자는 약간의 긴장한 눈빛을 풀고 여유롭게 일본 청주 한 잔을 들이켜며 말을 이어간다.

"이곳에서 나베지마 가문은 아주 유명한 명문가입니다. 동급생인 나베지마 나오꼬씨는 나베지마 공업사의 부사장인 나베지마 히로시의 아내입니다. 지금의 히로시 부사장은 일종의 데릴사위인 셈이죠. 결혼하면서 처가의 가문인 나베지마로 개명을 했습니다. 나오꼬씨에게는 남동생이 하나 있는데 장애가 있어서 사업을 물려받을 수가 없었어요. 지금 히로시 부사장은 나오꼬씨의 고등학교 동창이었는데 대학생 때 갑작스럽게 자신의 아버지가 돌아가시게 되었는데 돌아가신 아버지의 유훈이 나베지마씨 가문과의 혼사였던 것 같아요. 물론 히로시 부사장의 가문도 대대로 이 지역에 토지를 많이 가지고 있는 고바야시라는 명문 집안이었는데 히로시는 그 집안의 둘째 아들이었고 마침 나오꼬씨와 고등학교 동창이었습니다. 데릴사위로서는 딱 맞았죠. 어차피 고바야시 집안을 잇는 것은 장남이었으니까요. 당시 나오꼬씨가 결혼하기 싫어 도망하였다는 등의 소문도 있었지만 결국에는 두 사람이 결혼하게 되어 히로시씨가 나베지마 가문을 잇게 되었죠. 물론 나오꼬씨는 동경대학교도 중퇴하게 되었죠. 그녀 개인으로는 큰 충격이었을 겁니다. 모두 나오꼬씨를 불쌍하게 생각했죠. 큰 사건이 별로 없는 이곳 가나자와시에서는 꽤 요란스러운 사건이었고 사람들에게는 흥미로운 건이었죠. 원래 명망가 가문의 불행한 소식은 사람들의 가십거리가 되기 쉽잖아요. 물론 내가 하지는 않았지만, 우리 사회부에서도 취재해서 보도한 적이 있어요." 엄기백은 요네자키 기자의 나오꼬에 관한 소식을 듣고 큰 충격 때문인지 아무 말도 안 하고 허공을 잠시 멍하게 쳐다보다가 일본 청주를 한두 잔 연거푸 들이마시고 요네자키 기자의 술잔에도 따른다. 요네자키 기자는 말을 잇는다.

"원하신다면 나오꼬씨와 내일 만나실 수 있어요. 마침 일요일인 내일 우리 회사 주최로 가나자와 신문사 전시실에서 오모테센류 꽃꽂이 전시회가 있는데 나베지마 나오꼬씨가 전시를 직접 주관하세요. 후원회사가 마침 나베지마 공업사이거든요."

수업을 같이 수강한 동창생이었지만 엄기백은 한국에서 대학을 졸업하고 유학하러 간 대학원생이었고 나오꼬는 그때 학부 3학년이었다. 자신이 유학을 시작한 첫해에 일본 사정과 도쿄 생활이 서툴렀을 때 나오꼬는 그야말로 많은 시간을 할애해서 자신을 도와줬다. 그뿐만 아니라 그녀의 아버지는 자신이 로터리 장학생이 되도록 추천까지 하지 않았던가. 요네자키 기자가 나오꼬를 만날 수 있게 해준다는 말을 듣자, 엄기백은 맥박이 갑자기 빨라지는 것을 느끼며 잠시 생각하는 듯하다가 대답한다.

"전시회가 몇 시에 하죠? 가 보겠습니다. 대신에 갑자기 제가 나타나면 놀랄지도 모르니까 요네자키 씨가 먼저 가셔서 그녀에게 귀띔을 해주시면 어떨까요? 아버님인 나베지마 사장님도 오시겠네요?" 요네자키 기자는 고개를 끄덕이며 말한다.

"아닙니다. 나오꼬씨의 아버님은 지금 도쿄 출장 중이십니다. 내일 오후 2시에 개막식 테이프를 끊기 시작하니까 엄 선생님은 개막식 이후 20분 정도 후에 오시면 어떨까요? 그때쯤이면 장내 정리가 끝나고 나오꼬씨가 차 한잔 정도 마실 시간은 나실 겁니다." 엄기백은 대답한다.

"네 좋습니다. 내일 또 신세를 지게 되는군요. 감사합니다."

두 사람은 식당을 나와 오미 수산시장에서 해산물 중심으로 파는 이자카야로 옮겨 게와 굴 등을 안주 삼아 일본 청주와 생맥주를 마시며 밤늦게 헤어진다.

다음날 엄기백은 가나자와시에서는 가장 높은 건물 가운데 하나인 가나자와 신문사 15층 본사 건물 2층에 있는 전시실로 2시 조금 지나 도착한다. 엄기백이 건물 입구의 정면 계단을 오르자 마주 보이는 넓은 홀에 꽃꽂이 화분들이 좌우로 길게 안쪽으로 20여 개가량 전시된 것을 본다. 그리고는 그 한 중앙에 연분홍과 흰색의 매화꽃이 수놓아진 검은색 기모노 정장에 화려한 금색 허리띠를 두르고 기품 있게 서서 손님들을 맞이하는 나베지마 나오꼬를 발견한다. 엄기백은 심호흡을 한번 크게 하고 천천히 그녀를 향해서 걸어간다. 나오꼬 역시 하객들로 붐비는 가운데서도 계단 위로 올라와 자신에게 다가오는 엄기백을 첫눈에 알아본다. 물론 개막식이 시작하기 좀 전에 요네자키 기자가 자신에게 귀띔을 해줬기 때문에 그가 온다는 것은 알고 있었지만 멀리서나마 막상 그의 모습을 보니 긴장되는 것을 나오꼬 역시 느낀다. 그때 요네자키 기자가 엄기백을 향해서 걸어가 맞이하고 둘이 함께 나오꼬의 앞까지 걸어와 선다. 그리고는 엄기백과 나오꼬가 얼굴을 마주하며 고개를 숙여 인사한다. 나오꼬가 먼저 인사말을 한다.

"오랜만입니다. 그동안 평안했는지요?" 고개를 들고 나오꼬가 엄기백의 눈을 응시하면서 밝은 얼굴로 인사를 한다.

"네, 잘 있었습니다. 그간 대강의 얘기는 여기 계시는 요네자키 씨에게 어젯밤에 들었습니다. 궁금했었거든요. 무엇보다도 이렇게 건재하시니 반갑고 오늘의 행사도 축하드립니다." 엄기백이 머리를 숙이며 인사말을 건넨다.

"어머 그러세요. 혹시 제 험담을 하던가요? 호호. 건강해 보이시네요. 별일 없으셨죠? 가나자와에는 언제까지 계시나요?" 나오꼬 역시 가볍게 고개를 숙였다가 들면서 엄기백에게 묻는다.

"이번에 처음으로 이곳에 왔으니까 수요일 정도에 떠날 예정입니다. 가나자와에서 유명한 관광지와 구로베댐 등도 보고 싶어서요. 그리고 도야마 공항에서 서울로 돌아가는 비행기가 일주일에 두 번인데 빨리 가고 싶어도 돌아오는 수요일 밖에 비행기 편이 없기도 합니다."

기백은 나오꼬에게 대답한다. 고개를 끄덕이는 나오꼬를 보면서 요네자키 기자가 두 사람 사이에 끼어들면서 말한다.

"지금 시간부터는 하객들이 많이 오시니까 두 분이 편하게 차를 마시면서 말씀을 나눌 수 있도록 제가 회사 응접실을 별도로 준비시켜 뒀습니다. 무엇보다도 나베지마 가문은 우리 회사로서도 중요한 고객이니까요."

그리고는 두 사람에게 함께 가자는 손짓과 몸짓을 하면서 앞장서서 2층 전시실 반대편의 장소로 걸어간다. 나오꼬는 잠시 화장실을 들렀다가 가겠다고 해서 엄기백과 요네자키 기자가 가나자와 신문사의 응접실로 먼저 들어간다. 응접실은 차를 마시는 다실처럼 꾸며져 있었다. 바닥에는 고급스러운 붉은 색깔의 주단이 깔려 있었고 시멘트 기둥이지만 검정 칠로 되어 있어 나무 기둥과 같은 느낌을 주고 있었고 실내의 소품들 대부분 나무로 만들어져 있어 검소하면서도 고급스럽고 안정된 분위기의 다실이다. 다실의 좌우 양쪽으로 두세 개의 테이블과 의자가 세트로 놓여 있는데 좀 더 안쪽으로는 넓은 나무로 된 의자에 눈높이보다 낮은 원목의 탁자가 놓여 있다. 단정한 옷차림의 여자 종업원이 두 사람을 그곳으로 안내한다. 원목의 탁자 위에는 차를 마시는 도구가 가지런히 놓여 있고 잠시 후에 나오꼬가 들어와 자연스럽게 원목의 탁자 가운데 의자에 앉는다. 나오꼬는 이전에도 이곳에 와 본 적이 있는지 단정한 옷차림의 여자 종업원과 반갑게 인사를 나눈다. 가운데 의자에 나오꼬가 앉고 문쪽의 의자에는 요네자키 기자, 그리고 문에서 정면인 나오꼬의 왼쪽의 의자에 엄기백이 자리하게 된다. 그들이 자리를 잡자, 가나자와시의 특산물인 검은색이 감도는 자단목에 옻칠을 입힌 나무 찻잔과 일본 과자인 센베 그리고 찻주전자를 좀전의 단정한 여자 종업원이 차례차례 들고나와 그들의 자리 앞에 놓고 차를 따른다. 나오꼬와 기백이 날씨 등 이런 저런 얘기를 나누는 사이에 요네자키 기자가 일어나서 여종업원에게 뭐라고 지시하는 그 순간 요네자키 기자의 눈을 피해 나오꼬는 기모노의 소매 속에서 쪽지를 몰래 꺼내 엄기백의 찻잔 밑으로 밀어 넣는다. 엄기백은 깜짝 놀라지만 놀라는 기색을 하지 않고 요네자키 기자가 자리에 돌아오기 전에 재빨리 손바닥 안으로 메모지를 감춰 바지에 넣고 차를 마신다. 그리고는 세 사람은 잡담을 이어가다가 나오꼬가 일어나면서 전시장에 가 보지 않겠냐는 권유에 엄기백과 요네자키 기자는 함께 일어나 전시장을 대충 둘러보고 가나자와 신문사 건물을 나서 엄기백은 두 사람에게 인사를 하고 숙소로 돌아가는 택시를 호출한다. 숙소로 가는 택시 안에서 엄기백은 바지 안의 메모지를 꺼내어 본다. 나오꼬가 준 메모장엔 오늘 밤 8시 도야마에서 만나자는 내용과 주소인 '도야마시 북구 우시지마쬬 7번지'의 우시지마라는 스낵바라는 이름이 적혀 있었다. 아울러 꼭 기차를 타라는 당부의 내용도 함께 적혀 있다. 엄기백은 이상하다고 생각했지만 뭔가 깊은 사연이 있다고 느낀다. 이곳 가나자와에서 만나자는 내용이 아닌 점도 이상하지만, 자신이 분명히 수요일 간다고 했음에도 불구하고 오늘 밤 급하게 사람들의 눈을 피해 만나자고 하는 것도 이상하다. 학창 시절에 친하게는 지냈지만, 이 정도로 비밀리에 만날 정도로 가까운 사이는 아니었기 때문이다. 이유는 이따가 만나보면 알겠지하는 생각을 하면서 엄기백은 도야마에 가는 방법을 궁리한다. 가나자와에서 도야마 시까지는 약 60㎞ 정도라서 자동차나 버스로는 4~50분 정도가 소요되고 기차로는 가나자와역에서 도야마 역까지 이시가와행 철도를 타면 약 1시간 정도의 거리이다. 지금 시각이 오후 3시 30분을 가리키고 있으니 서둘러야 한다. 엄기백은 숙소로 돌아오자마자 간단하게 샤워하고 등에 메는 가방에 노트북 컴퓨터와 메모지 등을 챙긴다. 그리고는 일부러 여관의 종업원을 프런트 데스크에서 불러 가나자와시에 있는 관광지와 가는 방법을 물어보고 종업원이 택시를 불러 주겠다고 말하지만, 엄기백은 거절하고 여관을 빠져나온다. 조금 전의 나오꼬의 쪽지도 그렇고 기차를 이용하라는 메모지 내용도 그렇고 이곳 여관 사람들과 친분이 있는 요네자키 기자의 눈을 따돌리는 것이 중요하다고 판단했기 때문이다. 엄기백은 여관을 나와서도 자신의 뒤를 누군가가 미행할지도 모르겠다고 판단하고 전통적인 찻집과 요정이 즐비한 거리를 한가롭게 걷는 척하다가 공중화장실에 들러 잠시 시간을 보내다가 관광객들에 섞여 가나자와역으로 가는 버스를 탄다. 엄기백이 가나자와역에 도착해 보니 저녁 6시가 조금 안 된 시간이다. 도야마 역까지 가는 기차 편에 대해서는 역무원에게 물어보면 친절하게 알려줄 테지만 혹시 자신을 미행하는 사람이 요네자키 기자라면 사정은 다르다. 상대는 이곳에서 가장 영향력 있는 가나자와 신문사의 사회부 차장이다. 엄기백은 역에 비치된 두꺼운 시각표 책을 뒤적여 시간과 출발 플랫폼을 확인한다. 그리고는 도야마 역으로 가는 기차표를 자동판매기에서 산다. 도야마 시의 나오꼬와의 약속 장소에 8시까지 가려면 한 시간에 한 대씩밖에 없는 6시 41분 출발 7시 39분에 도야마 역에 도착하는 기차를 타야 한다. 아직은 시간상으로 여유롭다. 엄기백은 가나자와역 구내에 있는 요시노야라는 가게에서 불고

기덮밥을 시켜 먹으면서 눈치채지 않게 주변을 살핀다. 그리고는 요시노야 가게를 6시 30분 정도에 나와 미리 확인해 둔 4번 플랫폼으로 빠른 걸음으로 이동한다.

가나자와에서 도야마까지 가는 낮 기차는 해안가를 따라 운행하기 때문에 바다를 조망할 수 있지만, 차창 밖 겨울밤의 해안가는 깜깜하다. 엄기백은 잠시 눈을 붙였다가 도야마 역에 저녁 7시 40분에 내린다. 엄기백은 내리자마자 가나자와로 돌아가는 오늘 밤 10시 32분과 11시 33분 가나자와행 기차표를 혹시나 몰라서 두 장 모두 역시 자동판매기를 통해서 미리 사둔다. 그리고는 도야마 역 북쪽 출입구 쪽으로 걸어서 5분 거리에 있는 약속 장소인 '우시지마(牛島)'라는 스낵바의 간판을 확인하고 건너편의 편의점인 세븐일레븐에 들른다. 세븐일레븐 편의점에서 물건을 고르는 척을 하면서 건너편의 만나기로 한 '우시지마' 스낵바를 살펴본다. 혹시나 자신을 누가 미행하는지 아니면 나오꼬를 누가 미행하는지 살펴보고 있는데 그때다. 멀리서도 알아볼 수 있을 정도로 크고 날씬한 여성 한 명이 스낵바로 들어가는 모습이 보인다. 엄기백은 어둡지만, 가로등 빛으로 그녀임을 알 수 있었다. 분명히 낮과는 다른 바바리코트 모양의 겨울용 코트에 가로등 불빛에 안경알이 반사되어 오늘 낮의 나오꼬와는 달리 안경을 쓴 여성이란 것을 알았지만 상대적으로 평균적인 일본인 여자들과는 다른 키가 160센티 이상 정도로 크기도 했고 머리 모양이 나오꼬인 것을 말해 주고 있었다. 엄기백은 그녀가 들어간 후에도 사오 분 정도 주변을 더 지켜보다가 편의점인 세븐일레븐에서 생수를 사서 마신 다음에 천천히 '우시지마' 스낵바로 들어간다. 바에 들어서자 어두운 조명이지만 안쪽 테이블에 앉아 있는 좀 전에 들어간 그녀를 발견하고 다가가 앞에 선다. 앉아 있는 그녀가 고개를 들자, 나오꼬가 맞다. 낮과는 다른 화장에 안경까지 쓰고 있었지만, 오히려 예전의 그녀답다. 짙은 눈썹에 커다란 눈매에 갸름하고 살이 없어서인지 조금은 기다란 얼굴에 약한 갈색의 파마머리, 우윳빛의 목덜미에 희게 빛나는 진주 목걸이를 걸친 나오꼬는 성숙한 삼십 대 후반의 여인으로 변했지만 이십 대 초반의 나오꼬 그대로의 모습이 보인다. 나오꼬에게 눈인사를 하고 엄기백 역시 그녀의 앞자리에 앉는다. 테이블 위에는 이미 산토리 위스키 한 병과 위스키 얼음 잔 등이 준비되어 있었다.

"놀라셨죠? 엄 선생님, 아니 기백씨"하고 나오꼬가 살짝 쓴웃음을 지으면서 엄기백에게 말을 건넨다.

"나오꼬씨가 이렇게 사람을 놀라게 하는 구석이 있다는 것을 전혀 몰랐어요. 여기까지 오는데 긴장도 되고 조금은 전율도 있어서 재미있었습니다." 엄기백 역시 살짝 웃으면서 대답한다.

"기백씨 우리 예전의 학창 시절처럼 말을 편하게 해요. 오늘 정말 반가웠어요. 사실 언젠가 기백씨가 절 찾아오리라고 기다리기도 했지만, 막상 보니까 생각보다 반갑네요."

"그럴까요. 학창 시절로 돌아가서 좋네요." 엄기백은 미소를 지으면서 대답하고 그리고는 말을 이어간다.

"나도 나오꼬가 왜 갑자기 여름이 지나 고향에 다녀오겠다고 내게 말하고 아무도 그 이유를 모르는 휴학을 갑자기 하고 그 이후로 난 나오꼬가 외무고시를 볼 줄 알았는데 그런 소식도 없었더군. 더군다나 그 어렵게 들어간 동경대학교를 휴학이 아니라 어제는 요네자키 기자에게 그만두었다는 소식을 듣고 그 이유가 정말로 궁금했었는데 뜻밖에 이번에 도쿄 메구로 로터리클럽에서 연락처를 받고 여기에 와서 만나게 될 줄은 상상도 못 했어. 아무튼, 엄청 반가운데 어떤 사연이 있길래 쪽지를 통해서 오늘 밤에 꼭 만나야 했던 거지?"

엄기백은 낮과는 다르게 콘택트렌즈를 빼고 여성치고는 비교적 굵은 검은 테의 안경을 쓰고 있었지만, 그녀의 지적인 얼굴과 잘 어울리는 안경 속의 나오꼬의 눈을 똑바로 쳐다 보면서 정말로 궁금하다는 듯이 물어보고 위스키를 들이켠다. 그러자 나오꼬는 엄기백의 얼음밖에 남지 않은 빈 잔에 위스키를 따라주면서 약간은 씁쓸한 미소를 지으면서 말한다.

"그렇다고 제가 쪽지를 줘서 오해한 건 아니죠? 호호호. 꼭 오늘 밤에 만나야 하는 이유는 내 남편인 히로시가 미국 텍사스에서 열리는 전미 농기계 기구 전시회 참관으로 회사 직원들과 출장을 갔는데 지금 시간에는 비행기 안에 있어서 바로 이 시간에는 연락이 두절 되죠. 제가 이렇게 살고 있어요"

말없이 엄기백이 자신의 얘기를 듣고 있자 나오꼬 역시 자기 위스키 잔을 들어 마신다. 엄기백은 그런 그녀를 보며 오늘 오후 꽂꽂이 전시회에서 본 나오꼬에게는 뭔가 거리감을 느꼈으나 지금의 나오꼬는 원래의 엄기백이 기억하는 학창 시절의 단호하면서도 슬픈 사슴 눈같이 생긴 큰 눈망울을 가졌던 그녀라고 느낀다. 나오꼬는 안경 밖으로 튀어나올 듯이 또렷한 눈빛과 작지만, 붉은 입술에서 우유부단하지 않은 성격을 나타내는 단호한 목소리로 말한다.

"우리 집안, 나베지마 집안은 전통에 저주받은 집안이에요. 들어서 알겠지만 제 동생은 아프죠. 그것도 그냥 아픈 것이 아니라 오래 못 살죠. 동생 사토루는 선대의 근친상간에 의한 유전병을 갖고 태어났죠. 사토루는 태어날 때부터 병치레가 잦았고 왜소한 몸에 비해 머리가 기형일 정도로 큰 구루병입니다. 병치레로 종일 방안에만 있으니까 그루 병에 걸린 거죠. 게다가 정신까지 미약해요. 어머니는 동생을 낳고 몇 년 지난 후에 돌아가셨죠. 지금의 어머니는 아버지의 후처입니다. 내가 죽으면 남편인 히로시도 이 집안의 전통처럼 후처를 집안으로 들일 거고. 이 세상에서의 내 흔적은 호적에만 남고 집안 어디에서도 사라지겠죠. 내 친아버지와 후처, 그리고 내 남편 히로시 그들은 나, 동생 사토루, 그리고 내 두 딸은 중요하지 않고 나베지마 가문과 히로시의 고바야시 가문이 살아남는 것에 목숨을 걸고 있죠"

그리고는 나오꼬가 엄기백이 따라준 자신 잔의 위스키를 단숨에 마셔버린다. 놀란 듯이 바라보는 엄기백을 보고 나오꼬는 말을 계속해서 잇는다. 이어진 나오꼬의 말은 더욱더 충격적이었다. 나오꼬는 자기 자식들에게도 근친혼으로 인한 유전병이 나와서 나오꼬의 둘째 딸도 사토루와 같은 질환을 안고 있다는 것이다. 남편인 고바야시 가문과 나베지마 가문은 증조부 때부터 따지기만 해도 나오꼬의 외할머니도 이모도 어머니도 멀리는 고바야시 가문의 여성이라는 것이다. 양가의 근친 상혼은 3대째 이어지고 있고 이 집안의 저주는 대대로 내려온다는 것이다. 나오꼬의 희망은 자신의 둘째 딸의 죽음을 보고 다음 날 죽는 소원밖에 없다는 것이다. 그게 가능한 것이 나오꼬의 어머니 역시 남동생 사토루를 낳고 얼마 후에 죽어 유전병의 원인으로 나베지마 집안의 여성들 모두가 단명했다는 것이다. 자신도 오래 살지는 못할 것이라고 나오꼬는 확신하듯이 말한다. 말하는 사이 위스키 두세 잔을 연거푸 들이마신 나오꼬가 엄기백에게 말한다.

"그러나 내 신세 한탄을 하려고 기백씨를 기다린 것은 아니에요. 전해드릴 것이 있어요. 당신의 소식은 아버지와 당신의 후견인 니시무라 사장님과의 전화 통화를 들은 적이 있었는데 그때 알았어요. 니시무라 사장 역시 선대가 이곳 가나자와 출신이에요. 아버지와 초, 중, 고, 대학교 동창생입니다. 가나자와 신문의 요네자키 기자 역시 가나자와 신문사 사주의 친척이에요. 제가 대학 때 기백씨에게 마음을 준 적이 있었다는 것을 당신은 눈치채셨나요? 아니 모르셨을 거예요. 중간에 제가 스스로 포기했거든요. 저는 빌어먹을 저주받은 유전병을 갖고 있으니까요. 기백씨를 불행하게 만들 수는 없었죠. 사실 고등학교 때부터 결혼은 포기했답니다. 그래서 외무고시를 봐서 외교관이 되어 지긋지긋한 가나자와와 나베지마 가문을 그리고 일본에서 탈출하고 싶었어요. 그래서 이를 악물고 공부해서 동경대학에 들어가 당신을 만났는데 물론 꼭 당신이 아니라도 되었어요. 무조건 외국인을 만나고 싶었어요. 제가 휴학을 한 그해 여름에 여느 때처럼 여름철 방학 때 가나자와에 돌아오니 남편이 된 히로시의 아버님이 위독하다는 소식을 듣게 됐죠. 그때 고바야시 가문에서 히로시와 내가 어릴 때부터 양가의 가문이 정한 정혼자라고 하면서 나하고 히로시의 결혼을 서두르는 거예요. 그래서 제가 연인이 있다고 거짓말을 했죠. 그때 상황에서는 그럴 수밖에 없었어요. 그랬더니 누구냐고 해서 당신이라고 했어요. 미안해요. 내 맘대로 그렇게 말해서. 충격을 받으셨는지 며칠 동안 아버지가 대응이 없다가 도쿄의 니시무라 사장님이 갑자기 우리 집에 오셨죠. 두 분의 대화를 하는 내용은 저하고 친한 사이인 우리 집에서 오랫동안 집안일을 도와주던 아주머니가 아버지와 니시무라 아저씨에게 식사를 차려드리면서 얘기를 나눈 것을 제게 전한 것인데 가히 충격적이었죠. 기백씨에게 물질적으로나 정신적으로 풍요롭게 해서 친일적인 유학생으로 만들자고 하는 것이었어요. '흑룡회'라는 극우 조직을 통해서 알아봤더니 기백씨 할아버지가 일제 강점기 때 친일파 후손이어서 마침 잘 되었다는 것이었어요. 자신의 딸 나오꼬에게 관심을 떼게 하려면 강제로 말리는 것보다는 그편이 낫겠다고 그리고 자기 딸에게는 그자에게 장학 신청 서류를 엄기백에게 주어서 장학생 신청서를 내도록 하겠다고 했어요. 그래서 제가 그해 여름에 기백씨에게 신청 서류를 드린 것이고요. 그리고 아버지가 제게 협박했죠. 기백씨가 장학생 신청 서류를 내지 않으면 당신이 일본에서 학위는커녕 한국에서의 일자리를 잡는 것도 훼방을 놓겠다는 것이었어요. 저는 받아들일 수밖에 없었죠. 저는 이 집안을 파멸시키고 저주에서 벗어나고 싶어요" 나오꼬의 말을 듣고 엄기백은 말문도 막히고 혹시나 하는 의심이 사실로 되자 당혹하면서 나오꼬에게 말을 한다.

"나는 처음부터 일본 유학을 결심하게 된 것이 아니고 한국에 오신 당시 동경대학교 다나카교수의 추천으로 왔는데 일본 극우파인 흑룡회가 내가 어떻게 일본으로 유학을 올 줄 알고 모두 계획적으로? 아니 이런 우연한 일이 겹쳐서 발생한 게 가능한 일인가?"

"우연? 당연히 아니죠. 계획된 거였죠. 조금 전에 도쿄대학교 사회학과 다나카교수라고 하셨어요? 그분 역시 일본 '흑룡회'가 변신한 '한일부흥회'의 구성원이에요. 지금은 '흑룡회'라는 이름에서 '한일부흥회'로 바뀌었어요. 제가 이런 날이 올 줄 알고 아버지의 서류철에서 몰래몰래 일본 부흥회의 일본과 한국의 회원명부를 작성했어요. 그 명부에 분명히 동경대학교 사회학과 다나카교수가 있었어요. 당신이 지금까지 만난 일본인들 스스로 만든 인연이 아닌 타자의 추천이나 타자에 의해 만들어진 인맥은 모두 한일부흥회 회원이라고 해도 과언이 아니에요. 물론 요네자키 기자 역시 '한일부흥회' 회원입니다. 그들의 목표는 메이지유신의 부활과 제2의 정한론입니다. 지금 일본 우익 학자들이 만드는 '새역사 교과서 모임'이라는 회의체를 지원하고 있죠. 당신만이 그들의 음모를 밝혀줄 사람이라고 믿고 기다렸어요"라는 나오꼬의 말에 엄기백은 말문이 막히고 얼굴빛이 백지장처럼 변하고 머릿속이 갑자기 텅 빈 느낌이다.

"그렇다면 내가 여기에 온 것도 그들이 알고 있겠군. 요네자키 기자를 어제와 오늘 이틀 동안 만났으니까." 엄기백은 나오꼬의 얼굴을 보고 말을 한다.

"물론이죠. 그들은 당신이 오길 기다렸을 겁니다. 아직도 그들은 당신이 자신들의 편인지 아닌지 확신이 안 서는 모양이에요. 확신이 섰다면 벌써 그들이 스스로 정체를 드러냈을 텐데 당신이 모른 것을 보니 내가 생각한 당신이 맞았어요. 난 잠깐이었지만 도쿄의 학창 시절에 당신을 만났을 때 당신이 아무리 그들의 도움으로 일본에서 장학금을 받아도 한국이나 일본이나 그런 모임에 합류하지 않을 줄 확신했죠. 당신은 배려심 많고 사랑에도 우정에도 정직한 사람이란 걸 저는 금방 알아봤죠. 한국뿐만 아니라 일본에도 안 좋은 일을 저지를 인간들입니다. 사실 그들의 목적은 돈벌이에 있어요. 우국충정도 자신들의 이익을 지키려는 충성심밖에 없어요. 그들은 오로지 돈과 명예를 추구하는 그것밖에 모릅니다. 저와 같이 유전병이 생기는 것이 확실해도 그들은 자신들의 재산과 지위를 지키기 위해 가족도 사랑도 모두 희생해야 한다고 생각하는 사람들입니다." 나오꼬는 조금은 분노에 찬 목소리로 기백이에게 말한다. 그리고는 자신의 손목시계를 보면서 일어날 채비를 하면서 말한다.

"제가 먼저 일어날게요. 할 말은 더 많지만, 기회가 되면 나중에 얘기해요. 사방이 감시자들입니다. 당신은 가나자와 숙소로는 기차로 돌아가세요. 저는 도야마 시의 택시를 불렀어요. 가나자와시의 택시는 제 신분을 알 수도 있으니 믿을 수가 없어서 이곳에 올 때는 기차를 탔지만, 이곳 도야마 택시는 제 신분을 모를 테니까요. 그리고 제가 파악한 한일부

홍회 명부는 가나자와역 중앙출구에 나와서 화장실 가는 길목의 기둥 돌아서면 사물함 박스들이 있는 곳을 찾을 수 있어요. 번호는 76번이고 여기 열쇠가 있으니, 당신이 가나자와를 떠날 때 찾으세요. 당연히 안 그러시겠지만, 오늘 가나자와역으로 돌아가시면서 절대로 찾지 말고. 제가 일어날 때 문 앞에서 작별 인사하러 나오지 마세요. 기백씨는 그냥 지금처럼 이 자리에 앉아 있다가 기차 시간에 맞춰서 나가세요. 저나 당신이 오늘 만난 사실이 노출되면 모두가 위험해집니다" 나오꼬는 일어나 옆에 벗어둔 겨울용 버버리 검은색 롱코트를 입고 머리를 숙이며 기백에게 인사를 한다.

"혹시 내가 더 궁금한 것이 있다면 나오꼬 당신에게 어떻게 연락하죠?" 기백은 일어서려는 나오꼬에게 황급히 묻는다.

"내일 사물함에서 서류를 찾으면 그 안에 넣어둔 메모지도 볼 수 있을 거예요. 거기에 저만 사용하는 메일주소를 써두었어요. 제게 전화는 하시면 안 됩니다. 택시가 온 모양이네요. 갈게요. 언제 다시 볼 줄 모르겠지만 건강하게 계셔야 해요. 그리고 제가 어쩌면 갑자기 서울에 갈 수도 있어요. 아무튼, 몸조심하세요"

엄기백은 놀라서 급하게 다시 나오꼬에게 묻는다. "아니 그게 무슨 말이지? 서울에 올 수도 있다고? 나야 상관이 없지만…. 아무튼 알겠어. 지금은 시간이 없는 듯하니까 자세한 얘기는 내게 전화하든가 메일을 주시오. 나오꼬도 몸조심하고."

나오꼬는 고개를 끄덕이면서 황급히 자리에서 일어난다. 엄기백은 기둥 안쪽에 앉아 계산대가 안보였지만 '우시지마' 스낵바의 주인이 호출한 택시가 도착했다는 손짓을 그녀에게 한 모양이다.

한일부흥회와 나오꼬의 아버지 나베지마 슈헤이사장

요네자키 기자는 자신이 근무하는 가나자와 신문사 사회부로 걸려 온 엄기백의 전화를 받고 그가 가나자와에 온다는 것에 드디어 때가 왔다 하는 심정에서 내심 기뻐하면서도 내색을 안 하고 내일 저녁에 만나자는 얘기를 끝으로 수화기를 놓는다. 그는 내일 오전 조간신문의 원고 마감 시간인 오후 5시까지 원고를 넘기고 편집국장과 잠시 회의를 마친 후 이미 상당수의 사회부 기자가 퇴근한 후 자신의 자리에 돌아와 나베지마 슈헤이 사장에게 전화를 건다.

"안녕하십니까? 요네자키입니다. 그간 별일 없으셨죠?"

"어…. 안녕하신가? 별일 없네만 어떤 일인가?" 굵고 권위적인 말투의 나베지마 공업사의 나베지마 슈헤이 사장의 목소리이다.

"네, 다름이 아니오라 좀 전에 엄기백 군으로부터 전화가 왔었습니다. 도쿄 메구로 로터리클럽에 들렀다가 나베지마 사장님의 추천 사실을 알아낸 모양입니다. 내일 가나자와에 오겠다고 해서 저녁을 같이하기로 약속했습니다." 요네자키는 자기 상사에게 보고하듯이 나베지마 슈헤이 사장에게 전화기 너머로도 알 수 있을 정도로 허리를 굽혀가면서 공손한 말투로 용건을 말한다.

"아, 그런가. 그럼, 자네가 만나보고 난 후에 내게 보고를 해주게나. 마침 내일 오전에는 히로시 부사장이 미국으로 출장을 가기 위해 도쿄로 출발해야 하고 나 역시 함께 도쿄에 가야 해. 올해 들어 처음으로 한일부흥회 신년회가 있거든. 자네에게도 연락이 갔을 텐데. 그래서 말인데 자네는 일요일 오후에 나오꼬가 주최하는 꽃꽂이 전시회에 어떻게든 엄기백 군이 참석하게 해서 나오꼬를 만나게 해줘. 그리고 잊지 말고 그들을 감시하는 사람들을 붙이고. 아직도 나오꼬는 엄군을 못 잊고 있는 눈치야." 나베지마 사장이 천천히 그러나 목소리에 힘을 주면서 말한다.

"네, 저도 한일부흥회에서 연락받기는 했습니다만 일요일의 꽃꽂이 행사가 저희 가나자와 신문사에서는 신년에 열리는 첫 번째 행사이기도 하고 중요한 것이라서 제가 빠질 수가 없어서요. 이번에는 불참입니다. 근데 나오꼬씨가 아직도 엄 선생을 잊지 않고 있다는 뭔가 단서라도 있나요?" 요네자키 기자는 기자로서의 촉각을 세우는 듯이 나베지마 사장에게 질문한다.

"음. 그렇군. 가나자와 신문사의 일이 우선이니까 그렇게 하게. 나오꼬? 음, 별거 아니네. 아무튼, 자네는 엄기백의 동정을 잘 살펴주게. 아쉽구먼. 내가 그자를 만나 속내를 파악해야 했던 데. 자 이만" 두 사람은 통화는 이렇게 마무리됐다.

나베지마 슈헤이 사장은 요네자키 기자와의 통화를 마치자마자 내일 오전에 출발하는 가나자와 공항에서 도쿄의 하네다 공항으로 가는 비행기 표를 확인하고 잠시 생각을 하다가 니시무라 사장, 즉 엄기백의 후원자이면서 자기 친구인 그에게 전화를 걸어 회의 참석을 재차 확인하면서 일요일 점심 약속을 한다. 토요일에 도쿄에 도착한 나베지마 슈헤이 사장과 사위이자 부사장인 나베지마 히로시는 미국에 참관하는 일본의 다른 농기계 제조회사 사람들과 저녁 식사를 하고 히로시 부사장은 나리타 공항의 인근 호텔로 가고 나베지마 슈헤이 사장은 메구로 공원 안에 있는 메이지 시대부터 있었던 '춘산클럽 VIP 게스트하우스'로 들어간다. 이곳 춘산클럽에서 다음날 일요일 2002년 한일부흥회 신년회가 열릴 예정이어서 손님들은 평상시보다 많은 편이나 그 어디에도 이들의 회의를 알려주는 안내문이나 플랑카드는 걸려 있지 않았다. 다음 날 오전 열 시부터 시작된 회의는 오후 다섯 시까지 열릴 예정으로 전국의 홋카이도부터 규슈까지 5개 지부의 회원들 동정과 사업 보고와 새해 계획, 그리고 새롭게 만든 '새역사 교과서'를 초중고의 각급 학교에서 채택 확대를 지원하자는 결의를 하는 식으로 진행됐다. 나베지마 슈헤이와 니시무라 사장은 오전 회의가 끝난 후에 점심을 함께하기 위해 별도의 식당으로 둘이 자리를 잡는다.

"한국에서의 회원 확대는 어떻게 잘 돼 가나?" 두 사람이 각자 점심 정식 코스를 시키고 물수건을 닦으면서 나베지마가 니시무라에게 묻는다.

"음, 어느 정도 성과는 있지. 자네도 알다시피 우리가 조선을 지배하다가 떠났을 때 남아 있었던 1, 2세대의 잔류 일본인들은 고령화가 되었고 그들의 3대 자손들은 오히려 숨어 살려고 했었잖아. 물론 많은 수의 회원은 그들이 차지하고 있지만. 요즘 매우 고무적인 것은 우리 일본의 자금으로 장학생으로서 유학한 경험이 있는 젊은 한국인 연구자들이 늘고 있지. 특히, 우리가 연구지원을 한 한국인 연구자들은 장학생 경험자들보다도 더 열심히 하고 있네. 하하하. 점점 한국의 회원들이 늘어가는 것을 보고 오랫동안 공들여 온 우리의 노력이 결실을 보는 것 같아 기쁘게 일하고 있네." 니시무라는 조금은 거만한 태도로 나베지마에게 말한다.

"오늘 도쿄의 전국 회의는 특히 중요하긴 하지. 그동안 공들여 왔던 새로운 역사 교과서가 세상에 빛을 보게 되지 않았나. 그것만큼 중요한 것이 그토록 숙원이었던 우국충정의 뜻을 모아 만든 새로운 역사 교과서를 여러 학교에서 채택하게끔 해야 하는데 우리 전국 조직의 힘이 결속되어야 하잖나? 그래야 우리와 뜻을 같이하는 한국에서 우리와 뜻을 같이하는 학자들도 그들 스스로 새로운 역사 교과서를 만들 수 있는 동력도 생길 테니.” 나베지마 슈헤이는 니시무라의 말에 동의하는 듯 고개를 상하로 끄덕이면서 대답한다. 이어서 니시무라가 말을 이어간다.

“어제 자네 전화에서 말이야. 엄기백 군이 도쿄에 왔다고? 그럼 나를 안 찾고 왜 갑자기 가나자와에 가는 것이지? 아직도 자네의 딸 나오꼬에게 관심이 있는 건가? 자네가 나오꼬의 태도에서 평상시와는 다른 뭔가 변화를 발견하지 못했나? 남편 히로시와는 원래부터 사이가 안 좋았잖나. 난 그게 내내 마음이 걸리던데” 니시무라의 말을 들으면서 나베지마슈헤이는 기분 나빠 하는 표정을 짓다가 잠시 생각에 잠겨 있는 듯하다가 니시무라에게 대답을 한다.

“나오꼬의 태도 변화 말인가? 맞아. 나오꼬가 우리의 활동에 대해서는 전혀 관심을 두지 않다가 새로운 역사 교과서를 만들고 채택하는 운동을 우리 부흥회가 하는 요 몇 년 사이에 부쩍 자주 물어보더군. 새 역사 교과서의 진행 상황에 대해서뿐만 아니라 참여자들에 대해서도. 그래서 왜 반대하던 네가 관심을 두느냐고 했더니 자신의 동경대학 재학시절 때 은사가 그 모임에 들어가서라고 대답하는데. 내가 보기에는 그게 아니야. 그때의 동급생인 엄기백 군이 한일 근대사가 전공이잖나. 그 친구에게 뭔가 알려주려고 해서인가 하는 생각이 나도 불현듯 들었어.” 나베지마사장은 친구인 니시무라에게 대답을 한 것인지 독백을 한 것인지 알 수 없는 말투와 모호한 태도로 말을 이어간다.

“근데 이상하지 않나? 엄 군이 나오꼬의 남편인 히로시가 미국 출장을 가서 부재중인 것을 알고 가나자와에 오는 걸까? 자네도 알지? 가나자와 신문사의 요네자키 차장. 요네자키가 어제저녁에 엄기백 군과 가나자와에서 저녁을 하고 오늘 오전에 내게 전화가 왔었는데 나오꼬의 근황을 전혀 모르고 있었다는 눈치라고 하더군. 그래서 내가 오늘 꼭 엄기백 군과 나오꼬를 만나게 해주고 동정을 살피라고 해뒀네" 니시무라가 나베지마의 말을 받아 그러나 고개를 좌우로 흔들면서 힘 있는 어조로 말한다.

"그런 정도의 변화라면 큰일 아닐걸세. 나오꼬가 엄기백 군과 지금까지도 연락하는 사이는 절대로 아닐 거야. 나오꼬가 남편인 히로시가 부재중인 시간을 골라서 엄기백 군에게 연락해서 가나자와로 오라고 했을 리는 없어. 그가 가나자와에 갔다는 점은 우연일걸세. 그리고 엄기백 군은 내가 오랫동안 후견인으로서 봐 왔잖나? 그동안 한 번도 자네 딸인 나오꼬에 대해서 궁금한 적도 물어본 적도 없었어. 그리고 엄기백은 우리 조직에서 파악하기로는 진보도 아니고 보수도 아니라고들 해. 귀국해서 정부 연구기관에서 연구를 시작해서 관료와 친하기도 하고 엄기백의 할아버지는 친일파였다가 해방을 맞이했고 아버지 역시 우리 일본기업이 비호받아 지금도 무역업을 하고 있잖나. 다만 본인은 막상 자기 집안의 내력에 대해서는 잘 모르고 있는 것 같아. 막내아들에다가 한국에서 대학에 다닐 때는 한참 데모하던 시기여서 젊었을 때의 친구들 대부분은 진보 쪽 사람들인 것 같아. 그래서 우리도 우리 조직이 알려질까 봐 조심스러워 직접 내가 나서지는 않고 있지만, 간접적으로 연구비 지원이라든지 등등해서 친분을 쌓아가고 있지. 엄기백 군이 한일 근대사 전공 분야와 학회에서 점점 영향력이 커가는 학자로서 자리 잡고 있거든. 아마도 수년 안에 학회장으로도 될 거야. 그 전에 그자를 꼭 우리 한일부흥회의 구성원으로 넣는 것이 나의 중요한 임무이고 우리 조직으로서도 중요해."

나베지마 슈헤이 사장과 가나자와 신문사의 요네자키 기자(記者)

도쿄에서 열린 금년도 첫 모임인 한일부흥회 전국대회 보고회 참석을 마치고 가나자와에 돌아온 나베지마 슈헤이 사장은 가나자와 신문사의 요네자키 기자에게 전화를 걸어 뭔가 당부를 하고 2주일 정도 지난 월요일 저녁에 자기 집에서 만나기로 한다. 나베지마 슈헤이 사장 집은 가나자와역에서 북서쪽 방면으로 약 2~3㎞ 떨어진 곳인 니시베(西部)공원 근처에 있는 넓은 정원과 2층으로 된 전통적인 목조건물과 석조건물 별채로 구성된 곳이다. 니시베 공원을 오른쪽으로 끼고 언덕 위까지 올라가면 가나자와 해변에 보이는 곳에 자리 잡은 바다가 보이는 전망이 좋고 약 300평에 달하는 커다란 집이다. 요네자키 기자가 근무하는 가나자와 신문사가 있는 중앙통을 빠져나와 퇴근길 러시아워 시간대라서 택시로 30분 정도 시간이 걸렸지만, 슈헤이 사장과의 약속 시각 7시 전에 도착한다. 요네자키 기자가 나베지마 가문의 집 정문에 도착하자 현관으로 들어가는 문이 열린다. 나베지마 가문은 에도시대의 마에다 번주의 가신으로서 대대로 이곳에 터를 잡고 살던 전통 있는 명문 집안이다. 요네자키 기자는 택시에서 내려 집안 왼쪽으로 넓게 펼쳐진 약간은 경사가 있는 주차장으로 향하는 길을 올라서 오른쪽으로 꺾으면 작은 연못이 나온다. 그리고는 나무들과 화초들로 가꾸어진 정원을 가로질러 정면의 한일자 형태로 본채인 2층짜리 목조건물이 있다. 이따금 그는 한일부흥회 건으로 나베지마 슈헤이 사장을 만나러 이곳에 오지만 올 때마다 느끼는 점은 감탄할 정도로 풍광이 좋지만, 집 전체가 지나칠 정도로 정적 감이 감돌고 거친 바닷바람을 막아주기 위해 빼곡하게 심어진 검은색의 소나무들이 건물들을 가로막고 있어 한층 음산한 기운이 심하다고 요네자키 기자는 생각하곤 했다. 정면의 한일자형의 건물 왼쪽으로는 단독으로 분리된 곳에 2층 석조건물로 지어진 집이 한 채가 더 있다. 이곳은 히로시 부사장과 나오꼬 부인이 결혼하면서 새로 건립하여 지금은 두 딸과 함께 거주하는 곳이다. 요네자키 기자는 2층 석조건물의 집에 들어가 본 적은 없지만, 이 독채도 밖에서 보면 거센 바닷바람을 막으려고 했는지 창문들은 좁고 길게 나 있고 외벽에 둘러싼 두꺼운 흰색의 화강암 돌들은 염분이 짙은 짠 바닷바람 탓인지 이미 검은색 돌들로 변해있었고 건물 전체에 담장이 덩굴이 덮어져 있어 지금이 겨울이라서 그런지 한층 더 을씨년스럽고 음산해 보이는 건물이다. 요네자키 기자는 두 개의 건물 사이에 서서 멀리 가나자와 해변을 바라보다가 정면에 불이 켜진 목조건물 현관으로 들어간다. 요네자키가 현관문을 열고 들어가자 나베지마 집안에서 일하는 중년의 사야카라는 여성의 안내를 받아 거실 안쪽에 있는 식당의 식탁으로 간다. 여기 목조건물 본 채에는 지금은 나베지마 슈헤이 사장과 일하는 사람 2~3명과 함께 살고 있다. 나오꼬의 친어머니가 죽은 후에 재혼한 후처마저 사별하고 나베지마 슈헤이 사장은 혼자 살고 있다. 후처와의 자식은 없었다. 사야카의 안내를 받고 요네자키 기자가 식탁 가운데 자리를 잡자 잠시 후에 슈헤이 사장이 집안에서 입는 일본식 겨울용 기모노를 입고 들어선다. 그리고는 요네자키 기자 앞에 있는 자리에 앉는다. 요네자키가 엉거주춤 일어나면서 인사를 한다.

"안녕하셨습니까? 별일 없으셨죠. 도쿄에는 좋은 성과가 있었는지요?"

슈헤이 사장이 고개를 끄덕이면 앉으라는 손짓을 하며 그가 앉자 묻는다.

"그래, 지난번 꽃꽂이 전시회는 잘 마무리됐나? 나오꼬와 엄기백 군

간의 특이한 사항을 발견한 일은 없었고?"

"네, 특별한 것 없었습니다. 정말로 대학 시절 이후 처음 보는 것 같았습니다. 제가 사회부 기자 생활이 몇 년째인데 제 눈을 속일 수는 없을 겁니다." 요네자키가 공손하게 대답한다.

"그건 그렇지. 자네의 눈을 속일 수는 없을 거야." 슈헤이 사장은 맞장구를 친다. 그리고는 조금 전 요네자키를 안내해 준 사야카가 음식과 일본 청주를 내오기 시작하여 두 사람은 잠시 대화를 멈추고 먹고 마시기 시작한다. 음식은 겨울철 가나자와 음식으로 유명한 꽃게와 굴, 참치와 초밥 등 해산물과 닭요리와 삶은 돼지고기 요리 등의 육류로 풍부하게 나왔다. 일본 청주는 이 고장의 명물인 만세라(萬歳楽)를 마시기에 적당할 정도로 따끈하게 데워서 나왔다. 두 사람은 음식과 사케 등에 대해서 말을 나누다가 요네자키 기자가 묻는다.

"근데 좀 전에 들어오다 보니까 별채의 1층과 2층 모두 캄캄한 것이 아무도 없는 듯하던데요. 나오꼬 부인과 히로시 부사장님은 어디에 가셨습니까?"

"아…. 자네에게 말하지 않았던가? 작년부터 매주 월요일이면 나오꼬가 둘째딸 기미에를 데리고 도쿄의 특수재활병원에 다니게 됐지. 월요일에 가서 도쿄의 호텔에서 1박이나 2박을 하고 와. 이번에는 큰딸인 사찌꼬가 방학을 해서 함께 데리고 갔다더군. 히로시 부사장은 지금쯤 도쿄에서 미국 텍사스에서 열렸던 농기계 박람회장에서 구매한 기계들 수입 건에 대해서 상담하고 있을 거야. 아마 오늘 밤늦게나 이곳으로 돌아온다지" 슈헤이가 요네자키 기자에게 상세하게 말한다.

"아 그래서 별채의 건물이 전깃불이 모두 꺼져있었군요. 그리고 이번 한일부흥회의 도쿄에서 성과는 어땠나요? 중앙본부에서 뭔가 특별한 지시 사항이라도 있었나요?" 요네자키가 고개를 끄덕이면서 나베지마 슈헤이 사장에게 묻는다.

"그렇네. 자네가 할 일이 있어. 새 역사 교과서를 만들었잖나. 이것을 각급 중고등학교에서 채택하게끔 가나자와 신문사에서 힘을 많이 쏟아야 해." 슈헤이 사장이 요네자키 기자에게 강한 어조로 말한다.

"네, 그때 전화로 말씀하셔서 조사를 광범위하게 했습니다. 우리 가나자와시가 속해있는 이시가와(石川) 현에는 중학교가 85개교가 있고 고등학교는 사립 10개, 공립 45개 국립 1개 해서 총 56개입니다. 따라서 중고등학교를 합해서 총 141개교들 가운데 새 역사 교과서를 작년에 채택한 비율은 아직도 약 5%에 못 미칩니다. 물론 도쿄나 오사카의 교육위원회에서의 채택률보다는 높지만요" 요네자키 기자가 자신이 가져온 서류 봉투에서 자료를 슈헤이 사장에게 건네면서 말한다.

"그러니까, 자네의 힘이 필요해." 나베지마 슈헤이 사장은 얼굴을 찌푸리면서 사유들을 받아 들고 말한다.

"네, 그렇지 않아도 오늘 아침 편집국장에게 사장님의 당부 말씀이라고 말미를 넣어두었습니다. 논설위원실에는 사설을 부탁했고 제가 담당하는 사회면에서는 각급 학교에서의 왜곡된 사실을 가르치는 역사 교과서를 조목조목 분석해서 실을 예정입니다. 특히, 한반도와 지난 2차대전 때의 조선 위안부 문제, 다케시마(독도) 문제에 대해서 한국 측의 관점에서 쓰인 교과서와 그것을 채택한 학교와 교원노조에 가입한 역사 선생들에 대해서도 집중적으로 취재를 할 예정입니다. 걱정하지 마십시오." 요네자키 기자는 힘주어 대답한다.

"그리고 엄기백 군은 서울로 돌아갔나?" 나베지마 슈헤이 사장은 요네자키 기자에게 묻는다.

"네, 이곳 가나자와에는 이틀 정도만 있다가 오사카에 가서 친구를 만난다고 하고 화요일 떠났습니다. 수요일 오전 일찍 오사카 간사이 공항을 통해서 귀국했는데 오사카지부의 우리 회원에게 확인해 보니 수요일 오전 8시 아시아나항공사로 출발하는 출국자 명단에 그자가 있었습니다. 도쿄나 이곳 가나자와에서 특별히 만난 사람은 없었고요. 관광을 즐긴 듯합니다. 엄기백씨가 머물렀던 제가 소개해 준 야나기야 여관 지배인의 말에 따르면요. 또 제가 확인해 보니까 가나자와역 앞에 있는 파출소의 경찰관들도 엄기백씨에게 특이한 사항은 없었다고 합니다." 요네자키 기자는 그간 엄기백의 동태에 대해서 나베지마 슈헤이 사장에게 보고한다.

"음, 알았네. 그럴 테지. 니시무라 사장도 나오꼬와 엄기백 군이 서로 연락하는 사이는 아닐 것이라고 강하게 부정하더군. 자 업무 얘기는 여기까지 하고 한 잔 들게. 오랜만에 기분 좋게 마셔보지!" 나베지마 슈헤이 사장은 고개를 끄덕이며 대답한다. 그날 밤 두 사람은 가나자와시에서 일어난 시시콜콜한 화제에 관하여 얘기를 좀 더 나누면서 일본 청주를 한 병 더하고 자리를 파한다.

가나자와(金澤)에서 교토로 가서 홍길랑을 만난 엄기백

엄기백은 나오꼬와 헤어지고, 도야마역에서 10시 32분 가나자와로 돌아오는 기차를 탄다. 11시 31분에 도착한다. 숙소인 '야나기야'에 가려면 가나자와역 광장의 오른쪽 귀퉁이에 있는 파출소를 지나 버스와 택시 정류장이 함께 있는 곳으로 갈 수 있다. 버스는 이미 끊어진 상태이고 택시를 타야만 되는데 엄기백은 아마도 요네자키 기자가 자신의 동선을 파악하려고 한다면 파출소의 경찰관에게 당부를 해뒀으리라 생각하고 파출소의 반대편인 왼쪽 큰길 건너편에 있는 ANA 호텔 방면으로 주위를 살펴보며 조심스럽게 걸어간다. 그리고는 ANA 호텔 정문에서 택시를 타고 자신의 숙소로 돌아오니 자정이 다 된 시각이 된다. 다음날 월요일 오전에 엄기백은 이곳에서 가장 큰 책방인 '삼성당(三省堂)'에 들러 잠시 시간을 보낸다. 가나자와역에 사람들로 붐비는 시간에 사물함에서 나오꼬가 보관해 둔 서류를 찾는 것이 사람들의 이목을 끌지 않고 찾을 수 있다고 판단했기 때문이다. 엄기백도 멀리서 오는 사람일지라도 일본인, 한국인, 중국인을 구별할 수 있듯이 일본인들도 한국인을 금방 구별할 수 있을 것이다. 생김새의 차이보다는 옷차림과 신발이 다르면 뭔가 다르다는 것을 사람들은 쉽게 구별할 수 있다. 역 앞의 파출소 경찰관들은 항상 이방인을 관찰하고 있으므로 그들 눈에는 내가 한국인인 것을 금방 알아챌 것이다. 엄기백은 두 권의 책을 사서 책방 로고가 찍힌 종이 팩을 받아 넣고 책방 문을 나선다. '삼성당(三省堂)'에서 멀지 않은 곳에 남성용 옷과 액세서리 매장인 '아오야마(青山)'를 발견하고 그곳에 들른다. 그리고는 짙은 갈색의 겨울용 반코트와 구두를 사서 갈아입고 자신의 코트와 구두는 역시 '아오야마(青山)'라는 로고가 찍힌 봉투에 넣고 가나자와역으로 걸어간다. 가나자와역은 광장 정면으로 3층으로 되어 있는 가나자와 역사 건물이 있고 정면의 계단 밑으로는 사물함들이 200여 개가 배치되어 있다. 점심시간쯤을 택해서 엄기백은 사물함 쪽으로 이동한다. 점심시간에는 가나자와역 광장과 사물함 주위에 사람들이 많이 붐비기 때문에 이 시간을 엄기백은 택한 것이다. 엄기백이 파출소를 살펴보니 경찰관들도 보이지 않는다. 아마도 교대로 점심을 먹고 있으리라 생각하고 엄기백은 좌우를 살피면서 나오꼬가 일러준 큰 기둥 옆의 사물함 76번을 찾아낸다. 그리고는 엄기백은 당황하지 않고 나오꼬가 건네준 열쇠를 76번 사물함 키 구멍에 넣고 노란색 봉투를 발견한다. 엄기백은 '삼성당(三省堂)'이라고 로고가 찍힌 종이 팩 안으로 노란색 봉투를 넣는다. 그리고는 곧장 택시가 있는 곳으로 가서 택시를 타고 가나자와 중앙우체국으로 간다. 우체국에서 들러 나오꼬가 남긴 A4 용지로 3~4쪽에 달하는 한일부흥회에 관한 활동 내용과 명단이 들어있는 국제 특급 우편으로 자기 학교 연구실로 부치고 다시 택시를 타고 가나자와성으로 이동한다. 에도시대에 번성했던 가가하번(幡)의 마에다 번주(幡州)의 주거지 이어서 그런지 지방 도시의 성(城)치고는 제법 규모가 크다. 엄기백은 그제야 가나자와 성 앞의 메밀을 파는 식당에서 늦은 점심을 혼자서 먹는다. 그리고는 도쿄의 아시아나항공사에 전화를 걸어 수요일 오후에 가나자와 공항에서 김포로 가는 비행기를 오사카 간사이 공항으로 출발지 변경을 한다. 그리고는 오후 5시 이전에 다음 날 예약취소를 해야 위약금을 적게 물리기 때문에, 숙소에 전화를 걸어서 다음 날인 화요일에 체크아웃한다고 말한다. 이곳에 온 김에 교토에 들러서 홍명부의 둘째 아들 홍길랑을 만나서 확인하고 싶은 것이 생각났기 때문이다. 저녁 무렵에 숙소로 돌아간 엄기백은 온천을 하면서 어제오늘 지나간 일들이 마치 몇 달 동안 시간이 지난 것과 같다고 생각하면서 숙소에서 저녁 식사를 한다. 그리고는 일부러 저녁 9시 정도 지난 시간에 요네자키 기자에게 전화하고 오사카에서 아는 사람을 만나기로 해서 내일 떠난다고 말한다. 엄기백은 나오꼬의 말을 듣고 요네자키를 만나봤자 그자는 자신을 수소문하리라 생각했기 때문이다. 요네자키가 늦어도 괜찮다면 만나자는 것을 서울에 원고도 보내야 하고 내일 아침 가나자와에서 출발해야 한다고 하면서 엄기백은 정중히 거절하면서 전화를 끊고 나서 소파에 앉는다. 그리고는 냉장고 안에서 맥주 한 병을 꺼내어 한잔을 벌컥벌컥 들이킨다. 테이블 쪽에 있는 창문을 연다. 차가운 겨울밤 공기다. 엄기백은 춥다고 느끼지는 않고 혼란스러운 머릿속을 정리해 볼까 하지만 꼬리에 꼬리를 문 의문만 생길 뿐이다. 오늘 오후에 나오꼬가 건네준 서울의 자신의 연구실로 부친 서류를 보지도 않고 그냥 보낸 것을 조금은 후회도 했지만 잘했다고 생각하면서 맥주 한두 잔을 더 마신 다음에 밤 11시 정도 잠자리에 든다. 다음 날 아침 일찍 일어난 엄기백은 요네자키가 소개해서 묵었던 고급 여관인 '야나기야(柳屋)' 숙소의 정원과 주변을 가나자와를 떠나는 날에서야 처음으로 잠시 산책을 한다.

엄기백은 화요일 오전 일찍 '야나기야(柳屋)' 숙소에서 택시를 불러서 타고 가나자와역으로 이동한다. 그리고는 가나자와역에서 교토역으로 가는 '산드버드'라는 특급기차를 탄다. 다행히 가나자와역에서 오사카역까지 운행하는 '산드버드'라는 특급철도 노선은 종점인 오사카역까지 2시간 40분 정도 소요되는데 오사카역 직전에, 교토역에도 선다. 엄기백은 오전 10시 20분 출발 기차표를 사고 가나자와역 구내에서 기차 안에서 먹을 점심용 도시락과 마실 거리로는 따뜻한 녹차를 산다. 지난 토요일 도쿄에서 가나자와역으로 오는 기찻길은 해안가를 많이 달리는 기차였다면 오사카로 가는 기찻길은 일본의 중부내륙을 관통해서인지 차창 밖의 풍경은 눈 덮인 높은 산들과 역시 눈이 쌓인 작은 마을로 이어져 있었다. 엄기백은 점심 도시락을 다 먹을 즈음인 교토역에 12시 36분에 도착해서 내린다. 그리고는 교토역에서 교토타워 쪽으로 걸어가서 지난번 홍길랑을 만나러 왔을 때 묵었던 교토타워호텔에 체크인한다. 홍길랑에게 전화를 걸어 오후 3시에 히가시야마 산조에 있는'고야마(洪山)' 그의 음식점에서 만나기로 한다. 엄기백이 식당 문을 옆으로 밀고 들어가자, 홍길랑이 그를 맞이한다. 점심시간도 지났고 저녁을 먹을 시간도 아직은 한참 남아 있어서인지 엄기백이 앉은 테이블에 홍길랑은 따뜻한 녹차와 과자 접시를 놓고 그의 맞은편 의자에 앉는다.

"그간 별고 없으셨습니까. 이렇게 불쑥 만나 뵙자고 해서 죄송합니다." 엄기백은 홍길랑에게 인사말을 한다.

"괜찮습니다. 어차피 저녁 장사를 위해서 일찍 나와야 해서요. 근데 이렇게 다시 빨리 뵐 줄은 몰랐습니다. 뭔가 제가 도움이 되는 일이 있나요?" 홍길랑은 대답한다.

"네, 그때 지난번 제게 이렇게 말씀하셨죠. 잔류 일본인의 활동 조사는 누구보다도 제가 적격자이지만 굳이 알려고 하지 말라는 취지였던 것이라고 말이죠? 그게 내내 무슨 의미일 지에 대해서 많이 생각했는데 확인하고 싶어서 이렇게 다시 오게 되었습니다." 엄기백은 진지한 눈빛으로 홍길랑을 보면서 말한다.

"그랬죠. 엄교수님 뭔가를 하나씩 알게 되시다가 갑자기 퍼즐이 맞춰지더라도 덮으세요. 때로는 받아들여지기 힘든 아니 부인하고 싶은 사실을 아는 것은 괴로움으로만 남죠. 한국에 남은 잔류 일본인들은 크게 두 종류로 나누죠. 하나는 자의든 타의든 진정한 한국인이 되어버린 그 이유는 일본 측에서 쓸모가 없었기 때문이 아니었을까요. 두 번째 부류는 한국인이지만 일본 편향적인 사람들이죠. 이들은 꼭 친일파들끼리 만든 집단에만 있는 것은 아닙니다. 보편적 성향을 드러내는 거죠. 근데 그동안 뭔가 알아낸 것이 있습니까?" 홍길랑 역시 진지하게 엄기백에게 말한다.

엄기백은 자신이 가나자와에 다녀왔다는 얘기는 하지 않는다. 혹시 나오꼬에게 안 좋을지 몰라서이다. 그리고는 단도직입적으로 홍길랑에게 묻는다.

"제 아버지인 엄홍진씨가 관계되어 있나요?"

사실 엄기백은 지난번 홍길랑에게 그의 아버지 홍명부 씨의 일대기라고 할 수 있는 자서전을 주러 교토에 갔다 온 이후로 한국에서 잔류 일본인에 관한 조사를 하면 할수록 한국과 일본의 우익인사들이 만든 한일부흥회라는 조직과 아버지의 사업체와 뭔가 연결고리가 있는 듯한 느낌을 지울 수가 없었다. 엄기백 자신이 고등학교 2학년 시절인 1982년에도 북한 국적의 '재일교포 조선총련 모국방문단' 사업이 시행되고 있었다. 이 사업은 1975년 4월 14일 대한민국 국적의 민단 가나가와현(神奈川縣) 지방본부, 4월 15일 오사카(大阪)지방본부를 중심으로 운동이 시작되어 전국적으로 퍼져나갔는데 실시 첫해인 1975년에는 1,310명이 참여했었다. 이듬해인 1976년에는 약 6배인 7,741명으로 급격히 증가했으며 방문자들 가운데 약 60%가 한국 국적으로 변경했던 사업이었다. 당시 박정희 정권은 북한 국적 조선총련계 재일 교포에 대해서 한국의 경제발전을 홍보할 기회로써 체류 기간 2주일 동안 현충사, 불국사 등을 관광하고, 울산 현대 조선소, 포항제철 등 공업단지를 시찰했으며, 고향을 방문해 가족·친지들을 만나는 일정이었다. 사실 재일교포들의 고향은 제주도와 경남과 경북지방 출신들이 가장 많았다. 아무래도 지리적으로 가까웠기 때문이었을 것이다. 조선총련 일행들 가운데는 자신들의 부모들과 함께 온 중고등학생들도 있었는데 그들의 고국 방문 마지막 행사가 또래의 한국인 학생들 집에서 홈스테이하는 프로그램이 있었다. 그때 엄기백의 집에 조선총련 방문단 가운데 고등학교 2학년 남학생이 2박 3일 동안 홈스테이를 한 적이 있었다. 엄기백이 지금 와서 생각해 보니 재일교포 조선총련 남학생이 어떻게 자기 집으로 오게 되었는지 의문점투성이다. 그때는 엄기백 자기 집이 컸고 운전기사와 가사도우미가 있어서 조선총련 학생에게 잘사는 대한민국을 보여주려고 선택되었나 보라고 생각을 했었는데 나중에 알고 보니 조선총련 학생들이 잘사는 한국인 집으로만 배정된 것이 아니라 희망하는 집에서만 그들이 홈스테이한 것이었다. 더군다나 자기 집에서 홈스테이한 조선총련 고등학생과 엄기백은 떠듬떠듬 영어로 의사소통하다가 아버지와 어머니가 저녁 식탁에서 그 학생과 유창한 일본어로 대화하는 것을 보고 깜짝 놀랐던 것을 엄기백은 떠올린다. 그 바람에 그 친구의 아버지가 오사카에서 파친코 사업을 크게 하고 있다는 사실을 알게 된 것이다. 엄기백의 아버지는 중학교 1학년 때 해방이 되었다고 하니 초등학교, 소학교 시절에 아버지가 일본어를 배웠으리라고 당시 고등학교 2학년생인 엄기백은 생각했지만, 나중에 엄기백이 대학원에서 한일 근대사를 전공하고 나서는 불가능한 것이었다고 생각한 것이다. 왜냐면 태평양전쟁이 시작된 1941년부터 1945년까지 식민지 조선에서는 각급 학교들에서 정규교육은 거의 이뤄진 것이 없었고 몇몇 안 되는 대학들마저도 문을 닫고 징병과 징병, 위안부로 끌려가는 상황이었다. 일부 학생들은 학도의용군으로 징집되든가 남아 있던 학생들은 전쟁물자를 보급하는 업무에 동원되어 일본어 교육을 제대로 받은 적이 없었기 때문이었다. 그러나 재일교포 조선총련 학생과의 아버지와 어머니의 일본어로 한 대화는 엄기백이 일본어를 전혀 몰라서 유창하게 들렸던 것이 아니라 지금 와서 그 장면을 떠올려 봐도 부모님의 발음이나 억양이나 단어 구사나 모두가 완벽에 가까웠다고 기억한다. 어머니는 초등학교 1학년 때 해방이었다고 하니 더욱더 일본어를 학교에서 배웠을 리가 없다. 지난번 교토에 다녀와서 엄기백은 자신의 사진 앨범에 있는 조선총련 학생과 덕수궁의 정전인 인화전을 배경으로 둘이 서서 찍은 사진을 다시 찾아보고 그때의 기억을 소환해 내고 뭔가 이상하다고 생각하여 자신의 의심한 것을 바탕으로 홍길랑에게 질문을 한 것이다. 잠시 침묵을 하던 홍길랑은 고개를 위아래로 끄덕이면서 대답한다.

"네, 맞습니다. 엄기백 선생님 아버님이 관계되어 계십니다. 그러나 이전에 말씀을 드린 기억이 나는데 잔류 일본인들이라고 또 그들을 후원한다고 해서 모두가 대한민국을 배반하는 친일파는 아닙니다. 아버님은 오히려 어렵게 사는 잔류 일본인들을 후원하시는 쪽이시죠. 단지 회원명부에 어떠한 연유에서인지 파악된 것입니다. 일반적으로는 후원자는 이름을 올리지 않거든요. 그래서 말인데 혹시 모르니까 만약에 그들의 정체인 한일부흥회의 실체를 엄 선생이 밝히려고 한다면 그들이 당신을 회유하러 들던가 아니면 해를 가하던지 할 겁니다." 엄기백은 예상은 했지만, 홍길랑이 자신의 아버지가 연루되어 있었다는 사실을 알고 있었다는 것에 적잖이 놀라 묻는다.

"홍 선생님은 어떻게 아셨습니까? 언제부터 알고 계셨나요?"

"엄 선생님이 처음 교토에 오셨을 때 만나고 이틀 후인가 다시 만나기 위해 제 형님의 오래된 서류를 뒤지다가 알게 되었어요. 거기에 서울의 회원명부에 엄 선생님 이름이 아버님 성함과 함께 가족관계 형태로 있더군요. 저도 놀라서 한일부흥회로 바뀐 다음의 한국 회원들의 활동을 살펴보았더니 아버님이 특별하게 활동한 사실은 없더군요. 아마도 아버님은 후원회비만을 내시는 회원이신 것 같습니다. 무역업을 하시니까 어쩔 수 없는 선택이기도 하셨겠죠." 홍길랑이 대답한다.

"잠시만 기다리세요. 이젠 드려도 될 것 같네요." 홍길랑은 차분한 어조로 말하면서 주방 안쪽으로 들어간다. 그리고는 갈색 봉투를 들고나온다. 그리고는 엄기백에게 갈색 봉투를 내민다.

“이게 한일부흥회의 한국인 명단인가요?” 조금은 떨리는 목소리로 엄기백은 홍길랑이 내민 갈색의 서류 봉투를 받아 들면서 말한다.

“네 맞습니다. 이젠 제게 필요 없으니 엄 선생님이 가져주세요. 지난번에 오셨을 때 드리려고 했는데 거기에 엄 선생님 아버님 성함이 있어서 드리지 못했어요. 엄 선생님의 정확한 정체와 의도도 몰랐었고요. 이젠 물론 엄 선생님의 의도를 알게 되었지만요. 잘 아시겠지만, 당부를 드리고 싶은 말은 명단을 공개하시려면 혼자서는 하지 마시고 언론사나 시민단체 등과 함께 하십시오. 그들은 자신들의 정체가 드러났다고 판단되면 어떠한 수단을 써서라도 선생님을 자신의 편으로 만들든지 제거하려고 할 겁니다.” 엄기백은 다소 놀란 듯이 홍길랑의 얼굴을 바라볼 뿐이다. 그는 계속해서 말을 이어간다.

“언제 서울로 돌아가시나요? 가능한 한 빨리 돌아가세요. 일본의 우익들은 야쿠자 아시잖아요. 무장까지 하고 아주 난폭한 집단입니다. 뭔 짓을 할지 모르죠.” 엄기백은 홍길랑의 당부도 당부지만 자신의 귀국편을 요네자키에게 말한 것을 후회한다. 잠시 생각을 하다가 엄기백은 홍길랑에게 말을 한다.

“부탁 하나 들어주실 수 있겠습니까? 명단이 들어있는 지금 제게 주신 이 서류를 서울의 제 학교 연구실로 부쳐 주실 수 있을까요?”

“네. 그렇게 하는 그것이 더욱 안전하겠군요. 그럼, 주소는 지난번의 명함에 적혀 있는 곳으로 하면 되겠습니까?” 홍길랑은 고개를 끄덕이면 대답한다.

“네, 감사합니다. 그럼 전 이만 가 보겠습니다. 건강히 계십시오.” 엄기백은 고맙다는 인사를 하고 '고야마(洪山)' 식당을 나선다. 문을 나서고 걸어가는 도중에 공중전화 부스를 발견해 엄기백은 아시아나항공사에 전화를 걸어 다음날 수요일 오후에 출발하는 비행기 예약을 가장 빨리 김포공항으로 돌아가는 오전 8시 출발로 변경한다. 그리고는 후배인 김교수에게 전화를 걸어서 만약에 자신에게 어떤 문제가 생기면 자신의 연구실로 일본에서 부쳐진 서류 봉투를 열어보고 대처하라는 당부를 한다. 물론 후배인 김교수는 전화를 받고 혼비백산하여 몇 번이나 그 이유에 대하여 엄기백에게 묻지만, 엄기백은 서울에서 만나서 얘기를 하자며 전화를 끊는다. 엄기백은 다음 날 수요일 오전 첫 비행기로 오사카 간사이 공항에서 서울로 돌아오는 아시아나 비행기를 이용한다. 그리고는 서울로 돌아오는 비행기 좌석에 앉아 생각하고 또 생각했다. 어디가 어디서부터 잘못됐는지는 알겠지만 알다가도 모를 일은 언제부터 아버지가 그 한일 부흥회 조직과 관계를 맺고 있었나가 궁금하다. 엄기백 자신의 도쿄 유학 때부터인가 아니면 고등학교 때 조선총련 학생이 모국 방문으로 자기 집에 홈스테이했을 때부터인가 아니면 그 이전이라면 엄기백의 출생 이전부터인가. 엄기백은 자신이 미국의 대학에서 입학허가서를 받고서도 갑자기 일본으로 유학하러 가겠다고 했을 때 아버지나 지금은 작고하신 어머니도 그 이유를 묻지 않고 알았다고만 하셨던 것을 생각해 내지만 이상하다는 점을 느끼지는 못했다. 그건 항상 자식들의 결정을 존중하는 두 분의 태도여서 별다르게 생각을 안 했었다. 엄기백은 서울에 가자마자 아버지부터 만나야겠다고 생각하다가도 좀 더 확실하게 조사를 한 후에 만나는 것이 낫다고 생각을 고쳐먹는다. 그리고 엄기백은 자신과 마찬가지로 역사를 전공하고 다른 대학의 교수로 있는 김교수에게 지금까지 일어난 일에 대하여 어떻게 말해야 할지를 머릿속으로 정리를 한다.

나베지마 나오꼬의 가출과 서울행

올해 35살이 된 나오꼬는 29살에 생을 마감한 동생 사토루의 장례식을 치른 두 달 정도 지났다. 규슈의 남쪽인 가고시마에서 벚꽃이 핀다는 소식이 뉴스에 나오지만 아직은 겨울의 마지막인 2월 말의 어느 날이다. 아버지인 나베지마 슈헤이와 남편인 히로시가 출근하고 하꼬다 여자 중학교에 다니는 첫째 딸 사찌꼬가 등교한 오전 9시 정도에 전날 써둔 편지를 히로시의 책상 서랍에 넣는다. 나오꼬는 나베지마 가문에서 조용히 사라질까도 생각해 보다가 그래도 자신을 찾지 말라는 의미와 함께 아버지와 남편에 대한 복수심에서 자기 남편 히로시에게 편지를 써서 남긴다.

"나베지마 히로시에게.

우리 이젠 헤어져요. 미안해요. 내가 죽었으면 이렇게 헤어지지 않고 당신이 편했을 텐데요. 그래도 이번에 제 동생 사토루의 장례를 치르는데 고생하셨습니다. 그러나 역시 당신은 차가운 가슴을 가진 사람이라는 제 생각에는 변함이 없었어요. 당신과 내 아버지의 조문객들을 바라보는 그 냉정한 눈빛은 이성적으로 보이기보다는 귀찮은 물건을 치웠다는 심지어는 신에게 감사를 드리고 있는 눈빛들이라고 생각했어요. 당신도 알다시피 우리 집안의 여자들은 빌어먹을 저주받은 유전병 때문에 모두 단명했죠. 저 역시 단명할 겁니다. 그러면 당신은 사토루를 보낸 그 눈빛으로 나를 보내겠죠. 당신은 내 아버지처럼 이 집안을 이어야 한다는 명분을 내세워 재혼하고 아무 일도 없었다는 듯이 살아가겠죠. 제 존재는 어디에든지 남아 있지 않을 것입니다. 마치 제 어머니가 당한 그것처럼. 저는 그렇게 하실 당신과 아버지를 용서할 수 없어요. 당신이 기분 나빠하겠지만 애초부터 저는 당신과 결혼하기 싫었어요. 이것 역시 당신이 알고 있는 것이죠. 인제 와서 드리는 말씀이지만 당신과 결혼 전에 이제는 기억도 잘 안 나지만 저는 두 번 정도 남자들과 자본 적이 있어요. 한 사람은 당신도 알고 있는 우리 고등학교 동창생이었어요. 그 남자의 이름을 말할 수는 없어요. 알게 되면 그 사람을 가만히 두지 않을 거잖아요. 잔인하게 복수를 하시겠죠. 또 한 사람은 대학 다닐 때 만난 사람이죠. 정말로 제가 결혼을 하고 싶은 사람은 그 사람이었습니다. 똑똑한 사람이었죠. 지금은 자기 분야에서 아주 잘나가는 사람이 되었답니다. 상상도 하지 마세요. 당신이나 아버지가 생각하는 그 사람은 아닙니다. 지금도 가끔 언론에도 나오는 이제는 유명 인사가 된 분이에요. 근데 제가 그 사람과 결혼하지 않고 당신과 결혼을 한 이유는 뭔지 아시겠어요. 제가 그분의 인생에 끼어들어서 그분의 인생을 망치게 하고 싶지 않았기 때문이었어요. 저나 당신도 모두 집안의 저주를 받고 태어났잖아요. 아니나 다를까 기미에가 그렇게 태어났잖아요. 근데 세상에서 가장 나쁜 짓은 스스로 목숨을 끊는 것이라고 봐요. 어떻게 가여운 기미에를 두고 제가 먼저 가겠어요. 대학을 중퇴시키고 당신과 결혼을 시킨 아버지와 당신에게 원망했지만 저는 어떻게든 우리 집안의 전통을 따르려고 노력은 했어요. 당신들과 달리 제 방식으로 올바르게 살아보려고 했어요. 착하게 노력하다 보면 어쩌면 내가 악연과 저주를 끊어버리는 사람이 될 수도 있다고 생각했죠. 근데 둘째 딸 기미에가 태어난 이후에 운명을 바꿀 제 생각은 버렸고 당신과 헤어질 결심이 굳어졌죠. 이렇게는 못 살아요. 그동안 어떻게 참고 살았느냐고요. 그동안 저는 시간이 필요했어요. 저와 기미에 둘이 살 궁리를 해두었답니다. 돈도 여유롭게 빼돌려 놨어요. 사람들은 왜 그렇게 돈에 집착할까. 어쩌면 아버지나 당신처럼 사는 것이 옳은지도 모르죠. 아버지와 당신이 나누는 돈에 관한 얘기는 솔직히 불쾌했습니다. 그러나 당신과 아버지로부터 탈출하고 조금은 편하게 살다 죽으려면 저 역시 돈이 필요하더군요. 이젠 제 동생 사토루도 죽어서 실제로는 당신과 결혼을 안 했으면 이 집안의 실제적인 유일한 상속인은 저 하나였지 않아요. 그런데 당신이 데릴사위로 와서 그 권리마저 제게 뺏었잖아요. 유일한 상속인인 제가 억울하지, 당신은 억울해하지 마세요. 그리고 어차피 재혼하실 거잖아요. 재혼할 그녀에게 잘해 주세요. 당신은 유전병을 막아보겠다고 약물을 과용해서 발기부전이잖아요. 저는 오히려 발기부전이 된 당신에게 결혼 후 처음으로 고마움을 느꼈죠. 약도 끊으시고 주어진 운명대로 사세요. 저도 바꾸려고 했지만 안되더군요. 수도 없이 생각했죠. 이 지옥 같은 삶에서 탈출하기 위해서 유전병으로 반신불수가 된 사토루를 죽이고 기미에만 데리고 탈출할까도 생각했죠. 근데 차마 그럴 수 없었죠. 사토루도 못 죽이겠고 몸이 불편한 사토루와 기미에 두 명의 환자를 데리고 눈에 안 뜨이는 곳으로 숨기에는 불가능하죠. 아 어떻게 숨어 지낼 돈을 마련했느냐고요? 그건 아버지와 당신에게 배웠어요. 가짜 영수증을 만들어 주는 조력자가 있었어요. 당신이 꽃꽂이와 그림에 관심이 많다고 사람들이 당신에게 고상하다고요. 당신은 그것을 통해서 저나 아버지 몰래 비자금을 마련하셨잖아요. 그들도 알고 있습니다. 그들은 당신의 인격이 아니라 당신의 힘과 돈에 아첨하는 사람들인 거죠. 당신 옆에 진실성을 가진 사람을 저는 못 봤습니다. 그리고 당신은 절대로 저를 못 찾아요. 당신도 알고 계시잖아요. 작년부터 기미에를 데리고 매주 월요일에 도쿄의 재활병원에 다녔던 일을. 그 시간은 제게 너무나 소중한 시간이었죠. 저는 도쿄에서 새롭게 신분을 만들었답니다. 여기 가나자와에는 감시의 눈들이 너무 많잖아요. 이름도 이미 개명해서 신분증도 있고 은행 계좌도 있어요. 당신이나 아버지는 상상도 못 했을 겁니다. 이젠 더는 나베지마 나오꼬가 아닙니다. 그러니 찾을 생각은 하지 마세요. 몸 건강히 계시라고는 못 하겠네요. 최근 당신에게 파킨슨병 징조가 보이기 시작하더군요. 어쩌면 저보다 빨리 돌아가실지도 모르겠네요. 할 말은 많지만, 더 했다가는 우리의 첫째 아이인 사찌꼬도 무사하지 못하겠군요. 사찌꼬는 성인이 되면 제가 데려가겠습니다. 저와 같은 결혼은 안 시킬 겁니다. 일본 법상 성인이 되기 전에 아무리 부모라도 강제로 결혼을 시키면 체포된다는 것 정도는 알고 계시죠. 성인이 될 때까지 사찌꼬를 안전하고 무사하게 키워주세요. 그 아이가 지금은 나베지마 가문의 유일한 상속녀이니까요. 그럼, 이만 나베지마 나오꼬라는 이름으로 쓴 편지는 마지막이 되겠네요.

추신: 이혼 서류는 가나자와시 중앙우체국 옆에 있는 가네다 변호사 사무실에 맡겨두었습니다. 그리고 당신과 아버지에게 부담되는 아이 죽었으면 하는 둘째 기미에는 제가 데리고 갑니다. 이런 행동을 하는 저에게 당신들은 신에게 감사기도나 드리세요."

나오꼬는 편지를 남편인 나베지마 히로시의 서랍에 넣고는 택시를 불러 자신의 둘째 딸 기미에를 태우고 가나자와 교외에 있는 고마쯔 공항으로 가서 서울행 비행기를 탄다. 기미에는 지적장애가 있지 아직은 몸이 불편하지는 않아 택시의 뒷좌석에 앉히고 나오꼬는 자신의 짐과 평상시보다는 커다란 가방을 뒷좌석과 트렁크에 싣고 떠난다. 마침 나베지마 집안에서 일하는 사람들은 분주히 움직이고 있어서 나오꼬가 떠나는 것을 보지는 못했다. 설사 봤다 해도 나오꼬가 매주 월요일이면 둘째 딸 기미에를 데리고 도쿄 게이오대학 의과대학교의 재활병원에 가서 치료받기 위해 화요일까지 숙박하는 줄 알고 있으므로 대수롭지 않게 생각할 것이다. 사실 나오꼬가 남편 히로시에게 남긴 편지 안에 조력자를 통해 몰래 돈을 마련했다는 것만은 거짓말이다. 동생인 나베지마 사토루가 죽자, 한 달 정도 흘렀을까? 도쿄의 생명보험회사와 이케가미 변호사 사무실인 곳으로부터 나오꼬에게 연락이 온 것이다. 나오꼬의 어머니는 사토로가 아직 유전병이 나타나기 전에 거액의 사망보험을 들고 그가 죽으면 수령자로 나베지마 나오꼬로 지정을 해두고 도쿄에 있는 이케가미 변호사 사무실에 자신의 유서와 함께 공증해 둔 것이다. 나오꼬가 이처럼 거짓말을 써 둔 이유는 자신의 아버지와 남편인 히로시가 나베지마 집안의 사람들 모두 아니 이 집안을 들락거리는 모든 사람을 의심하게 하고 서로 간에 불신을 키우고자 했기 때문이다.

엄기백과 후배 김교수에 대한 뒷조사

엄기백은 서울로 오자마자 바쁘게 시간을 보낸다. 돌아온 다음 날부터 연구실과 도서관 등을 돌아다닌다. 지난번 교토에 가서 교토부립도서관과 교토대학 도서관에서 당시 조선에 남아 있던 상태에서 1945년 해방을 맞이한 일본인들의 본국으로의 탈출기 등을 찾게 되고 특히 북한에서 탈출한 일본인들은 38선을 넘으면서 험한 고초를 겪은 생생한 증언 등을 찾은 적이 있다. 엄기백은 서울에 와서 국회도서관과 국립중앙도서관, 서울대학교 도서관 등으로 다니면서 1945년 해방 이후에 한반도에 잔류하게 된 일본인들에 구체적인 통계 자료들을 찾아보았지만 쉽지 않았다. 당시 조선에 있었던 일본인들의 숫자가 가장 많을 때는 약 96만 명까지 달했다는 일제의 조선총독부 자료를 통해 찾았지만, 해방 이후 얼마나 되는 사람들이 인천과 부산에서 배를 타고 돌아갔는지에 대한 구체적인 숫자는 어디에도 없다. 엄기백은 혼자 생각하기를 조선에 살던 일본인들에 대한 신상정보 자료들은 일제 조선총독부가 퇴각하면서 본국으로 가지고 갔던 지 또는 6.25 전쟁 중에 소실될 가능성이 크다고 생각한다. 그리고는 연구실에서 자신이 찾은 자료를 정리하던 중에 자신의 앞으로 국제우편물이 왔다는 소식을 학과 조교로부터 연락을 받자마자 학교로 다시 나간다. 엄기백은 학과 사무실의 조교로부터 국제우편물을 받는다. 나오꼬로부터 받은 서류 봉투를 뜯지도 않고 가나자와 중앙우체국에서 자신에게 부친 국제우편물이다. 엄기백은 자신의 연구실로 들어가서 문을 잠그고 우편물의 내용을 살펴보기 시작한다. 국권 침탈 이전부터 일본과 식민지 조선 땅에서 주로 활동했던 '흑룡회'가 1965년 한국과 일본의 국교 정상화 이후로 한국인을 적극적으로 영입을 하면서'한일부흥회'로 명칭을 바꾸게 된 경위, 그리고 그동안의 주요한 활동 실적과 조직도 및 간부 임원들의 명부이다. '한일부흥회'의 주요 활동은 네 가지로 구분되어 있었다. 첫째는, 1945년 해방 이후에도 한국 내에 잔류한 일본인 후손들을 찾아내어 후원하는 역할. 둘째는, 일본에 우호적인 활동을 하도록 한국의 지식인들과 정·재계 인사들을 지원하는 역할. 셋째는, 일본의 식민지 시절 친일의 경력이 있는 후손을 발굴하고 이들에게 일본으로 유학하게 하고 재정적으로 지원하는 역할. 넷째는, 지속해서 한국 내에서의 친일그룹이 형성되도록 교육가를 양성하여 전문가와 정치가를 육성 지원하는 역할 등이다.

해방 이후 '한일부흥회'의 활동 실적은 더욱 놀랍다. 1965년 한일 국교 정상화부터 지난 IMF였던 1997년까지의 30여 년 동안 한국이 대일 무역 적자에서 헤어 나오지 못하도록 일본기업의 하청기업으로서의 한국의 중소기업을 이용했으며 관련 학자들에게는 일본의 우익 단체에서 조성하는 연구지원금을 먼저 지원하도록 하였고 정치가들에 대한 후원금을 지속해서 그리고 상당한 액수를 기부하고 있었다. 사회적으로도 영향력을 강화하기 위하여 천리교(天理教), 창가학회(創價學會) 등 일본의 종교사회단체가 한국의 지역사회에 뿌리내리도록 물심양면으로 지원한 것이었다. 그뿐만 아니라 언론계에도 일본에 우호적인 보도 하도록 일본에 파견된 특파원을 관리하고 한국 내의 일본어를 전공하는 대학의 학과의 학생들과 교수들에게도 재정적으로 지원한 액수 등이 상세하게 기록되어 있다. 한국과 일본의 주요 간부들에 관한 자료도 있는데 엄기백도 알만한 사람들이 상당수가 포함되어 있다는 것에 예상은 했지만 적잖게 놀란다. 그러나 아쉽게도 나오꼬가 건네준 자료는 지금으로부터 십 년 전인 1992년까지가 끝이다. 나오꼬가 남긴 별도의 메모에 자신의 아버지가 활동한 때 한일부흥회 본부로부터 받은 자료를 복사한 것이라고 하니까 아마도 이때가 나오꼬의 아버지인 나베지마슈헤이 사장이 일본의 중부지역 분과회 회장직을 그만두었던 시점인 모양이라고 엄기백은 생각한다.

일어날 일은 일어나고야 만다. 엄기백이 내내 불안해했던 일이 터지고 말았다. 학교에서 압박이 들어오고 있다. 학교 교무처에서 그동안 엄기백의 국내외 출장 명세서를 내라고 하지 않나 그가 수행했던 프로젝트의 비용을 횡령한 혐의는 없는지 샅샅이 뒤진다. 이 과정에서 엄기백의 대학원 석사과정에 있는 박민서 조교뿐만 아니라 그의 연구실 출신 조교들에게도 연락해서 조사한 모양이다. 다행히 엄기백교수는 수업이 있는 학기 중에 국내 학회 참석을 위해 지방에 갔지만, 방학 때나 수업이 없는 주말에 참여해서 큰 문제로 비화되지는 않는다. 한참 자료를 정리하던 엄기백교수의 연구실에 후배인 김교수가 찾아왔다. 그리고는 연구실에 자리를 앉자마자 김교수가 조금은 당황한 얼굴빛으로 말하기 시작한다.

“선배, 아무 일 없었어요? 저는 지난 한 달 동안 학교하고 제가 이전에 다녔던 연구원의 업무까지 샅샅이 조사당했어요”

“아…. 자네도 조사를? 자네는 어째서지? 난 일본에 출장을 다녀온 후 여러 조사를 한 모양인데 큰일은 없었어.”

“선배는 뭔가 나오지 않았나 보죠. 왜 저를 갑자기 조사했는지는 알 수 없지만, 큰일 났어요. 선배도 아시지만 제가 학교로 옮기기 전에 동북아역사재단이라고 정부출연 연구기관에 근무했을 때 외부 프로젝트들 가운데 신고를 안 하고 수행한 것들이 있거든요. 대부분은 선배와 함께한 것들이었습니다만. 사실 소속 연구원들이 외부 프로젝트 하면서 신고하지 않고 하는 경우가 흔해서 저도 당시 원장에게 신고를 안 했거든요. 물론, 그 원장이 선배와 노선이 달라서 내가 참여하는 것을 허용하지도 않을 것 같다는 생각도 들어서 그랬을지도 모르지만요” 후배인 김교수의 말을 듣자, 엄기백은 자신이 불안해하던 일이 결국은 터졌다고 생각한다. 엄기백이 수행한 프로젝트라든가 조교들에게 탐문 조사를 한다고 해서 뭔지는 알 수 없었지만, 자신의 주변 인물들에 대한 뒷조사 역시 행해질 것이라는 불안이 현실로 나타났다.

“음, 그렇다면 아마 나 때문일 거야.” 엄기백은 김교수에게 독백하듯이 말한다. 문제는 엄기백교수가 책임연구원으로 수행한 프로젝트에 공동연구원으로 참여한 후배인 김교수에게 문제가 생긴 것이다. 정부 연구기관에 근무하는 자가 외부 프로젝트에 참여하는 경우 해당 기관장에게 허락

받아야 하는 것이 법적으로는 내부규정으로 되어 있었지만, 대부분은 지키지 않았지만, 엄연한 위법 사항이다. 김교수는 현재의 대학으로 이직하기 이전에 근무했던 정부 연구기관에서 엄기백교수의 외부연구원으로 참여했던 적이 종종 있었으므로 이것을 문제 삼으면 아무리 애를 써도 징계를 모면할 수는 없을 것이다. 징계의 최고 수위는 지금 근무하고 있는 대학교 당국이나 전직의 직장에서 형사고발 하여 기소되어 유죄가 확정되면 대학 교수직도 박탈당할 것이다. 엄기백은 머리를 짜내어도 달리 뾰족한 방법을 찾지 못한다. 그리고는 후배 김교수에게 말한다.

"자네, 한일부흥회라고 들어봤나? 이전 일제 식민지 이전의 일본의 흑룡회라고 했다는데 명칭이 바뀐."

"흑룡회는 알죠. 당시 조선말에 나라가 일제에 의해 찬탈당할 때 그들의 물밑 공작에 의해서 상당 부분 먹혔죠. 그 조직이 없어지지 않고 아직도 명맥이 이어졌나요? 금시초문입니다." 후배인 김교수도 최근 그들의 동향은 모르는 모양이다. 엄기백은 김교수에게 자초지종을 설명하기로 하고 그간 자신이 조사한 자료들을 보여주고 홍명부의 일생과 홍길랑, 그리고 자신의 유학 생활의 인연 등에 대해서 말해준다. 단, 가나자와에 가서 나오꼬를 만나 자료를 건네받은 사실에 관해서는 혹시 모를 불상사를 대비하기 위하여 자세한 설명을 하지는 않는다. 장황한 설명을 들은 김교수는 잠시 멍한 상태로 깊이 생각하는 듯하더니 고개를 들고 엄기백에게 말한다.

"그런데 왜 우리 둘이 표적이 되었죠? 아 이제야 알겠어요." 김교수는 무릎을 치며 조금은 흥분된 어절로 말을 이어 간다.

"지난번 동계학술대회에서 선배가 서산대학교 이승덕교수가 발제했을 때 토론하셨잖아요. '변화하는 일본의 동아시아 전략'이던가요. 그때 이승덕교수가 일본의 동아시아 전략은 지난 2차대전 이후 국가 단위에서나 장기 집권 여당인 자민당이나 어떤 집단에서도 구체적으로 수립하고 집행을 위한 계획을 세우는 곳은 없다고 발제했죠. 이미 일본 정치는 이익 분배 정치경제 사회로 이행되고 있어서 현대 일본이라는 국가는 동아시아 평화를 진정으로 원하는 것이라고 했을 때 선배가 강하게 반론을 제기하셨죠. 선배는 일본의 동아시아 국가들에 대한 우월적 지배 전략은 2차대전 이후에도 수단만 바뀌었을 뿐 변함이 없고 이것을 구체적으로 기획하는 집단이 있다고 확신해 찬 반대 토론을 해서 두 분이 격하게 다퉜죠. 다들 기억합니다. 당연히 이승덕교수는 모두가 알다시피 위안부 문제나 교과서 문제나 65년 한일 국교 정상화 문제 등에 대해서 우호적이고 일본재단에서 많은 펀드를 끌어오고 있다는 점은 다들 알고 있었기 때문에 두 분의 관점은 우리 후학들에게 흥미 있는 광경이었습니다. 그런데 저도 그때 느꼈었는데 선배는 일본의 동아시아 전략을 음모론이 아니라 실재론으로 확신하고 있듯이 얘기를 해서 선배가 뭔가 증빙할 수 있는 자료가 있다고 생각하기는 했습니다." 그렇다. 엄기백은 지난번 교토에 다녀와서 개최된 동계 한일근 대사 학술대회 때 자신과 함께 일본 동경대학에서 유학한 이승덕교수의 발제에 대해서 이전보다도 강한 반대 토론을 했다. 일본의 우익 단체와 우익 학자들에 의하여 만들어진 '새로운 역사 교과서'의 한국 역사학계에 대한 영향력과 일본의 각급 학교에서 채택하게 하려 한다는 내용을 중심으로 토론한 것이다. 당시 '새로운 역사 교과서'는 양국 간의 외교 문제로 비화하고 있었다. 마침 이 문제를 다루는 학술대회였기 때문에 관심 있는 한국과 일본의 언론사들이 학술대회에 많이들 참관했다. 한국의 외교부 동북아국장과 주한일본대사관의 정치부장인 다케다 공사도 참관자로 왔기 때문에 엄기백은 이들과 인사를 나눴던 기억도 있다. 학술대회가 끝난 다음 날 이승덕교수의 발제 내용 요약과 엄기백교수의 토론 요지가 신문 지면에 실릴 정도였다. 엄기백이 기억하기에 분명한 점은 학술대회 이후로 자신과 후배 김교수에 대한 탐문 조사가 시작된 것이다. 아마도 김교수가 자신의 프로젝트에 여러 번 참여했고 둘이 각별하게 지내고 있다는 점은 학회 사람 모두가 알고 있어서 김교수를 뒤져보면 엄기백 자신의 치부를 들출 수 있을지 모를까, 해서였을 것이다. 이런 일들이 생기면서 엄기백은 더욱 한일부흥회의 실체에 대해서 확신하게 된다.

"선배, 이건 우연이 아니네요. 누군지 모르겠지만 저들의 표적은 선배와 저를 겨냥한 것 같습니다. 우리 역사문제연구소와 함께 기자회견을 합시다. 제가 연락을 해둘까요? 이젠 우리가 오히려 이 이슈의 덩치를 키우죠. 이 방법이 선배나 제가 살길 같습니다."

"음, 나도 같은 생각 이네만. 줄곧 생각해 봤지. 저들의 반격도 생각해야 해. 먼저 자료의 신빙성에 대해서 문제 제기할 거야. 자료의 입수 경위에 관해서 물어볼 테고 그리고는 그 사람의 신뢰성을 검증할 테지. 내가 그들이 주장하는 것을 증빙하지 않으면 그들은 내가 스스로 만든 조작물이라고 치부하고 우리 둘 다 매장할 거야"

"선배에게 자료를 준 사람이 있잖습니까? 그 사람의 이름을 밝히면 안 될까요? 가장 좋은 것은 자료를 준 그 사람과 함께 기자회견 하면 되지 않나요?" 김교수는 좋은 생각이 났다는 듯이 눈에 생기를 띄며 엄기백에게 말한다. 그러나 엄기백은 슬프고도 영롱한 눈과 온갖 불행을 자기 어깨에 혼자서 지고 있는 듯한 얼굴을 가진 나오꼬를 떠올리며 고개를 좌우로 젓는다.

"바로 그 점이 쉽지 않아서 내가 지금 망설이고 있는 거야." 사실 엄기백은 자신이 받은 자료와 찾은 자료를 정리하면서 몇 번이나 나오꼬가 알려준 메일로 한국에 와 줄 수 없느냐는 편지를 쓸까도 생각했다. 자신이 찾은 자료나 홍길랑이 건네준 자료들은 과거 일제 식민지 시절에 관한 자료거나 지금은 죽어버린 사람들에 대한 자료였다. 그러나 나오꼬가 건네준 자료들은 지금도 한국과 일본에서 활동하고 있는 정치가, 학자, 경제인들과 관련된 내용이었기 때문이다. 엄기백은 간절한 김교수의 눈빛을 보고 차마 불가능하다는 말은 못 하고 말을 잇는다.

"내가 어떻게든 해 볼게. 얼마나 어렵게 자네가 그 자리 대학교수로 갔는지 내가 누구보다 잘 알고 있으니까. 그리고 제수씨와 자네 아이들 생각해서도 자네가 다쳐서는 안 되지!"

그리고는 그날 저녁 두 사람은 엄기백교수의 연구실에서 헤어진다. 엄기백은 나오꼬가 준 한국인 명단에서 이승덕교수의 이름은 발견하지 못했다. 물론, 나오꼬의 자료도 10년 전쯤까지 것이라서 그 이후로 이승덕교수가 새롭게 한일부흥회에 가입했을 수도 있을 것이다. 그러나 자신의 대학교나 김교수의 대학을 동원할 정도라면 이승덕교수의 힘은 아닐 것이다. 보다 윗선이다. 교육부이거나 사법당국일 수도 있다. 오랫동안 사법부의 판검사들은 일본의 동경대학을 비롯한 일본의 대학원 법과 과정에서 1~2년 연수를 다녀오고 있다. 해마다 1~2명 정도가 다녀오니까 그 숫자만 해도 이미 상당수에 이른다. 교육부도 마찬가지다. 공무원 해외연수로 일본의 대학원으로 가는 숫자도 상당하다. 아니면 제보자에 의해 엄기백 자신과 김교수에 대한 조사가 시작되었을 수도 있다. 제보자라면 의외로 가까운 그곳에 있는 자일 것이다. 엄기백은 이 시점에서 누가 제보했는지 또는 누가 탐문 조사를 시작했는지는 중요하지 않다고 판단한다. 엄기백은 후배 김교수가 다치게 하지 않기 위해서는 보다 큰 이슈로 선제공격해야 한다고 마음을 먹는다. 엄기백은 서둘러 자료정리가 미처 끝나지는 않았지만, 후배인 김교수가 연구실에서 나간 다음 택시를 잡아 타고 광화문에 있는 역사문제연구소의 한영부소장에게 달려간다. 아무래도 자신의 연구실은 불안하다. 엄기백은 언제 갑자기 압수수색을 당해서 모든 자료가 검찰 손에 들어갈지도 모른다. 한영부소장은 엄기백교수의 다급한 전화 목소리를 듣고 직원들과 저녁 식사를 하던 자리 도중에 일어나 연구소로 돌아가서 엄기백교수의 자료를 금고에 넣는다.

사사카와 평화재단의 한국에서의 활동

1993년에 들어선 김영삼 정부의 세계화 추진은 동북아시아 일대에 불어닥친 국제화 분위기를 타고, 일본 보수우익 재단의 기금이 국내 학계에 무분별하게 들어오는 계기가 되고 있다. 이들 재단 가운데 가장 큰 세력은 2차대전 일본의 패전 이후 치러진 1995년에 96세로 죽은 사사카와 료이치(笹川良一)가 만든 사사카와 평화재단이 대표적이다. 그는 일본 오사카(大阪)부에서 1899년 양조장의 장남으로 태어났다. 그는 1942년 총선에서 도조 히데키 내각의 정책에 반대하는 태도에 출마해 당선됐던 정치가이자 사업가이다. 그의 학력은 오사카 고향에서 초등학교를 졸업한 것이 전부이다. 일본 극우 정치가들인 시게미스 마모루, 기시 노부스케와 친분이 있었다. 사사카와 료이치는 1945년 연합국의 극동 재판에서 A급 전범으로 잡혀 스가모 감옥에 갇힌다. 그러나 불기소 처분으로

1948년에 풀려난 이후 '일본 선박진흥회'를 만들고 사사카와 그룹을 세워 선박의 경주도박 산업을 기반으로 방대한 자금을 조성하고 일본 정·재계에 막강한 영향력 행사한다. 사사카와는 1954年에 한국에서 발족한 아시아 인민 반공연맹(APACE, 후에 아시아태평양 방공동맹으로 명칭이 바뀜) 그리고 후에는 1966年에 이름이 바뀌어 재탄생한 세계반공연맹(WACL)을 타이완의 장개석 등과 함께 설립하기도 하여 한국과의 인연도 깊다. 사사카와 평화재단은 일본의 전쟁범죄를 미화하고, 일본의 역사 왜곡을 전 세계적으로 조직적으로 지원하는 것이다. 또한, 사사카와 료이치의 손자인 사사카와 히로요시(笹川博義)는 지금도 일본의 국회의원인 중의원(衆議院 議員) 이다. 사사카와 료이치는 일본 재단(일본 선박진흥회) 설립 후에도 각종 단체를 설립했는데 재단 임원진들의 대부분을 차지하고 있는 세력들은 일본 역사 교과서(새 역사 교과서를 만드는 모임)의 주범들이 대거 그 자리를 차지하고 있다. 사사카와 재단은 미국의 유명 대학(하버드, 예일대학은 거부했음)에 연구 기금을 제공하고 일본과의 교류를 통해 친일 인사를 만들거나 일본 역사를 왜곡, 미화시키거나 일본을 지지하는 세력으로 만들려고 노력하고 있는 것으로 알려져 있다. 관련 학자들에 따르면 사사카와 평화재단 관계자들이 국내 각 대학이나 연구소, 그리고 일본에서 유학생 출신교수나 국책연구원 박사들에게 개인적으로 접촉해 왔기 때문에 표면에 드러나지 않은 지원 형태도 상당히 있다는 점은 관련 학계에서 비밀 같지도 않은 비밀로 되어 있다. 한편, 사사카와 평화재단이 한국의 지식인 사회에서 세력을 확장하고 있는 문제를 1993년에 시사저널이 매우 깊이 있게 다뤄 국내에서도 화제가 된 적이 있었으나 그 이후로 이에 관련된 기사는 거의 찾아볼 수 없었다.

이승덕은 일본 동경대학에서 학위를 받기 1년 전쯤 자신의 지도교수

소개로 사사카와 평화재단의 히로세 전문연구원을 만난다. 처음에는 단순한 연구프로젝트를 함께 하자는 용건이었다. 히로세 연구원은 미국의 피츠버그대학 출신의 교육학 박사인데 한국의 교육시스템과 정치제도에 관심이 많아 함께 하자는 것인데 조건이 이승덕 박사의 출신 대학인 고려대 출신을 비롯한 서울대와 고려대의 국제정치학 박사 또는 교수들과 함께하자는 것이었다. 연구프로젝트 비용도 상당히 많고 2년간이라서 연구를 제대로 해 볼 수 있다는 욕심에 승낙한다. 더군다나 이승덕교수는 당시 학위논문도 제출하고 심사 중이었던 상황이어서 비교적 시간적 여유가 있었다. 이승덕교수 자신의 학위논문 주제 역시 한국 근대사에서 교육사였기 때문에 더 욕심을 내게 된 동기이기도 했다. 1997년 10월 어느 날에 서울의 김포공항에 이승덕과 히로세 연구원이 도착한다. 당시는 IMF 직전에 한참 대한민국의 경제가 요동을 칠 때이다. 이승덕과 히로세는 남산의 힐튼호텔에 체크인하고 3박 4일의 서울 일정을 시작한다. 이승덕은 본가가 서울이지만 집에 들어갈 시간도 없었다. 첫날 저녁은 경기고등학교 출신의 유력한 국제정치학자들과 만찬을 또 하루는 한일관계를 연구하는 현직 대학교수들과 그리고 마지막 날은 얼마 후에 오픈한다고 하는 인천국제공항이 건설 현황 설명을 듣고 일본에 연수를 다녀온 중앙부처 고위직 공무원들과 만찬을 하기로 한 일정이다. 이승덕과 히로세는 도착한 날 저녁 6시에 힐튼호텔 지하 1층의 '모모야마(桃山)'라는 고급 일식집에 들어간다. 아마도 서울에선 가장 비싼 일식 레스토랑일 것이다. 저녁 약속은 6시 30분이지만 미리 가서 준비할 생각이었다. 두 사람은 '모모야마(桃山)' 일식 레스토랑에서도 가장 중앙에 위치하고 넓은 방으로 안내되어 들어가 자리에 앉는다.

"이 선생님, 오늘 몇 명 오기로 했죠?" 히로세가 이승덕에게 물어본다.

"4명이 오기로 했어요. 모두가 지금은 평준화가 되어 없어졌지만, 한국의 최고 명문 고등학교인 경기고등학교 출신들이죠. 물론 학계나 정·재계에도 영향력 있는 사람들입니다."

"이 선생님, 그곳 고등학교 출신이신가요?"

"아니요. 저는 고교 평준화 시대라서 그렇지는 않습니다. 사실 오는 오시는 분들 가운데 제가 아는 사람은 제 대학 선배인 고려대학의 최교수밖에 없습니다. 그분이 모두 섭외하셨죠." 이승덕은 명단을 보면서 말한다.

"아, 네. 이따가 제가 먼저 말을 하겠지만 굳이 이런 모임이 우리 재단의 후원으로 한다는 것을 강조하지 않아도 될 것 같습니다." 둘이 대화하는 사이에 노크 소리가 들리면서 간편한 일본식 기모노를 차려입은 여자 종업원의 안내로 3~4명의 중년의 남성들이 들어온다. 그리고는 이들은 이승덕과 히로세와 서로 명함을 교환하면서 각각 3명씩 좌우로 자리에 앉는다. 차례차례 음식이 들어오고 한국과 일본의 가을 날씨에 관해서 얘기들을 나누면서 알게 된 점은 한국 측의 참석 인사 모두 일본어가 가능하며 장기이건 단기이건 일본에서 유학한 교수들이었다. 어느 정도 담소가 끝날 즈음에 그중에 좌장 격인 고려대학의 최박교수가 이승덕에게 묻는다.

"승덕이, 자네 이번에 우리를 만나자는 구체적인 목적은 뭔가. 학위심사 논문을 제출했다고 쉬러 와서 집도 서울인 사람이 힐튼호텔에 묶으면서 이런 고급 일식당에 그냥 불렀을 리는 없을 테고"

"네, 물론이죠. 사실 제가 연구용역을 함께 온 히로세 연구원과 함께하고 있는데 선배님들의 도움이 필요해서요. 자세한 내용은 히로세 연구원이 설명할 겁니다." 이승덕은 히로세에게 눈짓으로 네가 말할 차례라고 하면서 통역을 해 준다.

“교수님들도 잘 아시겠지만, 지금의 한일관계는 국가 간에는 여러 문제가 있지만, 민간 교류는 활발하지 않습니까. 국가 간의 관계도 점차 좋아지리라고 봅니다. 여러분들의 활발한 연구와 활동이 양국 간의 오해와 갈등을 불식시키는 데에 큰 역할을 하리라고 봅니다. 이번에 한국에 온 목적은 여러분들의 연구를 하고자 하시는 분야에 전폭적인 지원을 해드리려고 합니다.” 히로세가 모두에게 설명한다. 그러자 전남 지역의 국립대학에 근무하고 있는 박교수가 히로세에게 말을 건다.

“혹시, 1992년 11월이던가? 일본 시마네현 마쓰에시에서는 사사카와 재단과 시마네현이 공동 주최한 ‘환일본해 교류 국제 세미나’와 같은 것을 기획하는 것인가? 그렇다면 난 참여할 수가 없어. 사사카와 평화재단 이런 것이 결국은 일본의 우익 집단이 한국에 정식으로 상륙하려는 것 아닌가 말이야.” 박교수의 말이 끝나자마자 히로세가 답을 하는 것이 아니고 부산 지역에 근무하는 강교수가 즉각적으로 박교수의 문제 제기에 반박한다.

“아니, 자네는 아직도 한일관계에서 우익과 좌익을 구분하는가? 동북아시아 국가들의 자유민주 체제를 위협하는 중국과 북한, 러시아가 상수로 존재하는 이상 한국은 미국과 일본과 힘을 합해야 한다고 봐. 그리고 사사카와 료이치는 전범으로 이미 스가모 감옥에서 죗값을 받았잖나. 연좌제로 그 후손이 추진하는 현재의 사업까지 의심의 눈으로 보는 것은 적절치 않다고 봐.” 이에 박교수는 강교수에게 쏘아붙이듯이 장황하게 말한다….

“어떻게 이게 연좌제지? 내가 지금 연구를 시작해서 자세히 말할 수 있는데 지금 사사카와 평화재단의 대표인 사사카와 요헤이(笹川陽平)는 당사자야. 그자는 1990년 12월 일본 《월간 아사히》와의 인터뷰에서 '중요한 것은 다음 세대를 겨냥하는 젊은이들에 대한 접근을 강조했어. 장학생 전원을 데이터베이스에 입력하고 있고 세계의 두드러진 50개 대학에서 매년 1천 명 정도의 졸업생이 나오고 있는데 10년이면 1만 명에게 자신들의 돈을 뿌리겠다는 거야. 그중 30%가 전문가나 핵심층이 된다면 이것은 대단한 네트워크다. 단추만 누르면 어떤 인맥을 통해야 할 것인가 순식간에 파악된다.'라고 말을 한 적이 있어. 더군다나 그자는 올해 초부터 시작된 왜곡된 우익 교과서를 만드는 '새 역사 교과서를 만드는 모임'의 대표직을 맡고 있어. '새역모'라는 교과서에서는 중국에서 벌어진 일본군의 난징대학살을 '난징 사건'이라 바꾸어 부르고, '위안부'라는 용어를 사용하고 일본제국의 전시 활동을 빠뜨리거나 축소하는 태도를 보이고 한국과는 독도와 중국과는 조어도 제도, 러시아와는 쿠릴열도의 남쪽 영유권을 강조할 걸세. 이들은 또한 자국의 역사 교과서뿐만 아니라 '여기가 이상한 중국과 한국의 역사 교과서'라는 이름의 소책자를 통해 한국과 중국의 역사 교과서가 반일 선전을 담고 있다고 비판하고 있단 말이야."

"아니, 지금 자네는 시대를 거꾸로 살고 있나? 과거를 묻어두고 가자는 것이 아니라 미래를 위해서 함께 가자는 것인데. 그래서 한일 연구자들이 객관적으로 볼 수 있는 공동연구도 필요하고. 자네도 알고 있잖나. 1987년부터 고려대학교 인문 사회계열 대학원 석·박사 과정 학생들에게 장학금 명목으로 지급된 1백만 달러 말이야. 내가 고려대학에 근무하고 있는 교수에게 물어보니 자신들이 받은 사사카와 재단의 기금은 재단의 5개년 계획으로 1백만 달러씩의 장학금을 전 세계 명문 50여 대학에 지급하겠다는 계획의 하나라고 하더군. 더군다나 고려대학은 시초였고 여기 앉아 있는 최교수 역시 사사카와 재단의 후원금을 받고 있잖아. 자네가 진정으로 동북아 평화를 원한다면 사사카와 평화재단이 학술 연구비나 국제회의 운영비에만 지원해 주고 북방 관계나 지역 문제를 연구하는 인문 사회과학 계열 학자를 주요 대상으로 하고 있는데 한국의 연구재단에서는 이런 문제에 인문 사회계열 교수들에게 지원을 안 해 주지 않나. 그렇게 자네처럼 막힌 생각을 하고 있으면 한국과 일본이 동반자적인 자세로 어떻게 미래로 나아갈 수 있겠나?" 강교수는 좌중을 돌아보며 히로세도 알아듣게끔 유창한 일본어로 말한다. 그러자 여태까지 잠잠히 있던 한양대학교에 근무하고 있는 양교수가 말한다.

"자자, 참게들. 자네들 조금 목소리를 낮추게. 이런 고급 일식당에서 좋은 술을 놓고 싸울 필요는 없어. 자네들은 유학 시절에도 한일 문제만 나오면 밤낮으로 다투더니만 지금도 그런가. 나는 자네들 가운데 누구의 편을 들 생각은 없어. 단지 사사카와라는 인물과 사사카와 재단만을 문제 삼을 필요는 없다고 봐. 그건 사실 너무 지엽적이지. 오히려 한국과 일본의 보수우익 집단들의 연결고리와 양국 간의 정·재계의 연결고리에 관해서 연구할 필요가 있다고 봐. 재작년인가 96세로 죽은 사사카와 료이치는 악행을 한 사람치고는 참 오래도 살았지. 그자가 처음으로 일본의 우익 단체와 연을 맺은 것은 자기 친동생을 통해서야. 친동생이 활동하던 곳이 자네들도 알고 있는 후쿠오카의 흑룡회와 같은 우익 단체인 간사히 낭인 회(関西浪人会)에서 활동하고 있었지. 이때 사사카와 료이치는 동생 친구인 후지 요시오(藤吉男)를 후원하고 1931年에 우익 단체인 국수대중당(国粋大衆党)을 창단해. 즉, 사사카와 료이치는 일본의 극우단체를 정당으로 변신을 시키고 2차 대전 중에는 자신이 오사카로 직접 선거에 나가 당선도 돼. 그가 더욱 유명해진 것은 1931년 만주사변이 일어나자, 주식으로 돈을 벌어 일본군에 비행기와 비행장을 헌납하고 2차대전의 막바지에 이르러서는 대부분 일본의 규슈 지역의 시골 출신 젊은 병사이거나 식민지 조선의 자원입대자 학도병으로 구성된 자살부대인 가미카제 항공특공대를 만든 최초의 창안자로 알려졌기 때문이지. 덧붙여서 2차대전 당시 1939년 일본제국의 해군부 장관인 야마모토(山本五十六) 제독의 지원으로 자신의 비행기를 타고 이탈리아의 무솔리니를 직접 만나 회담하는 등 스스로 파시스트를 자처해 온 인물이란 점은 다들 잘 알고 있지. 그래서 미국에서도 사사카와 평화재단의 활동은 중요 감시의 대상이야. 심지어는 일본 정부에서도 4등급에 해당하는 1987년에서나 그에게 훈장을 줬지만, 한국은 이보다 10년 정도 빠르게 1976년 박정희 정부가 그에게 '수교훈장 강화장'이라는 대한민국 훈장에서 아주 높은 격에 들어가는 훈장까지 주지. 즉 사사카와 평화재단은 지금도 우리나라의 보수단체와도 연결되어 있다고 봐야지. 결론적으로 나는 사사카와 평화재단의 움직임은 일본만의 문제가 아닌 한국에서도 이미 보수집단과 함께 움직이고 있다고 보네. 자네들의 논쟁을 들어보니 박교수 자네는 참여 안 할 테지. 최교수와 강교수는 히로세의 제안에 참여할 것 같고 나는 공동연구 프로젝트에는 참여를 안 하겠지만 일본에서 개최되는 학술대회에는 참가하고 싶네. 개인적으로 연구하는 것이 있으니까 참여해서 관찰하고 싶거든."

이승덕은 한양대학의 양교수의 설명을 듣고 이 때서야 비로소 사사카와 평화재단의 실체와 설립자인 사사카와 료이치에 대해서 알게 된다. 양교수가 설명하는 동안 간략히 히로세에게 통역을 해줬는데 히로세 역시 양교수의 지식에 사뭇 놀란 눈치이다. 이날의 모임은 어쩌면 양교수가 교통정리를 한 것 같은 형태로 정리가 된 듯싶고 실제로도 그 이후에도 양교수의 예상대로 흘러갔다. 이승덕교수 역시 자기 선배인 최교수를 따라 공동연구 프로젝트에 참여하고 사사카와 평화재단이 후원하는 학술대회에도 적극적으로 참가한다. 반면에 유학 시절 때부터 전남대의 박교수와 친했던 엄기백은 귀국해서 대학교수로 자리를 잡은 다음에는 후배인 김교수와 더불어 한일 근대사 좌파 연구 3인방으로 자리매김한다.

엄기백교수와 나오꼬의 기자회견

엄기백은 이승덕교수와 학회 때 논쟁을 떠올리면서 혼자서 생각한다. 사람들은 자신이 잘 나가면 자신이 속한 그룹이 차별당하고 있다는 것을 모르거나 애써 모른 척한다는 한다는 것을 새삼 느낀다. 엄기백은 더는 시간을 지체할 수 없다고 생각한다. 후배인 김교수의 신변도 그렇고 지금은 역사문제연구소의 한소장에게 자료를 맡긴 상태지만 그곳도 언제 압수수색을 당할지 모른다. 엄기백은 몇 번이고 고심하다가 나오꼬에게 메일을 보내기로 한다. 한국에 귀국한 이후 한일부흥회 자료를 수집 분석한 것과 나오꼬의 자료의 신빙성 등 현재 상태와 그간의 자초지종을 설명하고 메일의 말미에는 3월에 개학하기 전에 기자회견을 해야 할 것이라는 내용의 취지를 보낸다. 엄기백교수는 한영부소장과 일정 등을 상의하는 가운데 나오꼬로부터 기다리던 반가운 메일을 받는다. 나오꼬가 2월 마지막 주에 서울로 와서 기자회견장에 나올 수 있다는 것이다. 대신에 어쩌면 아주 이주할 수도 있으니까, 한국에서 안전하게 거주할 집을 얻어달라는 내용이다. 덧붙여서 돈은 충분하니까 둘째 딸인 기미에가 치료를 받을 수 있는 요양병원 근처로 물색해달라는 내용이었다. 엄기백은 자기 제자가 근무하고 있는 경상남도 남해군에 연락하여 햇볕이 좋은 독일인 마을에 나오꼬와 기미에가 묵을 숙소와 근처의 요양병원을 소개받는다. 그리고는 나오꼬에게 메일을 보낸다. 나오꼬는 즉각적으로 회신메일이 왔다. 매우 고맙다는 내용이며 물론 거처하는 장소를 엄기백이 비밀로 하겠지만 재차 다짐하는 메일의 내용이다. 그리고는 다음 주 월요일 오후에는 가나자와의 고마쯔 공항에서 출발하는 비행기를 타고 김포공항에 도착할 것이라는 내용이다. 그리고 자신의 이름은 아키요시 구미꼬로 둘째 딸인 기미에는 아이란으로 개명하였다고 한다. 엄기백은 메일을 보자마자 한영부소장을 급히 찾아가 만난다.

"한소장님, 다음 주 화요일 늦어도 수요일에는 기자회견을 해야 할 것 같습니다."

"네. 준비하고 있었습니다. 장소는 참여연대 강당과 민변 사무실로 잡았어요. 혹시나 해서요. 두 군데 모두 잡아뒀습니다."

역시 빈틈없는 한영부소장이다. 그동안 일제 강점기를 막론하고 독립이후에도 친일 부역한 인사들에 관한 자료수집과 분석을 하다 보면 여러 형태의 위협과 위험에 노출되었을 것이다. 엄기백은 한소장에게도 나오꼬가 온다는 말은 안 했다. 처음부터 한소장은 엄기백교수가 수집 분석한 자료만으로도 한일부흥회의 정체와 일본의 우익 단체와 한국의 우익 단체, 일제 강점기에 한국에 건너와서 해방 이후에도 남아 있는 잔류 일본인들의 활동과의 연계성을 증명하는 것은 충분하다고 말해 왔기 때문이다. 엄기백은 한소장에게 화요일 오전에 기자회견을 하자고 한다. 화요일 오전에 해야만 기사를 받아 오후 5시에 마감하는 일간지의 편집 시간에 맞출 수 있고 주초에 보도가 나와야만 기자회견의 이슈가 주말까지 이어지리라 판단했기 때문이다. 엄기백과 한영부소장은 각자가 할 일을 분담하고 헤어진다. 그리고 엄기백은 남해군에 근무하는 제자에게 전화를 걸어서 다음 주 화요일 오후 김포에서 출발하여 사천으로 가는 비행기를 타고 아키요시 구미꼬와 그녀의 딸, 자신이 함께 내려갈 것이라고 전한다. 그리고는 엄기백은 후배인 김교수에게 전화를 건다. 나오꼬가 도착한다는 말은 하지 않고 다음 주 화요일 오전에 기자회견을 할 것이라는 내용이다. 엄기백은 한 주가 지난 월요일 오후 1시에 일본 꼬마쯔 공항을 출발하여 김포에 도착하는 비행기를 초조하게 기다린다. 사실 이미 탑승객 명단에 아직은 아끼요시 구미꼬로 개명이 안 된 나베지마 나오꼬라는 이름을 발견하기는 했지만 초조하기는 마찬가지다. 이윽고 출입문이 열리고 얼마 지나지 않아 휠체어를 탄 기미에와 이를 밀고 나오는 나오꼬를 발견하고 엄기백은 잰걸음으로 다가간다.

"수고했어. 나오꼬. 큰 결심을 해줘서 고마워."

"고마워요. 이렇게 나와주셔서. 저는 혹시 기백씨가 어떻게 잘못되지 않았나 해서 걱정했어요. 다행이에요."

"내 차로 이동할 테니까 여기서 빨리 떠납시다. "엄기백은 나오꼬의 여행용 큰 가방과 작은 가방 2개를 카트에 싣고 앞장서서 걷고 나오꼬가 뒤따른다. 그리고는 주차된 엄기백의 자동차 트렁크에 가방을 넣는다. 기미에는 허약해서 가나자와 집에서 김포까지 오는 동안 지쳐서 휠체어를 탔지 걸을 수 있을 정도였다. 엄기백의 자동차는 빠른 속도로 공항을 빠져나온다. 호텔로 이동하는 동안에 나오꼬와 엄기백은 기미에가 들을까 염려해서 거의 아무 말도 하지 않는다. 다음날 기자회견이 열리는 장소와 멀지 않은 광화문 세종대로의 코리아나 호텔에 체크인한다. 나오꼬와 기미에는 둘이 호텔 룸서비스로 저녁 식사를 하고 그동안 엄기백은 자신의 평창동 집에 가서 간단히 저녁을 하고 나오꼬와의 약속을 위해 다시 코리아나호텔로 간다. 그리고는 둘이 함께 길 건너 광화문의 '가을'이라는 바에 들어간다.

"나오꼬, 이제 얘기를 해봐. 어떻게 서울에 올 결심을 하게 됐고 또 아키요시 구미꼬라는 이름으로 개명을 왜 했는지?" 엄기백은 자리에 앉자마자 말을 꺼낸다. 그러자 나오꼬는 맥주를 먼저 한잔 들이켜고 이제야 안심된다는 듯 편안한 얼굴로 간간이 미소도 보이면서 엄기백이 가나자와에 다녀간 이후의 동생 사토루의 죽음과 장례식, 그리고 남편 히로시와의 이혼 등등 그간의 일을 소상히 말한다. 나오꼬의 말을 듣는 동안 엄기백은 때로는 놀란 얼굴로 때로는 분노의 표정을 보이면서 자신의 술잔에 연거푸 몇 잔의 위스키를 따라 마신다.

"나오꼬 정말 고생이 많았어. 앞으로의 일은 천천히 생각하도록 해. 내일 기자회견을 마치자마자 남해로 출발할 거야. 독일인을 비롯한 외국인들이나 외국에서 거주한 경험이 많은 한국인들이 살고 있어서 다른 곳보다는 편할 거야. 그리고 기미에가 입원할 수도 있는 재활요양원도 가까운 곳에 있고. 무엇보다도 내 제자가 그곳에서 근무 중인데 아직 결혼하지 않은 친구에다가 그곳에는 친척도 없어서 나오꼬를 잘 보살펴 줄 거야"

"정말 고마워요. 지금이 너무 행복해. 해방된 느낌이라고나 할까. 아니 지금부터 새로운 인생이 시작된다고나 할까 그런 기분이에요." 나오꼬는 진정으로 감동한 듯 엄기백의 눈을 똑바로 바라보면서 말한다. 엄기백은 슬며시 나오꼬의 눈빛을 피하면서 말한다.

"그래 새 출발이지. 뒤돌아보지 말고 이전의 나오꼬 대학 시절의 나오꼬로 돌아가 봐. 응원할게." 두 사람은 기분 좋게 한 두 시간 정도 술과 음악을 즐기다가 엄기백이 나오꼬의 숙소까지 바래다준다.

엄기백교수는 집에 돌아와서 내일의 일을 생각하며 독백한다. 왜 한때 같은 배를 탔던 이승덕교수가 저리도 욕망의 덩어리가 되었는지. "시지포스의 신화에서는 교훈이 없었어. 단지, 하데스 산 정상에 올라가면 아프로디테 신전이 있고 무녀들이 있어서 섹스와 향락을 즐길 수 있었던 거였지. 아마도 그러한 섹스와 행락을 즐기려 힘들게 올라가지만 내려올 때는 허무해지고. 그러나 잠시 지나면 허무를 잊어버리고 다시금 올라가게 되는 우리의 인간상을 이교수가 모르지 않을까?" 엄기백 자신도 대상과 장소만 다르지 시지프스와 같지 않을까 생각하면서도 내일의 기자회견을 강행하기로 한다. 결국은 오래된 친구인 이승덕교수를 버리기로 마음을 먹는다.

다음 날 엄기백은 기자회견장으로 나오꼬를 데리러 호텔로 간다. 기자회견 장소는 전날 저녁 한영부소장과 상의해서 민변 사무실로 정했었다. 오전 10시에 시작하는 기자회견 장소에는 이미 일간신문 사의 기자들과 YTN의 카메라 등이 대기해 있었고 엄기백과 나오꼬, 그리고 역사문제연구소 한영부소장이 입장하고 기자 회견석에 세 명이 나란히 앉는다. 진행사회는 후배인 김교수가 담당했다. 그리고는 엄기백은 기자회견문을 기자들에게 돌리고 낭독하기 시작한다.

"안녕하십니까? 인사드리겠습니다. 저는 한국대학 사학과 엄기백교수이고 여러분도 잘 아시는 역사문제연구소 한영부소장님이십니다. 제 옆에 앉아 계시는 여성분은 잠시 후에 소개해 드리겠습니다. 사전에 말씀드린 대로 오늘 여러분들을 이곳에 오시라고 한 이유는 일제 식민지 이후에 한국에 남은 잔류 일본인들과 그 자녀들의 활동단체 한국과 일본의 우익단체들과의 연계 관계에 대하여 발표하고자 합니다. 특히 여러분 가운데 알고 계실 수 있는 일본의 대표적 우익 사사카와 평화재단의 한국의 대학 및 연구단체들에 대한 후원과 이에 엮어져 있는 학자들 한국과 일본에서 지금도 활동하고 있는 한일부흥회에 관한 내용에 대해서 발표하겠습니다."

"오늘 제가 여러분을 모시고 가진 기자회견의 목적이 도스토옙스키의 작품 '죄와 벌'에서 인류를 위해 많은 사람을 죽인 나폴레옹처럼 되겠다는 주인공 라스콜니코프와 같은 마음으로 하는 것은 아닙니다. 친일 단체와 그들의 숨겨진 활동을 밝히는 것이 마치 나쁜 사람들을 죽이면 좋은 세상이 될 거라는 라스콜니코프와 같은 생각으로 오늘 이 자리에 선 것이 아닙니다. 오히려 역설적으로 이분들이 세상 밖으로 나와서 활동하는 건전한 한일관계를 만들 수 있다고 보기 때문에 폭로하는 것입니다."

엄기백교수의 기자회견 모두의 발언이 끝나자, 준비한 발표문을 후배인 김교수가 좌중의 기자들에게 배포하기 시작한다. 이곳저곳에서 웅성웅성하기 시작한다. 몇몇 기자들이 손을 들고 질문을 하기 시작한다.

"배포하신 명단에는 모두 성씨만 있지 이름이 없습니다. 왜죠?" 경향신문이 김기자가 질문한다. 이에 대해서 엄기백이 아닌 한영부소장이 답변한다.

"그 질문에 대해서는 제가 답변을 하겠습니다. 이미 엄기백교수님께서 밝힌 모든 자료는 역사문제연구소가 보관하고 있습니다. 개인의 인권 문제도 있기 때문에 구체적인 명단은 연구의 목적으로 사용하신다는 서약서를 받고 관심 있는 연구자들에게만 알려드리겠습니다. 역사문제연구소를 통하여 의뢰한다면 밝히도록 하겠습니다." 이어서 조선일보의 이기자가 질문을 한다.

"여기에 있는 한일부흥회 활동 이력과 한국과 일본의 조직도와 이름이 감춰진 명단이 있는데 어디서 어떻게 자료를 입수하신 거죠? 취재원을 밝혀줄 수 있습니까? 과연 신뢰성이 있는 자료입니까"

엄기백은 이에 대하여 답변하기 시작한다.

"네 그러면 좀 전에 소개하지 않은 제 옆에 앉아 계신 나베지마 나오꼬씨를 소개해 드리겠습니다. 본인 소개는 본인이 직접 하시고자 하니 제가 통역을 하도록 하겠습니다."

엄기백은 나오꼬에게 눈인사를 하면서 마이크를 건넨다.

"안녕하십니까? 처음 뵙겠습니다. 저는 어제 일본의 가나자와시에서 김포공항으로 입국을 한 한일부흥회 일본의 중부지역연합회 지회장이셨던 나베지마 슈헤이의 첫째 딸 나베지마 나오꼬입니다. 엄 선생님이 발표한 한일부흥회의 활동 이력과 조직도, 명단 등은 아버지의 것을 제가 가지고 나온 원본입니다. 또한, 제 아버지는 전직이지만 현재에도 활동하고 있으며 1997년부터 일본의 우익 교수들과 우익 단체들이 시작한 '새 역사 교과를 만드는 모임'을 만든 장본인이자 후원자이기도 합니다. 지금도 일본의 중고등학교에서 그들이 새로 만든 '새 역사 교과서'를 채택하게 하려고 열심히 활동하고 있습니다."

나오꼬의 자기소개가 끝나자, 기자들은 더욱 큰 소리로 웅성웅성하기 누군가는 일어나서 자신의 회사에 전화하고 대다수 기자는 노트북으로 기사를 쓰기에 여념이 없다. 다들 정신들이 없는 순간에 엄기백은 한영 부소장만을 기자회견장에 남겨둔 채로 나오꼬와 함께 곧장 지하 주차장으로 내려간다. 지하 주차장에는 후배 김교수가 자신의 자동차에, 사전에 나오꼬의 딸인 기미에를 태우고 기다리고 있는 상태였다. 그리고는 네 명이 김포공항으로 이동해서 사천공항으로 가는 비행기를 타고 남해로 간다.

경계인 허무씨

1판1쇄 2024년 11월 12일

저자 이오제(李五齋)
발행인 이경화

발행처 디자인21
주소 04560 서울특별시 중구 퇴계로 293-1 3층
전화 02-2269-6561(대)
팩스 02-2269-6568
이메일 21publish@naver.com
블로그 https://blog.naver.com/publish21
인스타 https://www.instagram.com/21publish.co.kr
홈페이지 https://21publish.co.kr

등록번호 제1-1128호
등록일자 1991.2.12

ISBN 978-89-6131-160-1 03810

정가 20,000원